# Ingvar Ambjörnsen
# Ausblick auf das Paradies

Roman



Aus dem Norwegischen von
Gabriele Haefs

Piper München Zürich

Von Ingvar Ambjörnsen liegen in der Serie Piper vor:
Ausblick auf das Paradies (2575)
Ententanz (2578)
Blutsbrüder (2776)
Lieb mich morgen (3431)

Ungekürzte Taschenbuchausgabe
1. Auflage Juni 1998
6. Auflage Januar 2005

Titel der norwegischen Originalausgabe:
»Utsikt til Paradiset«

Deutsche Erstausgabe:
Verlag Rasch und Röhring, Hamburg 1995
Umschlag: Büro Hamburg
Stefanie Oberbeck, Katrin Hoffmann
Umschlagabbildung: Gundula Hißmann
Satz: KCS GmbH, Buchholz/Hamburg
Druck und Bindung: Clausen & Bosse, Leck
Printed in Germany ISBN 3-492-22575-6

www.piper.de

MUTTER STARB. Das Ganze lief sehr undramatisch ab. Wenn sich ein Wort wie »undramatisch« für den Übergang in die Große Ungewißheit, ins Absolute, überhaupt verwenden läßt. Doch, das geht. Erst kürzlich habe ich im *Arbeiderbladet* über eine Frau aus Beirut gelesen. Man hatte sie zu Tode gefoltert, indem man ihr eine Ratte in den Unterleib zwang, die sich mit ihren gelben Nagezähnen selbst den Weg aus dem Körper heraus bahnen mußte. Einen solchen Tod kann man mit Fug und Recht als dramatisch bezeichnen, anders als das Einschlafen in einem frischgemachten Krankenhausbett, ohne erwähnenswerte Schmerzen. Der Krebs hatte sich in ihrer Leber festgesetzt, es gab keine Heilungsmöglichkeit, wie die Ärzte sagten, aber sie kümmerten sich gut um sie, als es soweit war.

Sie starb am 11. November. Ich habe vergessen, was das für ein Wochentag war. Gegen neun Uhr morgens rief jemand vom Krankenhaus an und sagte, ich müsse sofort kommen. Als ich dort eintraf, war alles vorbei. Sie hatten sie schon zurechtgemacht; ich weiß noch, daß sie ganz klein aussah, wie eine Wachspuppe. Sie sagten, ich solle nicht traurig sein, weil ich nicht rechtzeitig gekommen sei; sie sei nicht mehr wach geworden, sondern vom Schlaf direkt in den Tod übergegangen.

Danach ging ich hinaus in den Regen. Es war windstill, der Regen fiel gleichmäßig und dicht, ziellos ging ich durch die Straßen unten in der Innenstadt; ich weinte nicht, ich war nicht einmal besonders traurig, und gerade dafür schämte ich mich ein bißchen. Aber abgesehen von diesem Schuldgefühl, das mich übrigens nicht besonders quälte, das muß ich zugeben, fühlte ich mich nur leer. Nicht leer im negativen Sinn, nicht so, wie dieses Wort verwendet wird, wenn Sinnlosigkeit geschildert werden soll – was ich fühlte, war Leere als Zustand vollkommener Neutralität. Ich muß zwar gedacht haben, das tut man wohl immer, aber ich weiß nicht mehr, was. Ich blieb vor der *Dagbladet*-Redaktion stehen und ließ meinen Blick über die Zeitungsseiten in den Schaukästen wandern, aber ich weiß nicht mehr, was dort stand, ich glaube nicht, daß ich richtig gelesen habe.

Die Reaktionen kamen erst später, zu Hause. Himmel, ich hatte schließlich ein sehr enges Verhältnis zu meiner Mutter gehabt, kein hysterisches, kein gefährliches, so, wie ich es in Büchern gelesen oder im Kino gesehen hatte – aber trotzdem ließ sich nicht leugnen, daß es mein Leben, also zweiunddreißig Jahre lang, nur sie und mich gegeben hatte. Meinen Vater habe ich nicht gekannt, er starb vier Wochen vor meiner Geburt bei einem Arbeitsunfall. Für mich gab es ihn nur in Mutters Erinnerungen, und erst als Erwachsenem wurde mir klar, daß ich ihn vermißte. Er wurde der Mann, mit dem Mutter auf den vergilbten Bildern im Fotoalbum zusammen war; der Mann in Kniebundhosen und Strickstrümpfen im Winter '46, der Mann in dunkler Wollbadehose mit weißem Seitenstreifen, der im Sommer '50, irgendwo auf Snarøya, meine Mutter lächelnd in den Arm genommen hatte. Ein Hochzeitsfoto der beiden existierte nicht, jedenfalls nicht bei uns zu Hause; ich weiß nicht, wieso. Vater wurde zu einem Gespenst, einer Macht, die unter einem polierten Stein auf dem Vestre-Aker-Friedhof hauste – Mutter wurde zu einer Frau, die sich in sich zurückzog und mich mitnahm. Sie war Einzelkind. Ich war Einzelkind. Es kam nie jemand zu Besuch.

Ich saß im leeren Wohnzimmer. Das *Arbeiderbladet* lag aufgeschlagen auf dem Tisch, daneben stand eine halbleere Tasse Tee. Alles genauso, wie ich es einige Stunden zuvor, nach dem kurzen Anruf, verlassen hatte. Es erschien mir ganz und gar unwirklich, daß ich nie mehr Mutters vorsichtige Schritte auf der Treppe hören sollte, ihren Schlüssel im Schloß, das Geräusch der Einkaufstaschen, die in der Diele auf den Boden gesetzt wurden, ihre Stimme, die mir – während sie ihren Mantel aufhängte – von dort draußen irgend etwas erzählte, was ihr im Supermarkt oder auf dem Hin- oder Rückweg passiert war. Ja, unwirklich.

Einige Tage später rief ich bei der Heilsarmee an. Noch am selben Nachmittag kamen drei Männer und nahmen Mutters Kleider und Schlafzimmermöbel mit. Als ich danach in dem leeren weißen Zimmer stand, empfand ich eine tiefe Ruhe. Das Unwirkliche war wirklich geworden.

In der Nacht ging ich, nachdem ich den Fernseher ausgeschaltet hatte, wieder in Mutters Zimmer. Ich machte kein Licht an. Der Mond nahm ab, war aber immer noch groß; blaues Licht fiel auf die weißen Flächen. Ich trat ans Fenster und blickte auf Blocks und

Wald, auf die Satellitenstadt, in der ich aufgewachsen war und in der ich fast jeden Tag meines Lebens verbracht hatte. Seltsam. Drei Zimmer und Küche, nicht allzu weit von Oslo entfernt. Siebzehn Minuten mit der U-Bahn, um genau zu sein. Vierundsechzig Treppenstufen bis nach unten zur Haustür. Sechs Minuten ruhiger Spaziergang zur U-Bahn-Station (persönlicher Rekord: 1:47). Hätte mich vorher irgendwer gefragt, hätte ich, ohne zu zögern, behauptet, jeden Millimeter der kleinen Wohnung zu kennen, über jeden Winkel und jede Ecke Rechenschaft ablegen zu können. Und dennoch: Als ich nun in Mutters Zimmer stand und auf die Blocks dort unten am Hang blickte, ging mir auf, daß ich genaugenommen als kleiner Junge zuletzt einen Fuß in diesen Raum gesetzt hatte; als kleiner Junge, der bei Mutter schläft, wenn ihm die Schatten an den Wänden seines Kinderzimmers allzu große Angst machen. Jetzt, da die Vorhänge fehlten und es in dem Zimmer keinen einzigen Gegenstand mehr gab, ging mir auf, daß ich die Blocks dort draußen, diese vertraute Landschaft aus harten grauen Winkeln vor dunklen, wogenden Tannen, die Asphaltschlingungen der Gehwege und die Leuchtpunkte der Laternen aus einem neuen, kühnen Blickwinkel sah. Ich habe keine Ahnung, wieso mir das Wort »kühn« einfiel, aber das tat es nun einmal. Mein Leben barg ein neues Zimmer und eine neue Möglichkeit, die Umwelt zu betrachten, eine Umwelt, von der ich längst akzeptiert hatte, daß es sich dabei um ein Bild des absoluten Stillstandes handelte. Sicher, ich hatte Kinder aufwachsen und Familien zu- oder wegziehen sehen. Aber der Rahmen all dessen, die Geometrie, in der die Menschen ihre Leben lebten, war im großen und ganzen unverändert geblieben. Von der U-Bahn nach Hause. Von zu Hause zur U-Bahn. Vom Supermarkt nach Hause. Von zu Hause zum Supermarkt. Vom Supermarkt nach Hause. Dieselben Winkel, dieselben Flächen. Der Ausblick vom Wohnzimmer, von meinem Zimmer oder von der Küche: Nur die wechselnden Jahreszeiten konnten für Überraschungen sorgen – in Form plötzlicher Schneegestöber Ende April oder warmen Sonnenscheins im Oktober. Manchmal hatte ich das Gefühl, daß nur ein Orkan mich aus meinem Trott reißen könnte, dann überwältigte mich die Freude über einen Sonnenstreifen, der plötzlich über die Querwand des Nachbarblocks huschte. So, wie ich jetzt hier stand, mitten in dem dunklen Zimmer, mit schlaff herunterhängenden Armen, und *sah*, hatte ich fast das Gefühl, der Satellitenstadt einen Teil ihres Geheimnisses zu entringen; ich verspürte aus Gründen, von denen ich zu dem Zeitpunkt nichts ahnte, die mein Unterbewußtsein aber stark beeinflußt haben müssen, ein klares Gefühl der *Kontrolle.*

Und ich dachte: Jetzt ist Schluß. Jetzt fängt es an. So ist es, wenn jemand stirbt und uns an einem Kreuzweg unserer eigenen inneren Landschaft zurückläßt.

Es hört sich vielleicht seltsam an, aber ich glaube, die Tatsache, daß ich mit Mutters Tod so gut fertig wurde, hat recht viel mit Gro Harlem Brundtland zu tun. Noch am selben Abend erschien – während meine Gedanken unablässig um diese kleine Frau kreisten, die ich so ausdruckslos und kalt unten im Krankenhaus hatte liegen sehen – Gro in den Nachrichten und später noch in einer Diskussionsrunde. Ihr Anblick hat immer schon beruhigend auf mich gewirkt. Unkonzentriert, wie ich war, begriff ich nicht, warum sie im Fernsehen auftrat, aber sie *war da*, sie übermittelte mir durch ihre Anwesenheit eine Art heimlicher Botschaft, einen Gruß speziell an mich, der besagte, daß das Gastspiel der Menschen hier auf Erden zwar unbestreitbar flüchtig ist, daß es aber unter uns doch Persönlichkeiten gibt, die anderen den Glauben an das Beständige, das Felsenfeste vermitteln können. Und das tun sie in der Regel durch ihre bloße Anwesenheit.

Gro im Regen. Gro im Wind. Gro in der Sonne und Gro im Schatten. Mit festem Fleisch, wie eine Seelöwin. Vor allem aber *sicher*. Als Mutter starb, lenkte Gro das Land. Das macht sie auch heute. Im Moment ist es einfach unvorstellbar, daß das Land von einem anderen Menschen gelenkt werden könnte als Gro. Andererseits bin ich davon überzeugt, daß die Sicherheit, die sie mir und anderen gibt – und das schon lange –, nicht notwendigerweise auf ihrer Regierungsmacht beruht. Die bloße Gewißheit, daß Gro da ist, irgendwo draußen in der Dunkelheit, reicht aus. Stürzt ihre Regierung und stoßt sie hinaus in die Kälte! Solange sie da ist, furchtlos und mit ihrer unermüdlichen Tatkraft, repräsentiert sie eine Sicherheit im immer chaotischer werdenden politischen Bild – sie kann jederzeit zurückkehren. Sie ist wie eine Bärin, die Junge im Bau hat. Sie kann zwar auf dem Heimweg mit der Beute aufgehalten werden, aber es ist nur eine Frage der Zeit, eines vorübergehenden Aufschubs, wann sie ihren rechtmäßigen Platz wieder einnehmen wird. Gro Harlem Brundtland ist nicht dazu geschaffen, ihr Berufsleben in einer Arztpraxis zu verbringen. Nicht dazu geschaffen, Rotzgören »Aaa« sagen zu lassen oder alternden Männern den Zeigefinger ins Rektum zu schieben, um festzustellen, ob die Prostatadrüse angeschwollen ist. Gro ist die geborene Führerin, und sie ist klug genug, die entsprechenden Konsequenzen zu ziehen. Gro ist kein Machtmensch. Gro ist Macht. Mensch.

Ich dagegen bin Sammler. Als Kind habe ich Briefmarken und Münzen, Kronkorken und Vogeleier gesammelt. Als junger Mann fing ich an, Gro Harlem Brundtland zu sammeln. Ich kenne ihren Lebenslauf in- und auswendig, aber mich interessieren die Berichte über ihre Person und die politischen Informationen nicht. Was ich sammle und sorgfältig aus Zeitungen und Zeitschriften ausschneide, sind Bilder von ihr, Gros Miene, ihre Haltung. Ich habe Gro in jeder Art von Wind und Wetter, ich habe sie im politischen Sturm des Parlaments und im wilden Wind Finnmarks. Ich habe Gro in Rio, ich habe Gro in Wien und in Odda. Ich habe Gro in Bluse und Rock, in Freizeithose und Pullover, ich habe sie im Ballkleid und in samischer Tracht. Und ich habe sie im Gummianzug. Auf dem Surfbrett. Gro in herausfordernder Positur, während sie das Gewicht ihres Körpers quer vor den Wind legt – hier stellt sie das Symbol ihrer selbst dar. Sie ist die Frau gegen den Wind, die Frau, die sich dort am wohlsten fühlt, wo der Sturm am wildesten tobt. Ich weiß nicht mehr so recht, woher ich das Bild habe, ich glaube, es war irgendwann in den achtziger Jahren im *Dagbladet*. Ich habe es aus praktischen Gründen in Plastikfolie eingeschweißt: Gro Harlem Brundtlands kräftige Hinterpartie, verhüllt nur von einer dünnen Gummihaut, ist ein Anblick, der an die rechte Hand eines alleinstehenden Mannes appelliert. Übrigens berühre ich mich nicht allzu oft auf diese Weise. Es gibt mir das Gefühl zu verschwenden, etwas von mir selbst wegzuwerfen. Und ich war immer ein vorsichtiger Junge. Genügsam. Ich kaufe nicht Bjellands Makrelen in Tomate, wenn eine andere Sorte fünfzig Öre billiger ist. Makrele in Tomate ist Makrele in Tomate. Früher habe ich geraucht. Damit habe ich aufgehört. Als junger Mann habe ich am Wochenende manchmal getrunken. Jetzt trinke ich manchmal zu Silvester. Ich kaufe neues Brot, wenn das alte aufgegessen ist, nicht, wenn das alte trocken ist. Ich komme gut zurecht mit meiner Rente.

Drei Tage nach Mutters Tod, am 14. November also, fand ich mich selbst in ihrem leeren Schlafzimmer wieder. Ich sage: »Ich fand mich selbst wieder«, weil genau das passiert ist. Ich weiß nicht mehr, wie ich hineingeraten bin, und ebensowenig, warum. Ich weiß nur, daß ich dort stand, so in etwa in der Mitte des Zimmers. Wie beim letztenmal war es dunkel, und diesmal sperrten Regen und Nebel auch das blaue Licht des Mondes aus. Novemberwetter. Naß. Grau. Unten auf den Gehwegen war kein Mensch zu sehen. Es wäre fast ein bißchen unheimlich gewesen, hätten mich nicht von gegenüber Hunderte von Lichtquadraten angestarrt. Fenster. Fenster zum Abend, zur Welt. Oder umgekehrt. Fenster, die zu den Menschen führten. Zu Familien. Alleinstehenden, Alten und Jungen. Es war irgendwie zu einer beliebten Vorstellung geworden, daß es nahezu erniedrigend sei, in einem Block zu wohnen. Damals, in den fünfziger Jahren, als die Blocks an diesem sanften Hang hochgezogen wurden, galten sie als der Stolz der Nation. Sie waren die Früchte, die die Sozialdemokratie dem Volk servierte. Jetzt, in den neunziger Jahren, waren sie offenbar nicht mehr gut genug. Immer wieder stolperte ich in der Presse, sogar im *Arbeiderbladet*, über Aussagen, die sich nicht anders deuten ließen als so, daß es im Oberstübchen der Menschen, die in einem Block wohnten, nicht besonders gut aussehen könne. Zwischen den Zeilen standen sie als arme Würstchen da. Seit Jahren ärgerte ich mich schon über die Herabwürdigung, ja, das Lächerlichmachen von Hunderttausenden von Menschen in diesem Lande, denn ich selbst hatte hier draußen eine gute Jugend gehabt. Daß ich mein Leben lang ein ziemlicher Eigenbrötler gewesen war, wußte ich. Aber ich habe immer eine Bindung an die Menschen empfunden, mit denen zusammen ich hier wohne, und ich empfinde sie noch. Wir sind einander rein physisch nahe; fast 40 000 sind hier übereinander und nebeneinander verstaut, dünne Wände trennen unsere Leben, und wir sind rasch mit den WC-Gewohnheiten unserer neuen Nachbarn vertraut. Aber gleichzeitig ist es auch kein Problem, den Abstand zu wahren, den wir brauchen, um unser Privatleben in den richtigen Griff zu bekommen. Und so erfüllte mich, während ich dort stand und das Licht in den Fenstern betrachtete, eine Wärme, ein Gefühl der Zusammengehörigkeit. Hinter jedem einzelnen dieser leuchtenden Quadrate befanden sich genau solche Zimmer, wie ich selbst sie bewohnte, und dennoch tat sich Vielfalt vor mir auf. Der Rahmen war derselbe. Aber wie wir unsere Leben lebten, das war unterschiedlich, so unterschiedlich! Und ich ertappte mich bei dem Wunsch, daß auch Gro hier leben sollte, im selben Rahmen wie wir, daß sie unter denselben Bedingungen anwesend sein sollte wie wir 40 000 hier draußen am Waldrand. Ich gehöre nicht zu jenem quengelnden Teil der Bevölkerung, der Gro und den anderen Parteispitzen ihre Villen mißgönnt, dieser Wunsch überkam mich nur, weil ich diese Gemeinschaft so gern mit ihr geteilt hätte; ich wollte, daß sie hier stand – genau so wie ich – und *wir* dachte!

Aus diesem Ostfenster konnte ich acht Blocks einsehen. Jeder mit zweiundvierzig Wohnungen, verteilt auf drei Etagen. Vier standen im Seljeveien, den Mutter »Essensweg« getauft hatte, weil er zum Supermarkt führte. Die anderen vier standen weiter unten, im Grevlingstien, aber ich konnte doch zwischen den Querwänden der oberen jeweils einen halben der unteren Blocks sehen. Ich wollte gerade die Fenster zählen, hinter denen Licht brannte, als ich zum erstenmal Rigemor Jølsen erblickte. Daß gerade sie mir auffiel, hatte zweifellos etwas mit Mutter zu tun. Denn im zweiten Stock eines der Blocks unten im Grevlingstien stand eine ältere Frau und zupfte verwelkte Blätter oder Blüten von einer Topfblume auf der Fensterbank. Und während sie diese durch und durch alltägliche Handlung ausführte, legte sie den Kopf etwas schräg, so wie Mutter es immer gemacht hatte, wenn sie ihre Begonien versorgte und mit ihnen plauderte. Ich war betroffen. Ich glaubte natürlich nicht, daß Mutter da unten im zweiten Stock im Grevlingstien stand, aber für zwei Sekunden geriet ich aus dem Gleichgewicht. Dann schaltete mein Gehirn sich ein und deutete das Bild, das ich sah. Ihre Gesichtszüge konnte ich auf diese Entfernung nicht erkennen, nur ihre friedliche Silhouette, ihre vorsichtigen Handbewegungen. Daß diese Frau Rigemor Jølsen hieß, wußte ich zu dem Zeitpunkt durchaus noch nicht. Aber für einen Augenblick sah ich eine wunderbare Möglichkeit, meine Tage zu füllen – ganz zu schweigen von den langen Abenden und Nächten –, und zwar mit etwas, das das Ausschneiden und Einkleben von Gro-Harlem-Brundtland-Bildern weit übertraf (ich füllte gerade mein neunzehntes Gro-Album). Mein Respekt und mein Interesse für Gro würden bestehen bleiben, das war klar. Aber mir ging auf, daß ich jetzt die Möglichkeit hatte, ganz neu anzufangen, eine neue Seite aufzuschlagen, sozusagen, und mir nach und nach eine Sammlung von Informationen über eine von meinen Leuten aufzubauen, über eine Mitbewohnerin. Früher hatte ich niemals solche Bedürfnisse verspürt, und daß sie jetzt auftauchten, hatte sicher etwas mit Mutters Fortgehen zu tun. Während Gro mir als das sichere, aber dennoch ferne Ideal erschienen war, hatte Mutter (ohne daß ich überhaupt darüber nachgedacht hatte) eine physische Nähe gewährleistet, die ich nun vermißte. Ich wollte niemanden in meiner Nähe haben, das nicht. Ich wollte nicht angefaßt, gestreichelt werden. Und vor allem wollte ich meine Nähe nicht anderen aufzwingen. Aber der Gedanke an die Frau, die dort unten stand und verwelkte Blüten und Blätter von einer Topfpflanze zupfte, erregte mich auf eine seltsame Weise. Ein ganzes Leben lag hinter ihr. Erlebnisse. Erfahrungen. Und jetzt war sie so nahe bei mir – und gleichzeitig so weit weg. Sie konnte mich nicht sehen. Wieder hatte ich dieses Gefühl von Kontrolle. Und Kontrolle erschien mir ungeheuer wichtig. Mutters Tod hatte einen neuen weißen Raum geöffnet. Und es war nun an mir, ihn Stück für Stück mit etwas anzufüllen, das außerhalb meiner selbst lag.

Ich ging gründlich ans Werk. Ich *bin* gründlich. Mutter hat immer gesagt: »Elling«, hat sie gesagt, »man kann über dich sagen, was man will, aber gründlich bist du.« Wie recht sie doch hatte! Und deshalb konnte am nächsten Morgen keine Rede von einer oberflächlichen Dusche sein; vielmehr nahm ich eine energische und totale Reinigung meines Körpers vor. Erst ein stundenlanges Bad, so heiß, daß es an Folter grenzte. Ich benutzte den Rest des Badesalzes, das ich Mutter zu Weihnachten geschenkt hatte. Es schäumte so schön im Wasser und duftete nach Blumen. Nach dem Einweichen schrubbte ich mich so heftig, daß ich unter der Bürste stöhnte. Dann die Dusche. Von kochend heiß zu klirrend kalt. Immer wieder. Und zum Schluß: Mutters großes Badetuch und dann ausschließlich saubere Kleidung. Sogar nagelneue Socken.

Die Mundhöhle: nach gründlichem Zähneputzen mit Vademecum gereinigt.

Ich hatte keine Ahnung gehabt, daß es so viele verschiedene Typen von Ferngläsern und Teleskopen zu kaufen gibt. Geradezu lachhaft. Ein reichhaltiges Angebot in der Hauptstadt des Landes ist gut und schön, aber das hier! Es gab große Ferngläser und kleine Ferngläser, es gab sehr große Ferngläser und sehr kleine Ferngläser und sogar ein senfgelbes. Und es gab Teleskope, so riesig, daß sie aussahen wie eine Bazooka oder so was. Zuerst ging ich zwei Stunden lang durch die Läden im Zentrum und sammelte Kataloge. Dann wanderte ich in Mutters Lieblingscafé, Konditorei Halvorsen, wo ich die Kataloge bei einer Kanne Tee und einem Krabbenbrot durchsah. (Was hat eine Zitronenscheibe auf einem Krabbenbrot zu suchen?)

Verhältnismäßig schnell ging mir auf, daß ich ein starkes Teleskop auf einem Stativ benötigen würde. Ich entschied mich für ein Tasco zu fast zehntausend Kronen, ein koreanisches Produkt, zu dem ich sofort Vertrauen faßte. Nachdem das Teleskop gekauft war und wie ein bleiernes Versprechen in meiner Schultertasche lag, ging ich ins größte Schreibwarengeschäft der Stadt und kaufte zwei dicke Bücher, wie sie zur Buchführung verwendet werden, und einen hübschen Füllfederhalter.

Die weiteren Arbeiten beanspruchten zwei volle Tage. Ein Nachbar half mir, Vaters alten Schreibtisch vom Dachboden zu holen. Nachdem ich ihn weiß angestrichen hatte, schob ich ihn in Mutters Schlafzimmer, in die am weitesten vom Fenster entfernte Ecke. Später holte ich das Material für die »Brücke« aus dem Keller. Acht Weinkisten von der guten alten Sorte, die Onkel Alf – längst tot – als Bücherregal benutzt hatte. Dann die breiten Eichenbretter, mit denen Vater offenbar große Pläne in Richtung Schrankbau gehabt hatte; Mutter hatte es später nicht übers Herz gebracht, sie wegzugeben. Die Brücke war nach einigen wenigen Hammerschlägen fertiggestellt. Natürlich konnten die Nachbarn das hören, aber was ist schließlich natürlicher, als daß ein junger Mann gewisse Veränderungen in der Wohnung vornimmt, nachdem seine Mutter gestorben ist? Das Ergebnis fiel besser aus, als ich zu hoffen gewagt hatte. Mitten im Zimmer befand sich nun eine etwa einen halben Meter hohe Plattform. Darauf hatte ich Mutters alten Sessel gestellt. Und vor dem Sessel, auf dem alten Telefontisch aus der Diele, stand – das Teleskop. So saß ich im Sessel hoch genug; mein Blick fiel perfekt auf die acht Blocks am Hang unter mir. Abends und nachts, wenn es dunkel war, würde niemand mich von da unten entdecken können. Ich ging im Grunde davon aus, daß mich auch bei Tageslicht von dort aus niemand sehen konnte, aber das würde ich noch herausfinden. Solange ich meine Beobachtungen abends, nach Einbruch der Dunkelheit, anstellte und kein Licht anmachte, würde ich mich so sicher fühlen können wie ein Tier in warmem Bau tief unter der Erde. Und diese Sicherheit war von allergrößter Wichtigkeit. »Auf frischer Tat ertappt zu werden« (wie es heißt), mit einem Teleskop, das auf ein Nachbarfenster gerichtet ist, konnte leicht zu Mißverständnissen führen. Man würde mir womöglich sexuelle Motive unterstellen, mich als miesen kleinen Spanner ansehen. Beim bloßen Gedanken daran stülpte sich mir vor Ekel der Magen um.

Mit einer gewissen Andacht machte ich mich auf, ihren Namen einzuholen. Denn dies war der Anfang, der eigentliche Anfang von allem. (Ich war noch immer makellos rein, denn ich hatte dem Toilettenbesuch eine glühendheiße Dusche folgen lassen.) Kurz nach halb sieben verließ ich den Block, es war dunkel, in mir zitterte eine steigende Spannung, was den Namen betraf, aber auch auf das, was der Abend mir an Details über das Leben dieser älteren Frau bringen würde.

Zuerst machte ich einen langen Spaziergang. Wollte die Spannung wohl bis zum Äußersten steigern. Erst ins Zentrum, dann vorbei am Sportplatz und dem stillgelegten Hof, den die Jugend neuerdings als MC-Treffpunkt benutzte. Dann weiter durch den Wald. Hier folgte ich dem Weg mit den Lichtmasten, dem Weg, der in richtigen Schneewintern die Bezeichnung »Lichtloipe« trug. Wenn ich an meine Kindheit zurückdachte, dann schien es jeden Winter geschneit zu haben, der Schnee war meistens Ende Oktober gekommen. Aber jetzt gab es grüne Winter, und auf den Dachböden vermoderten Skier und Schlitten, die nicht zum Einsatz kamen. Waren diese milden Winter die Folge von Treibhauseffekt und Ozonloch? Die Forscher wußten das wohl nicht so recht, wenn ich dem *Arbeiderbladet* glauben wollte. Ich selbst sah das alles völlig gelassen. Ich hatte mein eigenes Leben zu leben, ich kam nicht eine Sekunde lang auf die Idee, hysterisch zu werden, selbst wenn sich herausstellen sollte, daß die Durchschnittstemperatur auf dem Globus um ein oder zwei Grad gestiegen war. Eis und Schnee hatte ich sowieso nie gemocht, und wenn ich überhaupt als Kind die Lichtloipe gelaufen war, dann hatten mich verständnislose Sportlehrer dazu gezwungen. Als Letzter durchs Ziel, mit hängender Zunge – das war Elling! Jubel bei den anderen, weil das As in Erdkunde abermals bewiesen hatte, daß es keine Ahnung hatte, wie man mit seinem eigenen Körper umgeht. Jetzt konnte ich über das alles nur schmunzeln. Ja, ich schmunzelte im Gehen, ich trug weder dem Sportlehrer noch meinen Mitschülern etwas nach, aber damals hatte es natürlich weh getan.

Ich war an diesem Abend überhaupt versöhnlich gestimmt; ich verfügte über ein Geheimnis, das mir die Kraft gab, um über Bubenstreiche und die Torheit der Erwachsenen hinwegzusehen. Mit einem Lächeln dachte ich daran, wie die großen Jungen in der siebten Klasse meinen Kopf in die Kloschüssel gedrückt hatten, um mir »die Schuppen wegzuspülen«, und ich hätte fast laut losgelacht, als ich daran dachte, wie Lehrer Bragesen mir danach einen Brief mit nach Hause gegeben hatte, weil ich mitten im Winter mit nassen Haaren im Klassenzimmer erschienen war. Jaja. Bragesen war tot, und die großen Jungs waren geschieden und alkoholisiert. Gunnar hatte sogar einen anderen großen Jungen umgebracht und saß im Gefängnis. Das war also im Grunde erledigt. Ich lachte zwar nicht laut, aber ich schmunzelte und verzieh; genauer gesagt: Ich übte allem und allen gegenüber Nachsicht.

Grevlingstien – Dachsweg. Ein guter Name. Viele mögen Dachse nicht, aber ich habe diese Ansicht nie geteilt. Ganz im Gegenteil, möchte ich fast sagen. Der Block war wie mein eigener. Zweiter Stock, Aufgang B. Wenn die Namensschilder an den Klingelknöpfen richtig angebracht waren, dann hieß sie Rigemor Jølsen. Ich sagte das leise vor mich hin: »Rigemor Jølsen. R-i-g-e-m-o-r J-ø-l-s-e-n.« Und blitzschnell: »Rigemorjølsen.« Sicherheitshalber ging ich in den zweiten Stock und warf rasch einen Blick auf den Namen, der – in ein Messingschild eingraviert – an der Tür stand. Doch. Rigemor Jølsen. Hinter dieser Tür lebte Rigemor Jølsen ihr Leben; genau hier, im zweiten Stock im Grevlingstien 17 B, zupfte sie verwelkte Blätter von ihren Topfblumen, wobei sie den Kopf leicht schräg legte – genau wie meine Mutter.

Ruhig ging ich die Treppe hinunter und aus dem Haus.

Aus irgendeinem Grund standen mir Tränen in den Augen. Rigemor Jølsen, dachte ich. Das kriegen wir schon hin. Darauf kannst du dich verlassen.

Ich kochte mir reichlich Tee und füllte ihn in die Thermoskanne. Darjeeling, das weiß ich noch. Dann nahm ich die Thermoskanne und den großen weißen Becher, den Mutter mir zum 22. Geburtstag geschenkt hatte, und bezog auf der Brücke Posten.

Sie saß auf ihrem Sofa und sah fern. Es war wirklich phantastisch. Nicht, daß sie auf dem Sofa saß, nicht, daß sie fernsah. Das Phantastische war, daß ich den Eindruck hatte, sie beinahe an der Hand halten zu können; daß sie so nahe war, daß ich mir mit Leichtigkeit vorstellen konnte, sie atmen zu hören. Was war dieses Teleskop von einer Qualität, einer Präzision! Im übrigen war es auch ziemlich phantastisch, daß sie auf dem Sofa saß und fernsah. Sie saß auf dem Sofa und sah fern, mit einer Selbstverständlichkeit und einer Ruhe, die mich verwirrten, aber ich sah bald ein, daß diese Verwirrung das Ergebnis meines eigenen Empfindens war, praktisch direkt vor ihrem Fenster zu stehen. Mein Gehirn deutete das Bild so, und mein Unterbewußtsein konnte nicht hinnehmen, daß sie mich nicht ansah, mit Augen, in denen Angst und Verwirrung standen.

Ich schätzte ihr Alter auf vielleicht Ende Sechzig. Ihre Haare waren dunkel, fast schwarz, und stark von Grau durchsetzt. Ein rundes Gesicht, weiche Züge. Großzügige Büste, aber hier hatte Gro einen Vorsprung. Wie Rigemor Jølsens Hinterteil sich im Gummianzug machen würde, konnte ich natürlich nicht sagen. Nun gut. Das war also Rigemor Jølsens physische Erscheinung – in groben Zügen. Ihre Augenfarbe, die Größe ihrer Hände und Finger – das alles würde ich später herausfinden müssen. Was sie dachte und fühlte, meinte, vermutete und hoffte, ebenfalls. Aber das Leben, das sie in dieser Wohnung von 65 Quadratmetern lebte, hatte ich bereits jetzt, nach nur ein oder zwei Minuten, ein wenig im Griff. Jetzt saß sie zum Beispiel vor dem Fernseher. An einem Dienstag abend um fünf vor neun saß Rigemor Jølsen vor dem Fernseher. Ergebnis eines festen Entschlusses oder einfach nur alte Gewohnheit? Unmöglich, das mit Sicherheit zu sagen. Aber bald, nach zwei Wochen, würde ich ein Muster erkennen können. Es würde mich sicher ein wenig enttäuschen, sie jeden Abend um diese Zeit so zu sehen, denn das hätte eine gewisse Resignation in Rigemor Jølsens Leben zum Ausdruck gebracht, hätte signalisiert, daß sie sich im Grunde aufgegeben hatte und alles seinen Gang gehen ließ.

Ich stand auf, ging ins Wohnzimmer und holte das *Arbeiderbladet.* Im NRK lief gerade ein Naturprogramm: »Auf Wegen und Fährten in Sarangesi.« Es gab natürlich schier ungezählte Möglichkeiten, seit alle erdenklichen Fernsehsender auch in Norwegen Einzug gehalten hatten, aber ich tippte doch eher darauf, daß Rigemor Jølsen sich entweder bewußt für den Norwegischen Rundfunk entschieden hatte oder aus irgendeiner mehr oder weniger trägen Gewohnheit an unserem staatlichen Sender hing. Außerdem mögen alle alten Menschen Tiere, das hatte ich irgendwo gelesen, und dann sieht man natürlich hin, wenn das Fernsehteam auf den Wegen von Sarangesi loswandert, wo möglicherweise Gnu, Löwe, Giraffe, Pavian und Nashorn auftauchen. Ich schaltete den Fernseher ein. Doch. Die Giraffe war schon zur Stelle. Unter einem von diesen witzigen Bäumen mit platter Krone. Knabberte mit weichem Maul am Blattwerk herum. Ab und zu war die berühmte blaue Zunge zu sehen. Kleine, lächerliche Hörner, bedeckt von kurzem Fell. Und dann das Nashorn. Ein drohender Schatten im Busch. Mutter mit Kind sogar. Ein femininer Landtorpedo von gut und gern einer Tonne Gewicht, der den Fotografen giftig mustert. Ich drehte den Ton hoch und setzte mich wieder auf die Brücke.

»Dieses junge Nashornweibchen ist schon seit über einer Woche von den Leuten im Dorf beobachtet worden …«

Rigemor Jølsen saß vornübergebeugt auf dem Sofa, und jetzt fiel mir auf, daß vor ihr auf dem Tisch eine Tasse Tee oder Kaffee stand. Wußte auch Rigemor Jølsen jetzt, daß gerade dieses Weibchen, dieses junge Nashornweibchen, seit über einer Woche von den Leuten im Dorf beobachtet worden war? Dachte sie wie ich: In welchem Dorf? Von was für Leuten? Oder wußte sie das alles schon, da sie die Sendung von Anfang an verfolgt hatte, statt mitten in der Szene mit der knabbernden Giraffe einzuschalten? Wie erlebte sie den Anblick der jungen Nashornmutter mit den mißtrauischen, rotgeränderten Augen? War sie selbst Mutter? Sehr wahrscheinlich. Ja, sie war Mutter, dafür entschied ich mich ganz einfach. Mutter von mehreren Kindern. Kindern wie die Orgelpfeifen. Außerdem hatte sie den Krieg erlebt. Da war es doch klar, daß der Anblick dieses jungen Tierweibchens, Typ Nashorn mit Kind, auf sie anders wirkte als auf mich. Die beiden hatten das Erlebnis der schmerzhaften Geburt gemeinsam, das war das eine. Aber Rigemor Jølsen hatte aufgrund ihrer Kriegserfahrung auch eine Ahnung davon, was es für ein Gefühl war, einem Feind, bei dem man nicht wußte, wie man sich verhalten sollte, von Angesicht zu Angesicht gegenüberzustehen. Hatte Rigemor Jølsen hinter ihrem Küchenvorhang, aus ihrem ganz privaten Busch heraus, zu den Deutschen hinausgespäht, während sich ein oder zwei Kinder an ihren aus einem alten Kleid gearbeiteten

Rock klammerten? Davon war ich überzeugt. Aber – und das mußte ich mir wirklich klarmachen: Es war nicht hier gewesen. Rigemor Jølsen, die zweifellos einige Erfahrungen mit einem jungen Nashornweibchen aus Sarangesi teilte, hatte diese Erfahrungen nicht im Grevlingstien 17 B gemacht. Woher aber kam Rigemor Jølsen? Es mußte spannend sein, sie im Supermarkt um ein halbes Pfund Hack und hundert Gramm Cervelat bitten zu hören.

»Die Weibchen gehen auf die Jagd«, sagte der Kommentator im Wohnzimmer. Jetzt waren die Löwen an der Reihe, das war klar. Rigemor Jølsen lehnte sich weiter zurück. Der Kommentator nahm kein Blatt vor den Mund. Die alten Männchen, die sich in den Dornbüschen fläzten, bekamen zu hören, was er von ihnen hielt. Auf humoristische Weise natürlich, schließlich sollte hier nicht die Natur kritisiert werden. Aber in dem harmlosen Tonfall, der leicht säuerlichen Ironie, schwang Ernst mit, ein nicht ausgesprochenes Stichwort, das die Frauen in den Blocks sicher registrierten. Ich konnte die beißenden Bemerkungen, die in diesem Augenblick an vor sich hindösende Ehemänner und träge, pubertierende Söhne gerichtet wurden, förmlich hören. Und von mir aus gern, das möchte ich nur gesagt haben.

Dann ging Rigemor Jølsen. Sie nahm ihre Tasse und ging in die Küche. In der Küche waren die Vorhänge zugezogen, ich registrierte ihren Schatten hinter roten Blumen auf weißem Grund. Was sie jetzt tat, konnte ich mir nur ausmalen. Zentrale Frage: Warum hat sie die Vorhänge in der Küche geschlossen, während sie sich im Wohnzimmer in aller Öffentlichkeit Fernsehaufnahmen aus Sarangesi ansieht? Ein Zufall? Gut möglich. Aber es gab noch eine andere Möglichkeit, nämlich, daß Rigemor Jølsen die *gefährlichen* Dinge in der Küche erledigte, während sie durch die Offenheit im Wohnzimmer der ganzen Nachbarschaft signalisierte: DURCHSCHNITT. Bei »gefährlich« dachte ich natürlich nicht an irgendwelche Extreme. Ich war überzeugt davon, daß sie ihr Wohnzimmer und Sarangesi nicht verlassen hatte, um in der Küche Zeitzünderbomben zu fabrizieren. Ich glaubte nicht einmal, daß sie nur mal eben ihre Mauser laden wollte. Nein. Mit »gefährlich« meine ich einfach das, *was sich nicht gehört.* Ich würde meine Phantasie nicht als dreckig charakterisieren, das ist sie nämlich nicht. Aber ich konnte mir durchaus vorstellen, daß sie sich jetzt, an den Kühlschrank gelehnt, im Schritt herumbohrte. Nicht, weil sie eine wollüstige Person war, die sich von den jagenden Löwinnen hatte erregen lassen, sondern schlicht, weil es *juckte.* Schenkte sie sich noch eine Tasse Tee ein und verspeiste bei der Gelegenheit ein oder zwei Popel? Kaute sie Nägel? Oder wie wäre das: siebzehn Rumpfbeugen, sechs Liegestütze und ein rascher Spurt auf der Stelle?

Mehr passierte an diesem Abend nicht – abgesehen davon, daß Rigemor Jølsen zurückkam (noch immer mit der Tasse in der Hand) und sich wieder aufs Sofa setzte. Als die Tiere einem französischen Film weichen mußten, stand sie auf und schaltete den Fernseher aus. Bald darauf lagen Wohnzimmer und Küche im Dunkeln. Das gelbe Quadrat zwischen Küchen- und Wohnzimmerfenster verriet, daß Bad und Toilette besetzt waren. Ihr Schlafzimmer lag zur anderen Seite hinaus, das wußte ich. Wenn etwas schiefging, konnte mir das niemand zum Vorwurf machen.

Aus dem Journal: »Rigemor Jølsen.«

Kein Wort mehr. Das schaffte ich ganz einfach nicht.

Im Bett versuchte ich, zu dem Bild von Gro auf dem Surfbrett zu onanieren, aber es gelang mir nicht. Wahrscheinlich zu unkonzentriert.

Am nächsten Tag frühstückte ich unten im Einkaufszentrum. Ich war in der Minute zur Stelle, als die Cafeteria öffnete. Punkt neun Uhr. Ein bißchen extravagant für meine Verhältnisse, aber was soll's! Es war schließlich ein besonderer Tag. Das heißt, es konnte einer werden. Ich wußte ja nichts über Rigemor Jølsens Einkaufsgewohnheiten, aber ich ging davon aus, daß eine alleinstehende Person wie sie nicht nur einmal im Monat einkaufen ging. Obwohl, wer konnte das wissen? Die Unsicherheit bohrte in mir, das muß ich ehrlich sagen. Schließlich konnte sie unseren Supermarkt hassen, konnte bereit sein, meilenweit mit U-Bahn und Bus zu fahren, um in einem ganz anderen Supermarkt einzukaufen – und das an jedem zweiten Freitag. Vielleicht zog sie sogar die Delikatessenläden von Frogner vor. Ja, das wäre nett. Rigemor Jølsen, eine Blockbewohnerin, die ausschließlich von Hummern und knusprigen Waffeln, Wachteln, Königskrabben von Kanadas Küste und südfranzösischen Schnecken lebte. Ich sah sie vor mir, das heißt – das tat ich eben nicht.

Nein, nein. So war es bestimmt nicht. Ich selbst aß jedenfalls ein Hörnchen mit Wurst und Käse. Und trank Kaffee. (Die hatten tatsächlich keinen Tee.) Wie war es bloß möglich, den Kaffee zu ruinieren, noch ehe die Cafeteria überhaupt geöffnet hatte? Ob sie Gerbsäure in die Kaffeemaschine gossen? Egal. Ich hatte meinen

Fenstertisch, das immerhin. Eine Belohnung bekommt man eben doch, wenn man der erste ist. Wenn Rigemor Jølsen an diesem Vormittag überhaupt in den Supermarkt wollte, dann mußte sie gleich hier vorbeikommen; ich würde sie von oben sehen. Dieser Gedanke gefiel mir. Nicht, daß ich sie auf irgendeine Weise von oben herab betrachten wollte. Nein. Aber es ging um Kontrolle. Hier oben sitze ich, und da unten wanderst du. Das war im Grunde nicht geheimnisvoller als die Tatsache, daß Gro in Berlin war und ich in Oslo. Sie hatte ihre Aufgabe in diesem Leben, ich hatte meine. Genauso war es mit Rigemor Jølsen und mir. Ich holte mir noch eine Tasse Kaffee.

Meine Güte, so viele ältere Damen, wie hier oben am Waldrand unterwegs waren! Das war mir bis dahin nie aufgefallen. Mutter war Soldat in einem gichtgeplagten Heer von Grauhaarigen gewesen. Hier kamen sie. In Reih und Glied. Mit Einkaufstaschen und Spazierstöcken und allem, was dazugehört. Ich hatte wirklich jede Menge zu tun. Trotzdem nagte der Gedanke an Rigemor Jølsen mit spitzen Zähnen in meinem Hinterkopf. Hatte sie es geschafft, sich vorbeizuschleichen, als ich mir gerade den zweiten Kaffee holte? Nein, das hielt ich für wenig wahrscheinlich. Ich hatte das rasch und energisch erledigt, nachdem ich mich vergewissert hatte, daß keine Gefahr bestand; der Platz vor dem Einkaufszentrum war menschenleer gewesen. Aber jetzt meldete sich ein anderes Problem, und zwar mit wildem Getöse, dieser Kaffee war nämlich das reinste Abführmittel. Ich hatte mein Geschäft zwar erledigt, ehe ich von zu Hause weggegangen war, aber was half das, wenn dieses schwarze Gift mir mit chemischer Präzision die Därme ausspülte? Außerdem schwitzte ich am ganzen Leib, und mein Herz tobte wie eine Dampframme. Ich mußte ganz einfach aufs Klo, egal, was aus Rigemor Jølsen und mir werden mochte.

Himmel! Es nahm und nahm kein Ende. Jedesmal, wenn ich glaubte, ich sei fertig, und die Hand nach der Papierrolle ausstreckte, ging es wieder los. Ich sah vor mir, wie Rigemor Jølsen gerade jetzt das Einkaufszentrum betrat, aber hier half kein Bitten und kein Flehen, ich saß, wo ich saß, und ich würde hier niemals wieder Kaffee trinken. Es ist übrigens komisch, wie kindisch ältere Männer und Knaben werden, wenn sie sich in Gesellschaft eines Filzstiftes auf einer Toilette eingeschlossen haben. »Ronny, 22, macht alles mit. Leckt und lutscht gern.« Eine Telefonnummer. »Bente ist eine Nutte.« Zeichnungen von Hintern und weiblichen Geschlechtsorganen, dazu riesige Titten. Herrgott! Ronny machte natürlich nicht alles mit. Die Telefonnummer gehörte natürlich dem Nachbarn dieses finsteren Toilettendichters oder vielleicht auch seinem Physiklehrer. Und Bentes Nuttentum bestand sicher nur darin, daß sie mit dem Urheber dieser fabelhaften Behauptung Schluß gemacht hatte. Ich hatte einmal die Damentoilette der Stadtbibliothek besucht. (Die wurde eine Zeitlang von beiden Geschlechtern genutzt, weil die Herrentoilette renoviert wurde, das möchte ich nur gesagt haben.) Interessant fand ich, daß hier ein ganz anderer Ton vorherrschte. Kleine, süße Liebesgedichte, Zeichnungen von Blumen und Herzchen. Ob Männer und Frauen auf verschiedenen Planeten lebten? In unterschiedlichen Wirklichkeiten? Viele Frauen glaubten das, das hatte ich jedenfalls gehört, und ich konnte ihnen da durchaus zustimmen. Und während ich – ich war endlich fertig – meine Hose mit einiger Zuversicht wieder hochzog, überlegte ich mir, daß wir vielleicht alle, jeder und jede von uns, auf unserem eigenen Planeten leben. Ja, vielleicht sogar in unserem eigenen Universum. War die Einsamkeit nicht unser wahres Wesen? Mir war klar, daß ich von vielen als einsamer Mensch betrachtet wurde. Andererseits hatte ich die Einsamkeit im lauten Lachen anderer Menschen zu beobachten geglaubt, in ihrer Umarmung, ihrem Schulterklopfen und ihrem Händedruck. Die Einsamkeit in der Gemeinsamkeit. Allein zu leben (oder mit der Mutter) war in den Augen vieler sichtbarer Ausdruck von Einsamkeit, aber war diese Einsamkeit größer, erstickender als die Einsamkeit in kinderreichen Familien? War es realistisch, mit einer intimeren Form von Gemeinsamkeit zu rechnen, als ich sie mit meinen 40 000 »Mitbewohnern« empfunden hatte (und weiterhin empfand)? Soviel ich weiß, nicht.

Ich verlegte mich auf Cola. Oder auf Coca-Cola, um korrekt zu sein. Schmeckt wie süßes Parfüm mit Kohlensäure, soll aber gut für den Magen sein.

Rigemor Jølsen. Fast bereute ich es, daß ich mit dem Rauchen aufgehört hatte; ich hätte jetzt auch mit einer Zigarette hier sitzen können. Oder vielleicht mit einer Pfeife. Blauen Rauch ausstoßen und mir nichts anmerken lassen. Es ließ sich nicht leugnen, daß es anderen den Eindruck von Passivität, vielleicht gar von Resignation vermitteln mußte, wenn ich so hier saß, ganz allein an einem Tisch, beide Hände untätig auf der Tischplatte, zwischen ihnen ein Glas Cola. Meinten sie, ich hätte aufgegeben? Ich blickte mich um. Um die beiden anderen Fenstertische saß jeweils eine schnatternde

Gruppe. Ganz hinten am Tresen beugte sich ein alter Mann über eine druckfrische VG. Schwer zu sagen, wie ich auf sie wirkte. Ob sie mich überhaupt sahen? Plötzlich packte mich eine schreckliche Angst, ich könnte für alle anderen unsichtbar sein, ich brauchte sofort eine Bestätigung; ich bin ein bescheidener Mann und stehe nicht gern im Mittelpunkt der Aufmerksamkeit, aber jetzt sprang ich auf und klatschte viermal kräftig in die Hände.

Doch. Sie akzeptierten mich als unbestreitbare Realität.

Um Viertel nach eins kam Rigemor Jølsen. Nach einem Hörnchen mit Käse und Wurst, zwei Tassen Kaffee und fünf Gläsern Coca-Cola. Mein Magen war unter Kontrolle. Sie kam in Begleitung einer anderen älteren Frau (was mich ein bißchen ärgerte). Aber nur ein bißchen. Rigemor Jølsen trug einen blau-beige gemusterten Mantel und vernünftige, robuste Laufschuhe. Auf dem Kopf einen kleinen Robin-Hood-inspirierten Hut, auch der in Blau und Beige. Rigemor Jølsens Freundin war eher der Typ graue Maus. Ein unsympathisches, fast rattenhaftes Gesicht schaute unter der Krempe eines braunen, formlosen Hutes hervor, ihr Mantel zeigte ein grauweißes Fischgrätenmuster. Und dazu Gummistiefel! Hätte ich Zeit zum Nachdenken gehabt, dann hätte ich mich damals schon gefragt, was das für eine Gesellschaft für eine Frau wie Rigemor Jølsen war, aber in dem Moment konnte ich nur noch die Treppe hinunterstürzen. Ausgesprochen eilig hatte ich es im Grunde ja nicht, sie steuerten nämlich auf den Supermarkt zu; ich würde sie dort jederzeit einholen können, sie würden ja wohl kaum durch den Laden *rennen*. Aber jetzt brannte ich;

ich wollte Rigemor Jølsen kennenlernen, ich hatte tausend Fragen, und alle Antworten spazierten soeben ein Stockwerk unter mir in braunen, vernünftigen Schuhen einher.

Was für eine Erleichterung! Ich fand Rigemor Jølsen am Regal mit den Milchprodukten, und sie war allein. Weg war die kleine Ratte! Wahrscheinlich war diese Kreatur eine zudringliche Nachbarin, die sich unterwegs an sie gehängt hatte. Ich ließ mir nichts anmerken. Absolut gar nichts. Ruhig ging ich, einen Einkaufswagen vor mir herschiebend, an Rigemor Jølsen vorbei und registrierte aus dem Augenwinkel, daß sie bereits einen Liter Vollmilch in ihrem Wagen untergebracht hatte. Jetzt schwebte ihre rechte Hand zögernd vor der Joghurtauswahl. Fast lässig schnappte ich mir selbst einen Liter Vollmilch und stellte ihn in meinen Wagen, dann wandte ich mich dem Schmelzkäsefach zu. Ich wußte genau, was ich wollte, nämlich Krabbenkäse aus der Tube, aber auch ich tat so, als mache mir die Wahl zwischen den verschiedenen Käsetypen Probleme. Meine Hand glitt vom Krabben- zum Schinken- und weiter zum Schnittlauchkäse, ehe sie wieder auf die gelbe Tube mit den hellroten Krabben zuhielt. Und die ganze Zeit über warf ich diskrete Seitenblicke in Richtung Rigemor Jølsen. Wofür würde sie sich entscheiden? Müsli? Ananas? Natur?

Sie entschied sich für Backpflaumenjoghurt. Ob Rigemor Jølsen Verdauungsprobleme hatte? Diese Frage konnte zwar erst mit Gewißheit beantwortet werden, wenn sie sich auch noch eine Tüte Leinsamen schnappte, aber der Gedanke war bestechend. Ich sah sie vor mir, wie sie sich zusammenkrümmte und preßte; Tränen standen ihr in den Augen und machten sie blank und schön.

Sie kam an mir vorbei. Ich stand mäuschenstill und gab vor, das Verfallsdatum auf einem Stück vakuumverpackten Ridderkäses zu studieren, aber ich spürte den schwachen Luftzug, als sie vorbeiging. Und: Zum erstenmal schnupperte ich ihren Duft. Ich habe keine Ahnung von Parfüm, aber ich muß zugeben, daß dieser Duft mich augenblicklich in das Haus meiner Großeltern am Stadtrand von Sandefjord zurückversetzte, in den Keller, wo sie die Winteräpfel aufbewahrten. Rigemor Jølsen duftete ganz einfach nach Äpfeln. Süß und gut!

Der nächste Halt war bei der Fleischtruhe. Für Rigemor Jølsen, wohlgemerkt. Ich selbst ging weiter bis zur Ecke mit Bier und Limonade, wo ich, halb versteckt hinter den Solo-Light-Kästen, Stellung bezog. Ich hatte mir zwar am Vortag ausgemalt, ihre Stimme bei der Bitte um Hack und Cervelat zu hören, beschloß aber dennoch sicherzugehen, sie auf keine Weise unter Druck zu setzen. Sie durfte nicht dauernd Elling vor oder hinter oder neben sich erleben. Meine Strategie war: kurzes, intimes Passieren und anschließender Rückzug – so wie jetzt –, wobei ich sie aus der Entfernung beobachtete. Zeit hatte ich trotz allem genug. Rom wurde auch nicht an einem Tag erbaut, und die Wahrheit über den Menschen Rigemor Jølsen würde sich auch nur mit Zeit und Geduld bloßlegen lassen. Wenn ich ehrlich sein wollte, dann mußte ich zugeben, daß ich schon recht weit gediehen war. Der Name. Rigemor Jølsen. Tierlieb, ohne jegliches Interesse für modernen französischen Film. (Darin war ich ihrer Meinung.) Etwas träge Verdauung (?). Parfüm: Apfelduft. Trinkt Milch. Bekanntenkreis: Eine rattenähnliche ... Nein. Die rattenähnliche Frau gehörte mit hoher Wahrscheinlichkeit nicht zu Rigemor Jølsens

Bekannten*kreis.* »Kreis« klang zu intim in diesem Zusammenhang. Rigemor Jølsen wußte ganz genau, wer diese Frau war; sie wich einer oberflächlichen Unterhaltung mit ihr nicht aus, wenn der Zufall sie wie eben zusammenführte, aber von mehr konnte wohl kaum die Rede sein. Nein, bestimmt nicht. Ich neigte zu der Theorie, daß Rigemor Jølsen die Sorte Mensch war, die niemandem ihre Hilfe verweigert; ein bejahender Mensch, der die Größe hatte, sich in aller Öffentlichkeit mit einer rattenähnlichen Frau zu zeigen. Rigemor Jølsen war nicht der Typ, der Menschen wegen ihres suspekten, ja, abstoßenden Äußeren verdammte. Sie scherte sich keinen Pfifferling darum, was andere vielleicht von dem Aussehen des Menschen hielten, mit dem sie einkaufen ging. Während des Krieges hatte sie trotz allem dem Blick der Okkupanten standgehalten. Hatte sich furchtlos vor ihre vielen Kinder gestellt. Im Verhältnis zu dem Leben, das sie gelebt, zu den Erfahrungen, die sie mit zwischenmenschlichen Beziehungen gemacht hatte, war es als fast nichts anzusehen, daß sie eines normalen Vormittags mit einer rattenähnlichen Frau ein paar Meter denselben Weg ging. Wenn sie nach Hause kam und das Kaffeewasser aufsetzte, würde sie an dieses Ereignis aller Wahrscheinlichkeit nach keinen Gedanken mehr verschwenden. Wie souverän sie war! Sie kaufte zwar weder Hack noch Cervelat, wie ich erwartet hatte, aber immerhin ein Stück Leber, soviel ich sehen konnte. Ein Stück Leber und ein Endchen Fleischwurst. Aber ich bemerkte (noch auf diese Entfernung), mit welcher Autorität sie ihre Wünsche vorbrachte. Hier war nicht die Rede von »ja, hm, mal überlegen«. Es hieß: Leber. Fleischwurst. Die Entscheidung war zweifellos zu Hause gefallen, vielleicht sogar schon am Vorabend. Während Giraffen, Nashörner und mehr oder weniger schlaffe Löwen über den Bildschirm getobt waren, hatte Rigemor Jølsen an Leber und Fleischwurst gedacht. Die Löwinnen, die in femininer Gesellschaft einen halbtoten Wasserbüffel in Fetzen reißen: »Ich glaube, morgen gibt's Leber, Rigemor. Und ein Stück Fleischwurst.« Was die Wahl der Joghurtsorte anging, war der Fall anders gelagert. Hier hatte sie offenbar geschwankt. Aber selbst diese Unsicherheit hatte mich keine Sekunde an der Tatsache zweifeln lassen, daß sie ein resoluter Mensch war. Es gibt nämlich verschiedene Arten des Zögerns. Ihr Zögern hatte nichts *Zerfahrenes* gehabt. Ich konnte mir ein Lächeln nicht verkneifen, als ich mir vorstellte, wie die Rattenfrau in einer ähnlichen Situation reagiert hätte. Angesichts von acht, zehn Sorten Joghurt würden die kleinen Grauen in ihrem häßlichen kleinen Kopf sicher schwer arbeiten müssen. Und jede kleine Graue würde natürlich in ihre Richtung zerren, so daß der arme Körper zitternd vor der Kühltruhe stand. Ich sah sie vor mir. Sie *zitterte*! Es war zum Speien!

»Nein, danke, das wär's.« Ich konnte sehen, daß sie das sagte. Der Verkäufer, ein Bursche, den ich als recht schlichte Seele in weißem Nylonkittel kennengelernt hatte, hatte seine Standardfrage gestellt. Bei dieser Kundin ganz unnötig.

Jetzt hatte ich es eilig. Ellings forschender Blick über den Rand eines Kastens Solo Light war nicht gerade das, was ich ihr anbieten wollte, wenn sie dem Fleischtresen den Rücken kehrte. Rascher Rückzug. Zwei Schritt zurück, den Einkaufswagen in leichtem Bogen zwischen den Regalen einhergeschoben, gerader Kurs in Richtung Obst und Gemüse. Tomaten vielleicht? Nun, warum nicht? Das wichtigste war, den Eindruck von Aktivität zu vermitteln, wenn Rigemor Jølsen – vermutlich bald – um die mit Bier und Limonade bestückte Ecke bog. Von Aktivität und Zuverlässigkeit. Und kann man sich etwas Zuverlässigeres vorstellen als einen Mann im besten Alter, der mit der einen Hand eine der kleinen durchsichtigen Plastiktüten an sich reißt, während die andere sich bereits suchend in Richtung Tomaten ausstreckt? Wohl kaum. Mir war wirklich danach, mich umzudrehen, aber davon konnte natürlich keine Rede sein. Ich hatte beschlossen, mich zurückzuhalten, und damit basta. Resolut legte ich fünf (gelinde gesagt) feste Tomaten in meine Tüte und stellte mich hinter einer jungen Mutter an, die mit einer Hand versuchte, eine wilde Rotzgöre in Schach zu halten, während sie mit der anderen einen mittelgroßen Kohlkopf auf die Waage legte.

52, dachte ich. Auf 52 drücken. Kohl. Sie zögerte. Sie *zitterte* nicht, wie es bei der Rattenfrau der Fall gewesen wäre, aber sie zögerte. Das Kind zerrte in Richtung Schokolade und Illustrierte.

Ich fing an zu schwitzen. Mutter fand den Kohl nicht. Schweiß troff aus der Achselhöhle. Sie fand rote und grüne Paprika, sie fand Tomaten und Kartoffeln, sie fand Sellerie und Steckrüben. Aber obwohl der Kohl gleich neben den Steckrüben zu finden war, konnte sie ihren rotlackierten Nagel einfach nicht auf den richtigen Knopf setzen. 52, dachte ich. Na los. Probier's noch einmal. 52, Kohl. 52, Kohl. Kartoffeln. Steckrüben. Kohl. Kartoffeln. Steckrüben. Kohl. Das Kind fing an zu heulen und boxte sie in den Oberschenkel, wollte »okolade, okolade, okolade«. Mutter suchte 52, Kohl. Ich schwitzte. Die Tüte mit den Tomaten war bleischwer. Stand Rigemor Jølsen hinter mir? Nicht umdrehen, Elling. Aushalten und stillstehen. 52, Kohl. 49, 50, 51 – Kohl! 52, Kohl!

Jetzt! Mutter bekam endlich Kontakt zu 52, Kohl, sie schnappte sich den Preiszettel und verpaßte dem Kind eine wohlverdiente Ohrfeige, mit flacher Hand. Dann war ich an der Reihe. Wo sind die Tomaten, Elling? Du hattest sie doch vorhin noch im Visier. Zwei Sorten. Die großen roten Fleischtomaten, die es um diese Jahreszeit nicht gibt, und die kleinen, farblosen niederländischen. Stehen nebeneinander. Wollen mal sehen: Porree, Sellerie, Möhren, Paprika, grün, gelb, rot … 52, Kohl.

»13«, kam es von hinten. Frauenstimme. »Tomaten sind Nr. 13.«

Nahm ich eine Spur von Irritation wahr? Ich war nicht sicher. Solider ostnorwegischer Akzent. Der bloße Gedanke, daß Rigemor Jølsen aller Wahrscheinlichkeit nach hinter mir stand und mich mit einer *Spur* von Irritation über die Preistaste für fünf Tomaten aus den Niederlanden belehrte, sorgte dafür, daß mir schwindlig wurde. Nicht umdrehen, Elling! Auf 13 drücken. Ich drückte auf 13. Klebte den Preiszettel an die Tüte und drehte mich um.

Die Rattenfrau! Ich hätte schreien können. Die Rattenfrau, so nahe, daß ich *in* ihre Nasenlöcher schauen konnte!

Für einen Moment wurde mir schlecht, ich mußte einfach weg hier. Mit den Tomaten wollte ich nach diesem Erlebnis nichts mehr zu tun haben. Ich mußte mich ihrer auf dem schnellsten Wege entledigen, und ich mußte Rigemor Jølsen finden. Jeder Vernunft zum Trotz war sie nicht an Bier und Limonade vorbeigekommen, also mußte sie den Weg zurückgegangen sein, den sie gekommen war. Ob sie etwas vergessen hatte? Nein, so war das wohl kaum. Plötzlich begriff ich. Rigemor Jølsen hatte, nach dem Intermezzo mit dem Joghurt, die Ecke bei der Fleischtruhe umrundet. *Eigentlich* brauchte sie noch ein oder zwei Dinge aus den Regalen hinten – Waschmittel und Hygieneartikel –, die sich, als ich zum Gemüse ging, rechts von ihr befunden hatten. Aber als sie sah, daß vor dem Fleischtresen keine Schlange stand, war sie erst dorthin gegangen, um Zeit zu sparen. Nicht, daß das eigentlich nötig gewesen wäre. Rigemor Jølsen hatte aller Wahrscheinlichkeit nach Zeit genug. Aber sie hatte instinktiv reagiert. Als Mutter mehrerer Kinder war ihr die Notwendigkeit, sinnvoll mit der zur Verfügung stehenden Zeit umzugehen, in Fleisch und Blut übergegangen.

Und richtig: Als ich die Ecke umrunde, wo Knäckebrot nahtlos an Seife und Waschpulver anschließt, sehe ich, wie sie eine Haushaltspackung Omo aus dem Regal nimmt. Ich gehe an ihr vorbei und sichere mir eine neue Zahnbürste, wobei ich die Tüte mit den Tomaten hinter das Toilettenpapier gleiten lasse.

Schlange vor der Kasse. Ich brauche wohl kaum zu erwähnen, daß die Rattenfrau es schafft, sich zwischen Rigemor Jølsen und mich zu quetschen. Aber immerhin höre ich hier zum erstenmal ihre Stimme. Auch sie kommt aus Ostnorwegen, wie die Rattenfrau. Und sie redet mit der Rattenfrau. Über die Preise. Das Wetter. Es soll kälter werden.

Auf dem Weg nach draußen reiße ich ein *Dagbladet* an mich. Gro weist die Fischer in die Schranken.

Es war am Tag vor Mutters Beerdigung. Wehmütig öffnete ich das Tiefkühlfach und nahm eine Zweiportionenpackung selbstgemachte Frikadellen heraus, wissend, daß die, die mit zierlicher Schrift »Frikadellen« auf die Plastikschachtel geschrieben hatte, jetzt tot und kalt in einem Kühllager irgendwo in der Stadt ruhte. Einen Zettel am großen Zeh, auf den ein Unbekannter ihren Namen geschrieben hatte. Ich stellte die Frikadellen in brauner Soße auf die Gasflamme und gab mir alle Mühe, nicht an das Krematorium zu denken.

Die Frikadellen waren genauso gut, wie sie es zu ihren Lebzeiten gewesen waren. Es kam mir so ... irgendwie unpassend vor. Ich kaute und kaute, merkte, daß sich irgend etwas in mir aufstaute ... und dann kamen endlich die Tränen.

Genug davon. Ich weinte mich leer und aß mich satt, und danach spülte ich, ging ins Wohnzimmer und legte mich in Embryostellung aufs Sofa.

Ich dachte an Rigemor Jølsen. Und an die Rattenfrau. Irgend etwas stimmte da nicht. Sie waren nämlich zusammen nach Hause gegangen. Hatten miteinander geredet und gelacht und sich überhaupt wie alte Freundinnen benommen. Ich war ein Stück hinter ihnen geblieben und hatte sie beide im selben Aufgang im Grevlingstien 17 B verschwinden sehen.

Es war natürlich unreif von mir, irgend jemanden nach dem Aussehen zu beurteilen. Das sah ich ein. Ich wußte schließlich nicht, ob die Rattenfrau nicht vielleicht so viele gute Seiten hatte, daß Mutter Teresa dagegen wie ein kleines Flittchen wirken mußte. Aber ich konnte das nicht so recht glauben. Wenn die beiden mehr verband als eine normale nachbarliche Beziehung, dann befürchtete ich, daß die Rattenfrau einen unglücklichen Einfluß auf Rigemor Jølsen ausüben könnte. Ich hatte Angst, die Rattenfrau könnte Rigemor Jølsen in einen Sumpf von Klatsch und Gerüchtemacherei hinunterziehen oder sie zu Veranstaltungen der Zeugen Jehovas locken. Ich hatte kein Recht, solche Überlegungen anzustellen, es war absolut gegen das Gleichheitsideal, das meine politische, ja, sogar meine religiöse Grundhaltung prägt. Daß wir vor Gott und dem Staat alle gleich, gleich gut und gleich wertvoll sind. Und dennoch lag ich da und dachte häßliche Gedanken. Immer und immer wieder. Ich stellte mir sogar die Rattenfrau im Gummianzug auf dem Surfbrett vor. Und lachte höhnisch ins Sofa. Ich war so gemein, hundsgemein, aber ich konnte nicht dagegen an. Gros Kraft und Stärke wirkten so überwältigend, verglichen mit dieser kleinen Nuß von einer Frau. Wesen von zwei verschiedenen Planeten, die sich an einem seltsamen Kreuzweg in meiner Psyche trafen. Und da waren sie, jede auf ihrem Surfbrett, jede streckte ihr Hinterteil in die blaue Sommerluft, und dabei gehörten sie mir beide ganz und gar. Ich hatte nicht um die Rattenfrau gebeten, das mochte Jesus wissen, aber nun war sie hier, und sie gehörte mir. Ich war vollkommen überzeugt davon, daß außer mir niemals irgendwer sich diese Frau auf einem Surfbrett vorgestellt hatte.

Nun ja, ich konnte ja nicht den ganzen Tag lang auf dem Sofa liegenbleiben und höhnisch lachen. Es war wirklich an der Zeit für eine kleine Studie über Rigemor Jølsens Tun und Lassen.

Aber nein. Sie hatte die Vorhänge vorgezogen. Das heißt, nicht ganz. Ein winzig kleiner Spalt ließ mich in ihr Wohnzimmer, ich ahnte einen Zipfel ihres Zimmers. Keine Rigemor Jølsen. Das Licht brannte, aber im Zimmer war nicht die kleinste Bewegung auszumachen. Ob sie vor dem Fernseher saß? Oder ob sie sich, in ihrer kleinen Küche stehend, an unaussprechlichen Stellen kratzte? Fast alles war möglich. Ein Stich der Angst: Ob sie Besuch von der Rattenfrau hatte? Hatte sie deshalb so sorgfältig die Vorhänge geschlossen? Schon möglich, Elling. Sich öffentlich mit dieser Frau zu zeigen ist eine Sache; zuzugeben, daß man mit ihr im eigenen Heim Umgang pflegt, etwas ganz anderes. Denn auch wenn Rigemor Jølsen zweifellos eine Frau war, die sich nur wenig um den Klatsch der Nachbarn kümmerte, brauchte sie sich und die Rattenfrau ja doch nicht auf den Präsentierteller zu heben. Warum aber ist die Rattenfrau zu Besuch? fragte ich mich, während ich das Teleskop schärfer einstellte. Jetzt hatte ich den Teakholztisch klar im Blick. Es gab viele Möglichkeiten. Ich konnte mir zum Beispiel gut vorstellen, daß ein Enkelkind der Rattenfrau ein bißchen auf Abwege geraten war. Toril, die Mutter des Kindes, hatte jede Kontrolle über ihre Tochter verloren. Die interessierte sich für junge Ausländer und Klauereien in Tankstellen. Toril, längst von ihrem Mann verlassen, konnte sich nur an eine wenden – an ihre Mutter. Daß die Mutter ein etwas rattenhaftes Aussehen hatte, konnte und wollte sie jetzt nicht weiter wichtig nehmen. Es ging um Leben und Zukunft ihrer Tochter. Und die Rattenfrau ihrerseits war natürlich außer sich. Ihre Enkelin in den Armen eines Türken? Natürlich wußte ich rein gar nichts über die

Phantasie der Rattenfrau. Aber ich war davon überzeugt, daß sie ohne nennenswerte Probleme imstande war, sich vorzustellen, wie die jungen Türkenhände, erst bettelnd, dann fordernd, über die milchweißen Schenkel ihrer Enkelin strichen, wie sie langsam, aber sicher das Ziel suchten, das kleine sandfarbene Ziel, den Bosporus, den Weg zur Mystik der Basare. Zum erstenmal tat mir die Rattenfrau leid. Dieser Lustmolch! Und dazu noch die Diebereien! Zwanzig Prince und zwei Bananen. Auf frischer Tat bei Texaco ertappt. Polizei-Großeinsatz mit allem Drum und Dran. Was macht die durchschnittliche Großmutter, wenn solches Elend bei ihr abgeladen wird? Dann geht sie zu Rigemor Jølsen. Und Rigemor Jølsen zieht die Vorhänge vor, setzt sich hin und hört zu. Es gibt auf dieser Welt zwei Arten von Menschen, sagte Mutter immer. Die, die die Kunst beherrschen, anderen zuzuhören, und die, die das nicht tun. Und ich war sicher, daß Rigemor Jølsen zur ersten Kategorie gehörte. Ihre Ausstrahlung sprach Bände, was das anging. Was mochte diese Frau im Laufe ihres langen Lebens nicht alles gehört haben? Nichts Menschliches war Rigemor fremd. Und, da konnte man sagen, was man wollte, sowohl der Versuch des jungen Türken, in die Enkelin der Rattenfrau einzudringen, als auch die Diebereien in einer ländlichen Tankstelle waren doch nur menschlich. Abscheulich und bedauerlich zwar, aber menschlich. Ich konnte förmlich hören, wie Rigemor Jølsen zu Zusammenhalt in der angeschlagenen Familie mahnte, davor warnte, das junge Mädchen, das in die Irre gegangen war, zu verdammen. Auch den Türken verteidigte sie ohne weiteres. Jungen sind Jungen, ob sie nun aus Istanbul kommen oder aus Snåsa. Ja, als ich sie das in ihrem ruhigen ostnorwegischen Akzent sagen hörte, mußte ich wirklich mein Bild von diesem Jungen revidieren. Hatte ich irgendein Recht, ihn als Lustmolch zu bezeichnen, wo er doch nur seiner Natur gehorchte? Die Antwort war nein. Und Torils Tochter hatte ihn schließlich gewähren lassen, es hatte ihr gefallen, der kleinen Nuß. Die fordernden Hände und der schwere Atem des Jungen hatten ihr gefallen. Die Frauen in dieser Familie waren eben so. Mit Fug und Recht konnten wir uns fragen, worüber die Rattenfrau sich überhaupt beklagte.

Keine Bewegung. Nicht die geringste Bewegung. Doch! Ein hastiger Schatten huschte in Richtung Küche. Was war passiert? Das Nächstliegende war, daß Rigemor Jølsen das ewige Gequengel der Rattenfrau langsam satt und ihr ordentlich den Kopf gewaschen hatte. Und zwar dermaßen, daß die Rattenfrau die Wohnung verlassen hatte, erfüllt von dümmlichem Zorn und öder Selbstgerechtigkeit. Wenn ich mich nicht sehr irrte, dann wurde dort drüben jetzt mit den Türen geknallt.

Eine Stunde verging. Nichts. Fast ärgerte ich mich ein bißchen. Spürte, daß ich irgendwie meine Zeit vergeudete. Ganz ohne Absicht senkte ich mein Teleskop ein wenig, so daß die Wohnung unter Rigemor Jølsens meine Aufmerksamkeit auf sich zog. Hier waren nämlich die Vorhänge von Wohnzimmer und Küche geöffnet. Nur als kleine Abwechslung, dachte ich. Ein rascher Blick auf die Verhältnisse da unten, dann wieder hoch zu Rigemor Jølsen.

Abwechslung! Von wegen! Ich befand mich plötzlich mitten in einem Trinkgelage, und das an einem normalen Werktagsabend. »Trinkgelage« war vielleicht ein wenig übertrieben, aber daß dort unten getrunken wurde, stand einfach außer Zweifel. Ein Ehepaar, genauer gesagt, ein *Paar*, saß vor dem Fernseher, und auf dem Tisch standen nicht weniger als vier Weinflaschen. Er trank Weißwein, sie Rotwein, wie ich sah. Er trug Jeans und ein hellgelbes, gestreiftes Hemd. Dunkle, zurückgestrichene Haare. Eine Zigarette baumelte im Mundwinkel. Der typische Halbstarke, wie es in meiner Jugend hieß. Sie in Jeans und rotem Pullover. Blondine, echt oder unecht. Sie hatte die Füße aufs Sofa gezogen, sie hockte gewissermaßen – nach meiner Meinung eine äußerst unweibliche Pose, es wirkte fast schon obszön. Hätte sie keine Hose getragen, dann hätte ich glatt in sie hineinschauen können. Im Fernsehen hatte ich gesehen, daß manche Afrikanerinnen diese Stellung zum Gebären einnahmen. Und zu diesem Zweck war sie sicher sehr brauchbar. Aber es war ja wohl nicht nötig, daß eine moderne Norwegerin so in einem modernen Block bei Oslo saß. Das kam natürlich alles vom Suff, wie so vieles. Ich konnte mir jedenfalls nicht vorstellen, daß eine normal begabte Frau über vierzig eine solche Stellung einnahm, wenn nicht einiges an Promille mit im Spiel war. Sie war, wie gesagt, blond, recht hübsch, aber auch sie rauchte. Paffte eine Zigarette nach der anderen aus einer Packung auf dem Tisch. Auch das unweiblich. Was es wohl für ein Gefühl war, eine solche Frau zu küssen? Eine Frau, die ihren Mund freiwillig als Müllverbrennungsanlage benutzte? Ich wußte es nicht. Ich wußte überhaupt nicht viel über Küsse. Ich hatte nicht mitmachen wollen, als meine Klassenkameraden damals wie die Wilden experimentierten. Meine Zunge in einen fremden Mund pressen. Was in aller Welt hatte ich dort zu suchen? Ganz zu schweigen von der Vorstellung, eine fremde Zunge zu Besuch zu haben! Einen klitschnassen Fleischklumpen voller Bakterien und Dreck. Was, wenn sie ganz andere Essensgewohnheiten hatte als ich? Was, wenn ihr Lieblingsessen Schwarzbrot mit einer dicken Schicht altem Käse war? Was, wenn sie Hering liebte? *Die Zunge, die jetzt so wollüstig in deinem Mund rotiert, ist daran gewöhnt, in feingekautem saurem Hering mit rohen Zwiebeln zu schwelgen.* Oder in noch Schlimmerem. Nein. Ich hatte auf höfliche Weise abgelehnt. Zweimal war ich gefragt worden, aber ich hatte abgelehnt.

Wie unterschiedlich wir Menschen doch sind! Hier saß ich mit meiner Teetasse und meinem Teleskop zu fast zehntausend. Da unten saß eine unbekannte Frau und rauchte eine Zigarette nach der anderen, während sie ein Glas Wein nach dem anderen kippte. *Hockte* auf dem Sofa! Zusammen mit einem dunkelhaarigen Mann, der dasselbe Hobby zu haben schien wie sie, nämlich die raschestmögliche Zerstörung des eigenen Körpers! Ein Stockwerk höher saß Rigemor Jølsen und kümmerte sich um ihre eigenen Angelegenheiten, wie immer die aussehen mochten. Irgendwo anders in diesem Block saß aller Wahrscheinlichkeit nach die Rattenfrau und musterte ihre leeren Handflächen.

Ich machte einen Schwenk hinüber zur Nachbarwohnung der Trunkenbolde. Ein Kind hüpfte mitten im Zimmer auf und ab. Rote Apfelbäckchen. In der Küche – der Schatten von Mutter oder Vater. Plötzlich erfaßte mich der heiße Drang, das Teleskop auf alle Fenster zu richten, in denen ich Licht sah, aber ich riß mich zusammen, hielt die Lust in Schach. Es war schon möglich, daß ich irgendwann auch in dieses oder jenes einen Blick werfen würde, aber alles auf einmal, das ist nicht mein

Stil. So etwas führt zu keinem *Verständnis*! Verständnis, echten Einblick, gewinnt man im Laufe der Zeit. Durch sorgfältige Studien. Ich ahnte schon, daß meine Sammlung irgendwann auch andere als Rigemor Jølsen umfassen würde, aber es war und blieb diese Frau, die das Fundament ausmachte. Ohne Nähe zu dem Leben, das sie gelebt hatte, das sie lebte, gab es zu niemandem Nähe. Alles mit Maßen, Elling. Das richten wir im Geiste Gerhardsens.

Zurück zu Rigemor Jølsen. Keine Bewegung. Ich begann einzusehen, daß dieser Abend mich ihrem Leben und ihrer Persönlichkeit nicht näher bringen würde. Zwar hatte der kurze Moment, in dem ich sie oder die Rattenfrau gesehen hatte, mir einiges zu denken gegeben. Gleichzeitig aber war klar, daß nur direkter Einblick mir Wissen bringen konnte. Und direkten Einblick würde ich aller Wahrscheinlichkeit nach heute abend nicht mehr gewinnen. Trotz allem war es nicht üblich, daß die Leute sofort nach Einbruch der Dunkelheit die Vorhänge schlossen. Ich konnte nur zu Gott beten, daß die Offenheit, die sie am Vorabend gezeigt hatte, nicht nur ein Versehen gewesen war. In diesen Blocks lebten schon genug Menschen ihr Leben sozusagen hinter geschlossenen Vorhängen. Ich gehörte ja selbst zu ihnen.

Zurück zu den Leuten unter ihr. Herr und Frau Suffundpaff. Ich stellte fest, daß die Tatsache, daß sie namenlos waren, mir schon Probleme machte. Warum hatte ich nicht die Namen aller Bewohner dieses Aufgangs notiert? Egal, morgen war auch noch ein Tag. Zwar war Mutters Beerdigung, aber ich würde trotzdem dafür sorgen, daß diese Menschen getauft wurden. Die Frau hätte ich am liebsten Anne-Lise getauft, ich hatte nämlich einmal eine Frau dieses Namens kennengelernt, aber ich ließ es sein. Wenn sich nun herausstellte, daß sie Mona hieß, würde mich das nur unnötig durcheinanderbringen. Er sah nicht so aus, als ob er überhaupt einen Namen hätte. Saß da wie ausgestopft. Keine Bewegung, abgesehen von den Touren mit der Zigarette zum Aschenbecher. Und der Becherschwingerei natürlich. An… *sie* hatte inzwischen das Zimmer verlassen. Auf der Toilette brannte Licht. Kein Wunder. Wer Wein pichelt, muß oft pissen. Jetzt hatte sie mir also den Rücken gekehrt und ließ dem Strahl seinen Lauf. *Wie* saß sie da? Gerade und aufrecht? Kaum. Weit vornübergebeugt, stellte ich mir vor. Ob sie die Stirn auf die Knie gelegt hatte? Ihr Gesicht gegen die nicht besonders saubere Unterhose gepreßt? Hingen ihre Arme schlaff herunter, während sie sich entleerte? Ich weiß, daß solche Fragen wie pure Nebensächlichkeiten, ja, wie Bagatellen wirken können. Aber das ist nicht der Fall. Ich arbeitete nicht an einer Studie über das, was Menschen *scheinbar* taten. Ich wollte wissen, was sie wirklich machten. Ich wollte wissen, *wie* sie es machten. (Wo steckt denn Hansen? Hansen ist nach Hause gegangen. Ah, ja. Aber was macht Hansen zu Hause? Ißt er? *Was* denn? *Wie* denn? Es spielt durchaus eine Rolle, ob er mit Messer und Gabel ißt, nach chinesischer Art mit Stäbchen oder einfach mit den Fingern. Na also – und du hast geglaubt, du wüßtest alles über Hansen. Na gut. Er steht zwar seit über fünfundzwanzig Jahren hinter der Theke des kleinen Tabakladens, wo du jeden Tag deine Zeitung kaufst; du kennst seine Garderobe, längst redet ihr euch mit Vornamen an; er erzählt munter von seinen Enkeln – aber hast du gewußt, daß Gunnvald Hansen, wenn auch im Schutze seiner vier

Betonwände, Fischklöße in weißer Soße mit den Fingern ißt? Nein, das nicht.)

Dahin wollte ich. Auf den Grund. Ich hatte mein Leben lang ein tiefes Mißtrauen gegenüber dem gehegt, was andere Menschen über sich selbst erzählten. Ich glaubte nicht, daß sie logen. Aber ich war sicher, daß sie eine Reihe von Informationen unterschlugen. Informationen, die mich mit diesen Personen verbunden hätten, wenn ich sie nur zu einem ganzheitlichen Bild hätte zusammensetzen können; die mich dazu gebracht hätten, ihnen zu vertrauen. Deshalb war es äußerst irritierend, daß ich nur raten konnte, welche Stellung diese für mich noch namenlose Frau einnahm, wenn sie sich ihres Wassers entledigte. Vor allem die Armhaltung beschäftigte mich. Sitzend, mit der Klorolle in der Hand: die aktive Dame, die darauf wartet, daß ihre Blase sich leert. Sie sitzt auf dem Sprung. Sie muß nur eben diesen Unfug hinter sich bringen und wird dann wieder ihren Platz vor dem Fernseher einnehmen, neben ihrem ausgestopften Mann. Mehr Wein, mehr Zigaretten, und zwar ein bißchen plötzlich. Vornübergebeugt, die Arme seitlich herunterhängend: die Frau, die alles seinen Gang gehen und eiern läßt. Es sprudelt und strömt, und irgendwann hört es auf. Es hat keine Eile. Nichts hat Eile, sie hat ja schon aufgegeben, und der Handlung im Fernsehen kann sie ohnehin nicht folgen. Zwischen beiden besteht ein großer Unterschied. Ein himmelweiter Unterschied. Diesen Unterschied macht der eigentliche Lebensfunke aus, der *Wille*, diesen Funken immer am Glühen zu erhalten. Bei der ersten Frau gibt es noch Neugier, den Drang, sich zu orientieren. Sie wird sich rasch (aber gründlich) abwischen, in Unterhose und

Hose schlüpfen und an ihren Platz geradezu zurückstürzen. Um zu sehen, wie sich die Fernsehsendung weiter entwickelt hat, natürlich. Aber auch, um sicherzustellen, daß ihr Mann nicht von ihrem Wein trinkt, oder – falls die Liebe noch blüht – um nachzusehen, wie es ihm geht. Hat er sich ein Kissen in den Rücken gestopft, wie der Arzt ihm geraten hat? Hat er genügend Zigaretten? Und überhaupt. Frau Nummer 2 hat einfach aufgegeben. Von ihr aus könnte der Tod kommen, hier und jetzt. Durchs Fenster herein, wie eine Fliege.

Schwer zu sagen, welche dieser beiden Frauen nun ins Wohnzimmer zurückkam. Wahrscheinlich keine von beiden. Vor dem Hintergrund dessen, was dann geschah, mußte ich nämlich beide Vorstellungen verwerfen. Die Frau kommt herein. Ein Stück Papier in der Hand. Schwenkt das Papier und setzt sich aufs Sofa. Diesmal in normaler Stellung. Fast ein wenig pingelig. Die Knie fest zusammen. Legt das Papier auf den Tisch. Greift nach der Zigarettenpackung. Und nun knallt's. Der Mann, der bisher im Grunde nur ausgestopft gespielt hat, springt auf. In Sekundenschnelle ist er über ihr und verpaßt ihr einen gewaltigen Faustschlag ins Gesicht. Ihr Kopf kippt rückwärts, dann wieder vorwärts, landet in den Handflächen, sie wiegt sich hin und her. Der Mann beläßt es bei diesem einen Schlag. Er setzt sich wieder, als sei nichts geschehen.

Aber es ist geschehen. Elling hat es gesehen. Und wenn ich etwas verabscheue, ja, wenn etwas dafür sorgt, daß mein Magen sich umstülpt, dann ist es Gewalt. Es gibt Menschen, die meinen (und behaupten), Gewalt gegen Frauen und Kinder sei schlimmer als Gewalt gegen Männer. Ich finde das nicht. Für mich ist Gewalt etwas, von dem man sich restlos distanzieren muß, egal, welche Form sie annimmt. Gewalt ist *ein* Phänomen; dieses Phänomen in mehr oder weniger grausame Erscheinungsformen einzuteilen bedeutet meiner Meinung nach, es nicht ernst zu nehmen. Er hat sie mitten ins Gesicht geschlagen, während ich ganz friedlich zugesehen habe! Ihr Schmerz war meiner. Es hat entsetzlich weh getan. Und ich war, gelinde gesagt, peinlich berührt. So, als wäre das passiert, während ich in ihrem Wohnzimmer saß. Als hätte dieser Clown, dieser *Halbstarke*, sie ins Gesicht geschlagen, nachdem er mich eben noch zu einem kleinen Abendgläschen überredet hatte.

Was steckte hinter diesem Verbrechen? Was hatte sie zu ihm gesagt? Was hatte auf dem Papier gestanden? Ich würde handeln, das war klar. Aber ohne eine gewisse Kenntnis der Zusammenhänge würde es schwer sein, diesen Gorilla da zu treffen, wo er es verdient hatte.

Wieder ein Füllhorn der Möglichkeiten. Ich sah die Szene immer wieder vor mir. Die Frau, die das Zimmer betritt. Einen Zettel in der Hand. Die Frau, die mit dem Zettel winkt und etwas sagt, während sie das Sofa ansteuert. *Was* hatte sie gesagt?

»Kåre? Hier hast du wieder ein Stück gebrauchtes Klopapier. Ich weiß, daß du das nicht gern hören wirst, aber ich habe Lillian und Bitten von deinen speziellen Wünschen erzählt. Es ist mir beim Kaffeeklatsch einfach so rausgerutscht.«

?

Für mich war der Fall ohnehin Jacke wie Hose wie Federhut. Man schlägt keinen anderen Menschen. Basta. Mein Problem war, daß ich mir keinen Rat wußte. Wenn ich doch bloß irgendwen hätte anrufen können.

Rigemor Jølsen zum Beispiel. Ihr erklären, wie die Wirklichkeit in der Wohnung unter ihrer in diesem Moment aussah. Als Fremder konnte ich das natürlich nicht, und für sie war ich ja ein Fremder, auch wenn ich glaubte, sie zu kennen. Aber wie mochte es sein, sie als Freund anrufen zu können, als *enger* Freund? (»Rigemor? Du, hier ist Elling. Dieses brutale Nilpferd hat sie schon wieder geschlagen. Mitten ins Gesicht. Ja, mit geballter Faust. Ich saß zufällig hier und bastelte an meinem Teleskop herum, da habe ich alles mitgekriegt. Was? Genau. Ich dachte mir, daß du eine gute Idee haben würdest.«)

Ich stellte mir vor, wie ich routiniert und energisch ihre Nummer wählte, eine Nummer, die ich auswendig wußte, solange ich mich zurückerinnerte.

»Rigemor? Elling hier, du.«

»Rigemor? Hier ist Elling.«

»Rigemor? Elling.«

»Hier ist nur Elling, Rigemor.«

»Bist du das, Rigemor? Elling.«

»Elling.«

»Rigemor? Elling.«

»Rigemor? Elling speaking.«

»Elling hier, du.«

»Elling.«

»Guess who, Rigemor. Genau. Elling.«

»Hier ist Elling, Rigemor.«

»Hier ist bloß Elling.«

»Ja, du, hier ist Elling. Hallo, Rigemor!«

»Bin ich da richtig bei Rigemor? Schön. Elling hier, du.«

»Hallo, hier ist Elling. Bist du's, Rigemor?«

»Hör mal, Rigemor. Hier ist Elling.«

»Rigemor? Hier ist Elling.«

»Elling.«

Mir gefiel vor allem: *»Rigemor? Elling.«* Kurz und bündig irgendwie. Kein Schnickschnack. Hier ruft einfach Elling an, um kurz Bescheid zu sagen.

»Rigemor? Elling. Ich wollte dich bloß daran erinnern, daß der Schachklub heute abend im Zentrum tagt. Was? Ja, halb acht, wie immer. Bis nachher.«

»Rigemor? Elling. Hast du die Reserveschlüssel für den Squashklub bekommen? Okay. Macht nichts. Das schaff' ich schon selbst. Ciao.«

»Rigemor? Elling. Du, die Videos mit Gro in Rio sind gerade gekommen. Ja, schön, ich setz' Kaffeewasser auf.«

Aus dem Journal:

»Rigemor Jølsen 22:54 ins Bett, nach (vermutlich) Auseinandersetzung mit der Rattenfrau.

Gewalt in der unteren Etage.

Gibt es überhaupt Videos mit Gro Harlem Brundtland?«

Beerdigung. Wie traurig. Nur der Pastor, der Mann vom Bestattungsunternehmen und ich waren da. Und eine alte Dame, die ich nicht kannte. Sie saß ganz hinten und putzte sich ununterbrochen die Nase. Offenbar verwirrt. Ich saß vorn. Ganz allein. Der Bestattungsunternehmer hatte drei, vier Reihen hinter mir Platz genommen. Immer, wenn ich mich umdrehte (viermal), blickte er mich teilnahmsvoll an. Dennoch war ich davon überzeugt, daß er sich hinter meinem Rücken die Fingernägel saubermachte. Mir egal. Der Pastor versuchte nicht einmal, seinen Pfuschzettel zu verstecken. Mir auch egal. Besser, als wenn er Mutters Namen mit einem anderen verwechselt hätte. Er erzählte mir von Mutter. Er erzählte mir all das über Mutter, was ich einige Tage zuvor dem Bestattungsunternehmer gesagt hatte. Sogar die kleine Lüge, die ich eingeschoben hatte – daß Mutter im Glauben an Jesus Christus als ihren Herrn und Erlöser gestorben sei –, nahm er mit.

Danach gab er mir die Hand und sagte Elling. »Elling«, sagte er. »Du weißt, wo du mich findest, falls etwas sein sollte.«

»Ja«, antwortete ich automatisch, auch wenn ich nicht die geringste Ahnung hatte, wo ich ihn finden konnte. Nicht einmal dann, wenn etwas sein sollte.

Ich ging nach Hause.

*Ist* etwas, Elling? Ist *etwas*? Nein. Nun, andernfalls, falls doch etwas sein sollte, dann weißt du, wo du ihn findest. Den Pastor. Das heißt, du weißt es nicht, aber das spielt keine Rolle, denn es ist nichts. Sollte sich aber herausstellen, daß irgendwann irgend etwas ist, dann bist du wohl Manns genug, um ihn aufzuspüren. Der Mann lungert sicher bei der Kirche herum. Spielt hinter der Sakristei Schattenspiele. Steht auf der Empore und blickt hinab auf Taufbecken und Kanzel. Oder du findest ihn auf dem Fußballplatz hinter der Grundschule. Früher waren die Pastoren streng. Aber das war früher. Jetzt spielen sie mit ihren Konfirmanden Fußball und lachen laut, mit gelben Zähnen. Wenn du sie darum bittest, nehmen sie dich in den Arm, selbst wenn du ein Mann bist. Es braucht nicht einmal etwas zu sein. Ob er mich vielleicht in den Arm nehmen wollte? Obwohl ich ein Mann bin? *Weil* ich ein Mann bin? *War* etwas? Ich blieb einen

Moment lang stehen. Was wollte der Pastor eigentlich? Wollte er mich zum Gespräch einladen, falls irgendwas nicht stimmte? Aller Wahrscheinlichkeit nach ja. Mit mir nicht stimmte? Oder mit den Zuständen in diesem Stadtteil? Vielleicht mit der Gesellschaft überhaupt? Sollte ich sofort kehrtmachen und zum Fußballplatz hinuntergehen, um nachzusehen, ob er den Talar schon mit kurzer Hose und Strumpfhose vertauscht hatte? Wäre es richtig von mir, mein Geheimnis zu verraten, nämlich, daß es hier draußen Menschen gab, die andere einfach mit der Faust ins Gesicht schlugen, wegen irgendwelcher sexueller Bagatellen, die im Grunde niemanden interessieren konnten? Ich wußte es nicht. Ach, wie ich diese Ratlosigkeit haßte! Sollte ich ihm davon erzählen? Von der Ratlosigkeit, meine ich?? Nein. Ich war fast sicher, daß es mir nicht gelingen würde, die überzeugend darzustellen. Und wenn es mir doch gelingen sollte, was würde er dann machen? Mir gute Ratschläge erteilen? Nein, tausend Dank! Das glaubte ich einfach nicht. Außerdem hatte ich mich in letzter Zeit ja als recht entschlußfreudig erwiesen. Ich war in Rigemor Jølsens Leben eingetreten, ohne sie auch nur eine Sekunde lang zu beunruhigen. Das Ergebnis eines klaren Beschlusses, mein Leben mit Verstehen und Erkenntnis zu füllen, statt einfach nur Bilder einer gewissen Person aus Zeitungen auszuschneiden. Ein Schritt in die richtige Richtung. Ein Schritt auf jene zu, die mich umgaben, zu denen ich gehörte, denen sogar ein Teil von mir gehörte. Außerdem hatte ich beschlossen, etwas gegen den fernsehenden Trinker zu unternehmen, der seine Frau mit der Faust schlug, während andere das hilflos mit ansehen mußten. Das heißt, das dachte dieser Rohling sich so. Er bildete sich ein, Gemeinschaftsgefühl und die Fähigkeit, sich um andere zu kümmern, lägen im Sterben, wie die Kritiker der Sozialdemokratie es immer wieder behaupteten. Er glaubte, die Frau, mit der er zusammenlebte, erniedrigen und brutal behandeln zu können, weil niemand eingreifen würde. Ja, er war sich da offenbar so sicher, daß er sich nicht einmal die Mühe machte, die Vorhänge zuzuziehen, ehe er sie verprügelte. Ich würde ihm klarmachen, daß er sich getäuscht hatte.

Aber als erstes mußte das Problem einen Namen bekommen. Alles wird gleich handfester, wenn es Vor- und Nachnamen hat. Ich wanderte wie einige Tage zuvor durch das Wäldchen und ging ganz ruhig auf die Eingangstür von 17 B zu. Es war wichtig, Ruhe und Beherrschung an den Tag zu legen. Ruhig und beherrscht kann jeder auf die Haustür eines Blocks zugehen, ohne Aufsehen zu erregen. Erst durch das Schleichende, Verdeckte wird die Aufmerksamkeit der Leute geweckt. Mit dem besten Gewissen der Welt (und zur gepfiffenen Melodie von »Die Brücke am Kwai«) notierte ich alle Namen, die am Klingelbrett standen. Dann steckte ich Notizbuch und Kugelschreiber wieder ein und kehrte, hundertprozentig beherrscht, in meine Wohnung zurück.

Ragnar hieß das Schwein. Ragnar Lien. Ragnar Lien hatte Ellen Lien vor meinen Augen mit geballter Faust ins Gesicht geschlagen.

Ich vertauschte meinen dunklen Anzug mit einem grauen Trainingsanzug. Dann kochte ich mir eine Tasse starke Bouillon und setzte mich in Mutters Zimmer an Vaters Schreibtisch. Aber es sollte von nun an nicht mehr »Mutters Zimmer« heißen, beschloß ich. Ja, ich faßte einen weiteren Entschluß, ich entschied mich. Elling, dachte ich. Hör auf mit dem Unsinn! Mutter ist tot, aber dein Leben muß weitergehen. Von nun an soll dieses Zimmer »Rigemors Zimmer« heißen. Und so geschah es.

Als erstes zeichnete ich nun eine schematische Darstellung der neun Wohnungen, die ich auf diskrete Weise durch meinen koreanischen Freund Teleskop besuchen konnte. Dann setzte ich die Namen ein, die ich notiert hatte. Als ich fertig war, sah es so aus:

| | | |
|---|---|---|
| Hans und Mari Jespersen | Rigemor Jølsen | Tore und Gunn Almås |
| Heini Elster | Ragnar und Ellen Lien | Lena und Thomas Olsen |
| ? | Arne Moland | Mohammed Khan |

Das reine Schachbrett!

Nur wollte ich niemanden zu einer Partie bitten. Aber ich ging davon aus, daß einige der Spielfiguren, die nun aufgestellt waren, mir helfen würden, näher an Rigemor Jølsen heranzukommen; daß einige mir vielleicht auch in Sachen Ragnar Lien einen Schubs in die richtige Richtung geben konnten.

Ich holte das Telefonbuch und schlug bei L auf. La … Le … Li … Lien. Lien, Lien, Lien. Da! Lien, Ragnar, Polizeibeamter. Grevlingstien 17 B. *Polizeibeamter* – ich spürte, wie das Adrenalin in mir aufbrauste. Von mir aus mochte er da unten literweise Wein picheln, das war ja nicht meine Angelegenheit. Er hatte wohl Überstunden abzubummeln und nutzte die Zeit zu einigen Ausschweifungen, mitten in der Woche. Aber ein Polizeibeamter, der seine Frau schlug! Das geht einfach nicht, mein guter Lien Ragnar! Das empört mich nun wirklich! Ich gehöre nämlich nicht zu denen, die »Polizeigewalt!« schreien, bloß weil ein schwarzgekleideter Demonstrant mit der Reitpeitsche eins übergezogen bekommt – nachdem er mit einer rostigen Kette als erster zugelangt hat. Ich glaube, daß der Polizei überwiegend Menschen angehören, die sich ihrer Verantwortung bewußt sind und ihren schwierigen Beruf nach bestem Wissen und Gewissen ausüben. Gleichzeitig ist klar, daß es in diesem wie in allen anderen Säcken faule Äpfel gibt. Aber da ohnehin alle die Polizei kritisieren, finde ich es besonders bedauerlich, wenn einzelne Beamte die falschen Vorstellungen über ihre Zunft, die die Presse so gern bei jeder Gelegenheit breittritt, bestätigen. Ja, es war nicht nur bedauerlich, es war im Grunde ein Verbrechen an der gesamten Polizei, ein Verrat an den Tausenden von Männern und Frauen, die der Rechtsstaat Norwegen angestellt hat, um Leben und Rechte seiner Bürger zu sichern. Ragnar Lien feierte mitten in der Woche und schlug seine Frau, wann es ihm paßte. Daß Elling mit seinem Teleskop dasaß, war ihm schnurz. Es gehörte nicht viel Phantasie dazu, sich vorzustellen, wie Ragnar Lien mit einem unglückseligen Verkehrsteilnehmer umsprang. Drei Stundenkilometer zu schnell in der 50er Zone: einen vor den Latz und den Führerschein eingezogen. Oder gehörte er zur heimtückischen Sorte? War er ein Mann, der jeden Tag seinen Dienst verrichtete, seine Frustrationen in sich hineinfraß und dann, wenn seine Gattin ein Stück Papier schwenkte, völlig durchdrehte und alles an ihr ausließ? Nein. Das glaubte ich nicht. Ich glaubte, daß Ragnar Lien ein absoluter

Gewaltromantiker war, ein Mann mit Sinn für die einfachen Lösungen. Übrigens war wohl der Begriff »Romantiker« nicht ganz korrekt, wenn es um diesen Mann ging. In seiner Tat hatte keinerlei Leidenschaft gelegen. Irgend etwas war passiert, als Ellen Lien mit dem Papier gewedelt hatte. Irgend etwas, das Ragnar Lien eine Reaktion wert war. Die Gewalttat war etwas, das einfach durchgeführt werden *mußte*. Bring es gleich hinter dich, Ragnar. Wie man sich vom Stuhl erhebt und Licht anknipst, wenn es im Zimmer zu dunkel wird. Es muß sein, wenn man sich wohl fühlen will. Ebenso ist es jetzt an der Zeit, Ellen, die Frau, mit der ich gute und schlechte Tage teilen will, zu schlagen; es ist an der Zeit, ihr eine zu scheuern, daß das Blut nur so aus der Nase fließt. Wenn du versuchen willst, dich dem Problem zu nähern, eine Lösung für das zu finden, was du als Konfliktsituation empfindest, dann leidet dein Fernseherlebnis darunter. Dann verpaßt du vielleicht die Abrechnung in »High Chaparral«. Und das wollen wir nicht, Ragnar! Denn wenn wir diese Szene verpassen, wissen wir nicht, worüber wir während einer sehr langen und sehr langweiligen Nachtschicht mit Larsen sprechen sollen.

Nach dieser gemeinen Tat setzte er sich ruhig wieder hin. Zündete sich eine neue Zigarette an und starrte auf den Fernseher. Er hatte sich nicht einmal genug aufgeregt, um jetzt nervös mit der Fernbedienung zu spielen. Wenn es »High Chaparral« gibt, dann gibt es »High Chaparral«. Wenn man mitten in »High Chaparral« pissen muß, dann geht man aufs Klo und *tut* es. Wenn man Ellen mit der Faust ins Gesicht schlagen muß, dann tut man auch das.

So war dieser Mann. So schlicht. Ich hätte fast gesagt, pfui Teufel, was für ein Mistkerl.

Bei Hans und Mari Jespersen war es dunkel. Außerdem waren im Wohnzimmer die Vorhänge geschlossen. So war es auch an den anderen Abenden gewesen. Wo steckten Hans und Mari Jespersen? Wenn sie älter waren, Rentner, dann würde ich vielleicht (falls ich das überhaupt wollte) noch sehr lange keine Beziehung zu ihnen aufbauen können. Ich erinnerte mich nämlich an das, was meine eigenen Großeltern getan hatten. Wie die Zugvögel waren sie in Spaniens Sonne und Wärme gezogen, sowie bei uns die winterliche Dunkelheit Einzug hielt. Und dort unten waren sie lange geblieben. Von ihrem gemieteten Balkon in einem Block in Benidorm aus hatten Großmutter und Großvater Abend für Abend auf das blaue Mittelmeer geblickt und dabei an einem Glas Cognac Marke 103 genippt. Den sie (unglaublicherweise) für billiges Geld im lokalen Supermarkt gekauft hatten. Bis zu ihrem Tod hatte ich Zuneigung für die Alten da unten gehegt, für diese beiden, die dem Zugriff des Winters entschlüpft waren. Und jetzt merkte ich, daß diese Zuneigung den mir völlig unbekannten Hans und Mari Jespersen galt (falls sich herausstellen sollte, daß sie tatsächlich alt waren und in Benidorm oder einem ähnlichen Ort weilten). Wenn sie in den Dreißigern waren und eine vierzehntägige Pauschalreise machten, dann würde das keinerlei negative Auswirkungen darauf haben, wie ich sie als Paar oder als Individuen beurteilte, aber die innige Zuneigung, die ich jetzt für sie empfand, wäre doch ein wenig gedämpft. Es war die *Kühnheit* der Langzeitreisenden, die mich ansprach. Oft bis zu sechs Monate am Stück. Kein Grund, sich groß aufzuspielen, mag mancher sagen. Das nicht, nein, antworte ich dann. Meine Großeltern, beide in Sandefjord aufgewachsen, sind als Erwachsene zum erstenmal nach Holmestrand gekommen. Sie waren nie im Ausland gewesen, bis sie sich im Alter von 67 beziehungsweise 69 Jahren in einen Jet setzten, eine Einrichtung, die sie nur aus Zeitung und Fernsehen kannten, und nach Spanien flogen, um dort sechs Monate zu verbringen. Ohne die geringsten Kenntnisse fremder Sprachen. Eine Reiseleistung, neben der sich eine Tour per Anhalter nach Indien wie ein Ausflug über den Fjord ausnimmt.

Mir gefiel das Bild von Hans und Mari Jespersen, das in meinem Inneren entstand. Ich sah zwei solide Arbeitsmenschen vor mir, die jetzt, an ihrem Lebensabend gewissermaßen, Verstand und Mut genug aufbrachten, um das Dasein aus einer neuen und spannenden Perspektive zu betrachten. Wir drei würden uns schon verstehen.

Damit, daß Rigemor Jølsen nicht zu Hause sein könnte, hatte ich jedoch nicht gerechnet. Es war nach sieben, Zeit für die Fernsehnachrichten, und da bleiben die meisten Norweger zu Hause. Ihre Vorhänge waren geöffnet, aber Wohnzimmer und Küche lagen im Dunkeln. Wo war sie? Was trieb Rigemor Jølsen in diesem Moment? War sie wirklich in den Schachklub gegangen, von dem ich phantasiert hatte? Gab es unten im Zentrum einen Schachklub? Oder besuchte sie ganz einfach die Rattenfrau? Nein. Unvorstellbar nach dem gestrigen Zusammenstoß. Ich hielt es für absolut unwahrscheinlich, daß Rigemor Jølsen zu der Sorte Menschen gehörte, die nicht zu ihrem Wort stehen. Sie hatte ihre

Ansicht zu dieser Angelegenheit geäußert, und dazu stand sie.

Himmel, was war ich dumm! Rigemor Jølsen hatte doch Kinder und Kindeskinder und war bestimmt ein gerngesehener Gast. Wenn Großmutter Rigemor in ihrem Robin-Hood-Kostüm angefegt kam, glühten die Kinderherzchen. Als Großmutter war Rigemor Jølsen so verschieden von meiner wie nur möglich. Rigemor Jølsen war viel offensiver, als meine Großmutter es gewesen war, sie gehörte einer neuen Zeit an. Sie war ein zupackender Mensch, wie Gro. Eine Frau, die sich nicht nur in Scherz und Spiel um ihre Enkelkinder kümmern wollte, sondern auch immer wieder ernsthafte Gespräche mit ihnen führte, während sie zu Mann oder Frau heranwuchsen. Sie wollte ihre Erfahrungen weitergeben. Nicht durch Strafpredigten und moralinsaures Gerede, sondern durch die Kraft der sanften Überzeugung, die nur jener Mensch besitzt, dessen Leben sich dem Ende zuneigt und der begreift, daß dieses Leben ihn in eine neue und andere Zeit geführt hat.

Tore und Gunn Almås, was war mit denen? Licht im Wohnzimmer und Licht in der Küche. Aber kein Mensch zu sehen. Der Vorhang im Wohnzimmer war zwar halb vorgezogen, aber ich konnte das leere Sofa sehen. Kein blaues Licht vom Fernseher. Ich wußte nicht so recht, was ich davon halten sollte. Vielleicht waren sie frisch verheiratet? Vielleicht lagen sie jetzt, zur besten Sendezeit, im Schlafzimmer und hatten Verkehr miteinander? Und warum eigentlich nicht? Die Welt ging sowieso ihren schiefen Gang, niemand mußte die Fernsehnachrichten verfolgen, um das zu wissen. Ja, in vielerlei Hinsicht fand ich die Tatsache (wenn es denn wirklich eine Tatsache war), daß diese beiden jungen Menschen vereint im Schlafzimmer lagen, während die übrigen Bewohner des Landes über politische und zwischenmenschliche Zwistigkeiten informiert wurden, auch sehr schön. Ein symbolisches Liebesritual, mitten in die Visage von Kriegstreibern und zynischen Kommentatoren. Es war allerdings genausogut möglich, daß sie gerade im Keller waren und zusammen Wäsche wuschen. Aber auch das war schön, wie ich fand. Ich selbst hatte nur mit meiner Mutter Laken und Kissenbezüge gedehnt, aber es machte mir durchaus keine Probleme, mir das als sexuell geladene Tat vorzustellen. Zwei junge, gesunde Menschen, die einander lieben, haben die nasse Wäsche in festem Griff und lehnen sich zurück, bis das Laken stramm zwischen ihnen gespannt ist. Es gibt nur diese beiden Körper und das Laken, das *feuchte* Laken, vielleicht just das Laken, auf dem das Kind der Liebe empfangen werden wird, weiß der Geier. Jedenfalls dehnen sie es, dehnen den Stoff bis zur äußersten Grenze, indem sie sich zurücklehnen, weg voneinander. Aber nur im Spiel. Nur, weil sich das Laken später unter ihren nackten Körpern glatt anfühlen soll; nur, damit die Vereinigung auf diesem Laken – wie auch auf den vierzig anderen, die sie zur Hochzeit bekommen haben – auf glatter Fläche geschehen kann, die nach biologisch abbaubarem Weichspüler duftet. Die Liebe ist rein. Und das sollte auch die Unterlage sein.

Ich konnte mich nicht beherrschen. Statt systematisch vorzugehen, was mich nun in die Wohnung darunter ganz rechts geführt hätte, die Wohnung, in der, laut Namensschild, ein Mann namens Heini Elster in einsamer Majestät thronte, schwenkte ich schräg hinüber zu

Ragnar und Ellen Lien. Eigentlich kein Wunder, wenn man bedenkt, was ich am letzten Abend dort erlebt hatte. Das Bild, das ich jetzt sah, war von ganz anderem Charakter als das gestrige. Ich weiß nicht, wie ich das erklären soll, aber ich war enttäuscht und erleichtert zugleich. Erstens: Ragnar Lien war nicht da. Jedenfalls war er nicht zu sehen. Auf Ragnar Liens Platz saß eine mir vollständig unbekannte Frau. Dunkel, mit einem Pferdeschwanz von der Art, die irgendwie ein bißchen hochsteht. Sportlich gewissermaßen. Auf dem Sofa, mit angezogenen Beinen, genau wie gestern, das Gewaltopfer Ellen. Wenn ich sage, daß ich enttäuscht war, dann bin ich ehrlicher, als mir lieb ist. Denn auf wunderliche Weise haben wir Menschen wohl die Tendenz, uns von Gewalt und Unfällen angezogen zu fühlen. Die grotesken Ereignisse um uns herum ziehen uns an. Denken wir nur an einen ganz gewöhnlichen Brand in einem Mietshaus. Dann ist Elling wirklich nicht der einzige, der die Entwicklung beobachtet. Was wir sehen, ist entsetzlich. Wir sehen Menschen, die weinend von schwarzgekleideten Feuerwehrleuten in Sicherheit gebracht werden. Alles haben sie verloren, alles, bis auf ihr Leben. Sie befinden sich an einem Nullpunkt in ihrem Dasein, und nicht einmal eine im Lotto gewonnene Million kann den Verlust wiedergutmachen, den sie in diesem Moment erleiden. Das wissen wir, wenn wir an der Absperrung stehen und glotzen. Trotzdem stehen wir da. Und stimmt es nicht, daß wir, wenn der Krankenwagen mit heulenden Sirenen an uns vorüberfährt, die unterbewußte Hoffnung nähren, daß das grauenhafte Unglück (Mann aus dem dreizehnten Stock gesprungen) wirklich gleich nebenan passiert ist? Ich glaube, schon. Hand aufs Herz:

Ich wollte wirklich nicht, daß Ellen Lien weiterer Gewalt ausgesetzt wurde. Und dennoch hatte ich eine Art morbider Erregung empfunden, als ich mich entschied, das Teleskop zu senken: Der Teufel im Unterbewußtsein hatte einen gewissen Bedarf an weiteren Details über die Person Ragnar Lien.

Der war nun also nicht anwesend. Nur Ellen Lien und eine Freundin, vielleicht eine Schwester. Wo war Ragnar? Bei der Arbeit vermutlich. Auf Streife. Auf der Jagd nach jungen Autodieben, die er in den Straßengraben stoßen und danach in den Schritt treten konnte. Roh und brutal natürlich, aber das hatte irgendwie nichts mit meinem Projekt zu tun. Da waren die beiden Frauen viel interessanter. Trotz meines ausgezeichneten Teleskops konnte ich nicht erkennen, ob Ellen Lien der Schlag von gestern noch anzusehen war. Wenn ja, dann wäre es meiner Ansicht nach töricht gewesen, wenn sie versucht hätte, die blauen Flecken und die geplatzte Oberlippe mit einem Sturz im Badezimmer oder so zu erklären. Frauen durchschauen solche Ausflüchte intuitiv, und das wissen Frauen. Nein, Ellen Lien war sicher nicht so töricht. Aber würde sie versuchen, das Geschehen zu bagatellisieren? Ja, das war eine andere Frage. (Ich bin zu weit gegangen, Hilde. Wirklich. Ich habe ein Stück benutztes Toilettenpapier mit zu ihm ins Zimmer gebracht und gesagt, daß ich dem ganzen Nähkränzchen erzählt habe, daß er sexuell auf so was abfährt. Ich weiß nicht, was in mich gefahren war, aber in dem Moment kam es mir irgendwie nur natürlich vor.) Und angenommen, es war ihr nichts anzusehen. Würde sie sich ihrer Freundin trotzdem anvertrauen? Tat sie das jetzt? In diesem Augenblick? Falls ja, dann konnten wir damit rechnen, daß sie nichts bagatellisieren würde. Dann würde die Freundin die ungeschminkte Wahrheit serviert bekommen. Ich hoffte sehr, daß das der Fall war.

Ellen griff neben das Sofa und hob eine Thermoskanne hoch. Goß die beiden Tassen noch einmal voll. Ich sah sie lachen. Das Gesicht ihrer Besucherin konnte ich nicht sehen, nur den kessen Pferdeschwanz, aber ich ging davon aus, daß sie in diesem Moment ebenso verblüfft dreinschaute wie ich. Wie konnte Ellen Lien dasitzen und lachen, so, wie sie am gestrigen Abend mißhandelt worden war? Außerdem mußte es doch weh tun, mit der geschwollenen Oberlippe zu lachen.

Und wenn sie keine geschwollene Oberlippe hatte, sondern nur die schlimme, schlimme Erinnerung, die sicher an ihr riß und zerrte – wie konnte sie dann die Muntere und Vergnügte spielen? Plötzlich machte die Freundin einige heftige Armbewegungen. Einige Sekunden lang schien sie vom Sessel abheben zu wollen. Endlich, dachte ich, da ist die Reaktion. Die gesunde Reaktion. Sie fand auch nicht, daß hier ein Grund zum Kichern vorlag. Sie beruhigte sich rasch wieder, das schon, aber sie hatte zumindest ihre Meinung gesagt. Was um Himmels willen hatte Ellen Lien zu ihrem Mann für eine Beziehung? Warum jetzt dieses Lachen? Warum versuchte sie, seine Brutalität zu verharmlosen? Eine Möglichkeit war, daß er schon so lange gewalttätig war, daß Ellen Lien eine Art Schuldgefühl entwickelt hatte. Darüber hatte ich im *Arbeiderbladet* gelesen. Bei Kindern, die von ihren Vätern vergewaltigt wurden, war das auch so. Auch die entwickelten komischerweise eine Art Schuldgefühl. Was hatte Ellen Lien falsch gemacht? Nichts, das wußten ich und ihre anderen Freunde. Aber suchte sie überhaupt in sich selbst nach einer Antwort, die es nicht gab? So mußte es nicht unbedingt sein. Es konnte doch auch so sein, daß Ellen Lien, so normal und gesund sie auch wirken mochte, eine mehr oder weniger heimliche Freude über eine Tracht Prügel empfand. Von solchen Menschen hatte ich gehört. War der Schlag, den ich gesehen hatte, einer, um den sie gebeten hatte? (Okay, Ellen, aber nur einer!) War das, was ich gesehen hatte, nur die Einleitung zu einem krankhaften Sexspiel gewesen, das sich bald darauf im Schlafzimmer entfalten würde?

Alles nur Vermutungen. Ich war ganz verzweifelt. Besessen von dem Wunsch zu erfahren, was wirklich los war. Wie sollte ich Ellen Lien sonst helfen können? Einen Moment lang erwog ich, sie anzurufen und mich als Kollege von Ragnar auszugeben. Zu sagen, daß er soeben bei einer Narkorazzia in Nordstrand mit einem Schrotgewehr erschossen worden sei. Nur, um zu hören, wie sie reagierte. Weitere Informationen zurückzuhalten, nur für einen kleinen Moment zurückzuhalten, um ihre erste Reaktion deuten zu können. Aber das ginge natürlich zu weit. Vielmehr kam es mir ja darauf an, Ragnar Lien zur Ordnung zu rufen, damit er sich Ellen gegenüber wieder normal verhalten konnte. Aber was, wenn sie ihn gar nicht normal haben wollte, wenn sie nach mehrjähriger Ehe gewagt hatte, ihm das große Geheimnis ihres Lebens anzuvertrauen? (Ragnar? Nimm deinen Gürtel und komm mal kurz hier rüber. Ich muß etwas mit dir besprechen.)

Ich beschloß abzuwarten. Die Ruhe zu bewahren. Übereilte Reaktionen brachten Ellen Lien nichts.

Heini Elster war zu Hause. Er saß mit schräggelegtem

Kopf im Sessel, schien etwas zu lauschen oder vielleicht jemandem. Fernsehgeflimmer war nicht zu sehen. Heini Elster: durchaus kein Heini. Ein älterer Mann, der saß und lauschte. Und ich dachte: Wenn unsere Zeit überhaupt etwas braucht, dann sind es lauschende Menschen. Menschen, die sich die Zeit nehmen, ihren Nächsten zuzuhören. Oder die Rückgrat genug haben, dem Medium Fernsehen den Rücken zu kehren und ihr Ohr lieber Mozarts »Kleiner Nachtmusik« zu leihen. Ja, dieses Bild betrachtete ich gern. Der alte Mann im Sessel flößte mir eine tiefe Ruhe ein. Er mußte natürlich nicht unbedingt Mozart hören, es konnte auch Wencke Myhre sein. Wichtig war, daß der Zuhörende, der Denkende, seine eigenen Bilder erschafft; er ist in seinem Leben auf ganz andere Weise anwesend als der, der auf einer Leinwand oder einem Bildschirm fertige Bilder sieht. Ich wollte Rigemor Jølsen nicht eine Sekunde lang Vorwürfe machen, nur weil sie sich lieber eine junge Nashornmutter im Fernsehen ansah. Herrgott, auch mir machte dieses Medium doch große Freude. Es war wirklich stark, Gro ins Wohnzimmer zu bekommen, mitten in einer lebhaften Debatte mit Anne Enger Lahnstein von Senterpartiet (die alte Kuh!). Trotzdem machte der Anblick von Heini Elster mich froh. Es tat so gut zu sehen, daß nicht alle sklavisch dem Zur-Stelle-Signal der Fernsehnachrichten folgten. Vielleicht hörte dieser Mann sich statt dessen im Radio eine Debatte über Kirche und Moral an. Nichts dagegen zu sagen. Ein wenig langweilig vielleicht, aber doch nicht beschränkt, so wie vieles von dem, was auf dem Bildschirm erscheint. Früher war auch ich ein eifriger Radiohörer gewesen, und jetzt, beim Anblick von Heini Elster, beschloß ich, diese Gewohnheit wieder aufzunehmen. Es ließ sich nicht leugnen, daß die Stille hier in Rigemors Zimmer ziemlich bedrückend war. Wie wäre es mit einer guten Radiosendung, während ich meine Studien über die Menschen in meiner Umgebung betrieb? Wie wäre mir Ragnar Liens brutales Auftreten erschienen, wenn ich mir gleichzeitig das Wunschkonzert angehört hätte? Fast ein wenig absurd. Der Gedanke sprach mich an.

Ich ging in mein Zimmer und holte mir das Transistorradio, das Mutter mir zum vierundzwanzigsten Geburtstag geschenkt hatte. Ein nettes kleines Teil aus schwarzem und grauem Kunststoff. Glasklarer Klang. Ich setzte mich wieder in meinen Sessel und stellte P 1 ein.

*Gro!* Ihre Stimme läßt sich vielleicht nicht als volltönend bezeichnen, und doch – was für eine Kraft, eine Autorität darin liegt! Wie zumeist war mir nicht so wichtig, was sie zu sagen hatte, ich war schließlich ihrer Ansicht. Aber in ihrer Stimme klangen mehrere Jahrzehnte sozialdemokratischer Erfahrungen. In der Tiefe dieser Stimme lagen Tranmæl, Gerhardsen und Bratteli. Ja, sogar etwas von Trygve Lies Tollkühnheit ließ sich darin erahnen. Mutter Gro war sicher. Mutter Gro war vertraut. Mutter Gro war da.

Zurück zu Heini Elster. Immer noch Gro im Ohr. Er saß friedlich da und lauschte. Lauschte auch er Gro? Ich glaubte, schon. Mit seiner grauen Strickjacke sah er aus wie ein alter Sozialdemokrat, der sich jetzt von den Gewerkschaftsmühen und vom parteipolitischen Kampf zurückgezogen hatte. Er war alt genug, um sich an die Alten zu erinnern. Und während ich das Teleskop schärfer einstellte, dachte ich, wie herrlich es doch für ein altes Arbeitstier, einen Veteranen vom Youngstorget, sein mußte zu sehen, daß die Flamme von einer Frau wie Gro Harlem Brundtland weitergetragen wird. Die Zeiten haben sich geändert. Nun gut. Aber Gro trägt die politische Essenz in die neue Zeit hinein.

Alles klar. Heini Elster. Einer der alten Kantsteine, die an der Straße zur Zukunft stumm Wache gehalten hatten. Ein Zuhörer. Ein Mann der Gedanken und Visionen. Die hochtrabenden Ideen waren nicht sein Fall gewesen. Nicht Mondfahrt und Sternenkrieg. Heini Elster hatte den Fortschritt an Wasser und Toiletten im Haus, an Strom und allgemeinem Zugang zur Information durch Radio- und Fernsehapparate gemessen. Nun saß er auf seine alten Tage in einem Haus, das sehr wohl als Schloß der Arbeiterklasse bezeichnet werden konnte: einem grau-weißen Block am Stadtrand von Oslo. Einsam? Ja, vielleicht. Seine Lebensgefährtin war entschlafen. Heini Elsters Leben trat in eine neue Phase ein. Zeit, Bilanz der verschiedenen Ereignisse in seinem Leben zu ziehen. Zeit zum Nachdenken. Zeit zum Lauschen. Heini Elster lauschte. Er saß ganz still und lauschte. Gro sagte: »Es ist die übliche Praxis, diese Dinge im Parlament zu behandeln.« War der Interviewer anderer Ansicht gewesen? Hatte er unterstellt, es sei *nicht* die übliche Praxis, »solche Dinge« im Parlament zu behandeln? Gros Tonfall mochte darauf hindeuten. Ein Hauch der Irritation. Nicht der quengelnde Ton, den die meisten von uns in der Stimme haben, wenn sie zum Ausdruck bringen, daß sie gereizt sind. Gro zeigte ihre Irritation eher durch eine Art Resignation angesichts der Tatsache, daß der Rundfunkmitarbeiter abermals seine Hausaufgaben nicht gemacht hatte, ehe er sich ins Interview stürzte. Das – also daß »solche Dinge« im Parlament behandelt wurden, ja, daß das sogar ganz üblich war, hätte er wissen sollen. Oder, schlimmer noch: Das wußte er sehr gut, aber er verschwieg diese Tatsache, um einen etwas frechen, vielleicht überraschenden Einfallswinkel zu gewinnen. Es war mir ein Rätsel, wie sie es aushielt, mit dieser Bande zu tun zu haben. Zumindest, warum sie das so oft über sich ergehen ließ. Wo sie ging und stand, umringten sie sie mit ihren Wissenslücken oder ihrer Besserwisserei. Sah ich, daß auch Heini Elster, so wie ich selbst, leicht den Kopf schüttelte? War auch er leise verzweifelt über das Wissensniveau bei den Journalisten des Landes? Ich hatte zwar den Eindruck, aber es konnte auch daran liegen, daß ich selbst den Kopf schüttelte, während ich Heini Elster durch mein Teleskop anschaute.

Doch, ich war verzweifelt, aber auch zutiefst gespalten. Einerseits war ich etwas sauer auf die Journalisten, die Gro nicht einmal in den Ferien in Ruhe ließen. Andererseits waren es genau diese Journalisten, die mir, und mit mir vielen anderen, einen Einblick in ihr Leben, auch in ihr Privatleben, ermöglichten. Und darauf war ich angewiesen – das ließ sich einfach nicht leugnen. Im letzten Sommer hatte *VG* ein langes Interview gebracht, das mir wirklich zu denken gegeben hatte. Sie hatten Gro zu einem Bummel durch die Altstadt von Fredrikstad eingeladen. Leichte Jacke um die Schultern und Sommerwind in den Haaren. Nur ein wenig mit dem Journalisten und dem Fotografen bummeln. Keine gemeinen Fragen, Fallen oder Wassergräben. Gro hatte ihren wohlverdienten Urlaub, und der Journalist kam nicht aus der Politikredaktion. Auch er hatte wahrscheinlich Urlaub. Einfach ein bißchen mit der Ministerpräsidentin bummeln. Am Kiosk ein Eis essen. Nach einem Mittagessen im Bistro die VISA-Card schwenken. Etwas über den Menschen Gro erfahren, hinter die Fassade schauen. Auf eine direkte Frage, die wahrscheinlich recht spät im Interview gestellt worden ist, da sie einen etwas speziellen Charakter hat und deshalb eine gewisse Möglichkeit birgt, der guten Stimmung, von der so ein Interview ja doch ganz und gar abhängig ist, zu schaden, auf die *direkte* Frage, ob sie es sich vorstellen könne, nackt zu baden, antwortet Gro Harlem Brundtland, unsere Ministerpräsidentin, kurz mit Ja. Wir, die Leser, wissen nicht, ob sie es tut. Aber wir wissen jetzt, daß sie es sich vorstellen könnte. Sitzt sie in ihrer Hütte bei Hurum am Kamin und denkt diesen Gedanken, während Arne Olav die Enkelkinder ins Bett bringt? (Morgen früh springen wir ins Wasser, Gro. So richtig im FKK-Stil!) Ich lief schamrot an, als ich das las, denn ich mußte mir einfach die nackte Gro auf einem leicht steinigen Strand einige Dutzend Meilen südlich unserer Landeshauptstadt vorstellen. Ich kam mir vor wie ein schnöder Spanner. Denn was ging mich das schließlich an? Nichts. Wochenlang versuchte ich, das Bild der nackten Gro aus meinem Bewußtsein zu verdrängen, aber es kam immer wieder. Es tauchte auf, wenn ich in der U-Bahn saß, es tauchte auf, wenn ich mit Mutter frühstückte und wenn ich mir im Fernsehen einen Film ansah. Du meine Güte – was war denn so Besonderes daran, daß Gro Harlem Brundtland im Evaskostüm auf einem Kieselsteinstrand draußen in Hurum herumspazierte? Wieder lautete die Antwort: nichts. Und dennoch: Es *war* etwas Besonderes. Es ist nämlich so, das weiß ich aus Erfahrung, daß man, wenn man barfuß über diese runden Steinchen geht, mit dem ganzen Körper Vorsicht ausstrahlt; man tänzelt gewissermaßen hin und her, wobei man die Arme etwas vom Körper abwinkelt, um die Balance zu sichern. Noch die selbstsicherste Person wird unter diesen Bedingungen zum Kind. Jeder neue Schritt muß erst angetestet werden. Ist der Boden fest? Gibt es hier scharfe Steine? Glasscherben? Wenn nun die Ministerpräsidentin noch dazu splitternackt ist, nicht einmal einen winzigen Tanga trägt, dann wird das Bild eines Kindes nur noch verstärkt. Es liegt eine *Unschuld* in diesem Bild, die mich fast überwältigt, denn sie paßt nicht zu dem Bild von Gro, wie sie fast täglich auf dem Bildschirm erscheint: die erbarmungslose Sozialdemokratin, die die Bauern Mores lehrt und konservativen Wiederkäuern den Schlips vom Leibe debattiert. Aber hier kommt sie. Balancierend wie ein kleines Mädchen, doch mit der kräftigen Hinterpartie der erwachsenen Frau. Es knirscht leise im Kies, und weit draußen schreit im Morgendunst eine Flußseeschwalbe. Das ist nichts Besonderes. Das ist nur Norwegens Ministerpräsidentin. Es ist nur das kleine Mädchen in Gro, das zu seiner persönlichen Morgentoilette im Meer unterwegs ist, zum Bad in der gewaltigen Gebärmutter allen Lebens. Gro ist zum Ursprung zurückgekehrt. Und während sie mit einem kleinen, kontrollierten Schrei das Wasser über sich zusammenschlagen läßt und untertaucht: eins mit ihrem Ursprung. Gro, die Ministerpräsidentin des Landes, schwimmt unter der stillen Oberfläche. Sonnenstrahlen durchbrechen den Morgennebel und färben Land und Wasser golden und kupfern. Kräftige Züge mit Armen und Beinen da unten in der Stille. Schwere Brüste, die stumm auf Krebse und Krill weisen.

Das Licht, das ins blaugrüne Wasser fällt, spielt über sonnengoldener Haut und wird von den marmorweißen Partien weiter unten scharf zurückgeworfen. Und dann: Wie ein Wal, mit gewaltiger Kraft, durchbricht sie die Oberfläche und dreht sich auf den Rücken. Woran denkt sie? Was denkt unsere Ministerpräsidentin, während sie so an der Oberfläche treibt und das Meer sie reinwäscht und Salz in jeder Pore ablagert? Das bleibt ihr Geheimnis. Hier, meine Damen und Herren, verläuft die Grenze sogar für das, was die Boulevardpresse zu schreiben wagt. Aber ich wäre nicht überrascht, wenn sich ihre Gedanken auf Maiglöckchen richteten. Auf Maiglöckchen und mollige Kinderhändchen.

Aber, wie gesagt: Das alles geht mich überhaupt nichts an.

Etwas weniger verfänglich, nicht ganz so intim, ist das mit dem Kabeljaunetz. Im selben Zeitungsinterview verrät Gro nämlich (zum erstenmal, meine ich, nachdem ich meine Gro-Sammlung durchgesehen habe) ihre Freude daran, mit dem Netz Kabeljau zu fangen. Das mit dem *Netz* ist mir ganz besonders aufgefallen. Eine Erweiterung des Speisezettels, darum geht es. Nicht Gros Stil, mit einer Glasfaserangel auf einem Felsen herumzujuxen. Spannender ist es natürlich zu sehen, was aus der dunklen Tiefe kommt, aber vor allem geht es um eine Erweiterung des Speisezettels. Die Spannung teilt sie mit den Fischern in Finnmark. Denn auch sie denken – stelle ich mir vor: Ist diesmal etwas *Seltsames* dabei? Ein Zitterrochen vielleicht? Oder ein Riesentintenfisch von der Sorte, die strenggenommen so hoch im Norden nichts zu suchen hat? Oder was ist mit der Angstversion, jener Angst, die uns alle überkommt, wenn wir etwas Schweres aus der Tiefe ziehen? Ist das eine *Leiche*? Ein ekelhafter toter Mensch, mit Fleisch wie bläuliches Gelee und leeren Augenhöhlen, die dich anklagend anstarren, während die Krabben nur so hochstieben? Der *stinkt*, wenn du ihn an die Oberfläche holst? Ich weiß noch sehr gut, wie ich als kleiner Junge einmal einen Kabeljau von fast sechs Pfund an der Angel hatte. Ich war fast außer mir vor Entsetzen; ich war sicher, daß da ein Toter am Haken hing. Und als der Fisch endlich so weit hochgezogen war, daß ich den weißen Bauch erkennen konnte: Herrgott, ein *Kind*!

Gro im leisen Sommerregen, ganz früh an einem Montagmorgen. Ruhige Ruderschläge auf dem blanken grauen Fjord. Jetzt angezogen. Gekleidet für Arbeit und Freizeit. Overall. Der Overall, den ihr die Arbeiter eines abgewickelten Industriebetriebes mit einem Augenzwinkern als Gruß geschickt haben, kommt zu seinem Recht. Gro im Overall. Gro mit abgenutzten Rudern in den Händen. Das leise Knirschen von Holz gegen Holz, jedesmal, wenn ein neuer Schlag die Ruder in die Dollen preßt. Ruhig, keine Eile. Die Gedanken kreisen wieder um Maiglöckchen, ehe sie sich rasch in die Tiefe richten, wo die Fische gegen die Maschen kämpfen. Ruhig jetzt, Kabeljau. Ruhig, Seelachs und Schellfisch. Die Ministerpräsidentin ist schon unterwegs. Mit langsamen, gleichmäßigen Bewegungen wird das Netz ans Tageslicht geholt. Ein Klippenbarsch. Ein kleiner Pollack. Und Kabeljau. Viel Kabeljau. Großer Kabeljau und kleiner Kabeljau. Die roten Hände der Ministerpräsidentin befreien Fisch um Fisch aus dem erstickenden Netz und schlagen die Tiere rasch gegen das Dollbord; wenn sie bewußtlos sind, läßt sie sie auf den Boden des Bootes fallen, wo sie nach Wasser schnappen, während sie sie aus blinden Augen ansehen. Ein Streifen Fischblut rinnt aus Kiemen und vermischt sich mit dem Regen, wird verdünnt. Ruhig jetzt. Es ist nur die Ministerpräsidentin. Es ist nur Mutter Gro.

Denkt sie an die Leiche, die möglicherweise dort unten auf der Lauer liegt? An die Leiche, der Krebs und Makrele inzwischen jegliche Identität geraubt haben? Doch, das tut sie wahrscheinlich. Sie ist in dieser Hinsicht nicht anders als wir anderen. Tief hinten in ihrem Hinterkopf spukt sicher der Gedanke an diesen toten Menschen, der bald aus der kalten Tiefe heraufgleiten wird. An die Schlagzeilen und die hoffnungslosen Interviews, die darauf folgen werden. Aber die Leiche erscheint nicht, nein, sie erscheint nicht. Sie erschien gestern nicht, und heute erscheint sie auch nicht. Aller Wahrscheinlichkeit nach auch morgen nicht. Für die meisten von uns bleibt es beim Gedanken an das Grauenhafte, bei der Vorstellung davon. Wir ziehen meilenweise Angelschnüre und Netze hoch, aber das Abscheuliche gelangt niemals an die Oberfläche.

Der Fisch wird am steinigen Strand saubergemacht. Hier ist Gro souverän. Jetzt kommt die Ärztin in ihr zum Zuge. Leise Regentropfen legen sich wie funkelnde Perlen auf ihr Haar, während sie mit chirurgischer Präzision dem Fisch die Messerspitze in den After steckt und mit einem Schnitt bis zu den Kiemen den Fischbauch blitzschnell öffnet. Wohlgemerkt, ohne die Gallenblase anzustechen, diesen stinkenden grünen Smaragd. Großaufnahme jetzt von Gros Händen. Von den roten Fingern, die die Eingeweide des Fisches ausgraben. Die Leber hebt sie auf. Der Rest fliegt in flachem Bogen über den

Wasserspiegel und wird von gierigen Möwen aufgeschnappt, die eiiiia, eiiia, eiia, eiiiia schreien wie aus einem Schnabel und mit schnöden Tricks versuchen, den jeweils eigenen Wohlstand zu sichern.

In unserer Welt ist das nicht so. Nicht, solange Gro am Ruder steht.

Geschrei und Genörgel aus dem konservativen Lager – das ja. Aber Flügel lassen sich beschneiden und wilde Vögel zähmen.

Ach, was hatte ich mich da wieder mitreißen lassen! Vergessen war Ragnar Lien. Vergessen war Rigemor Jølsen.

Aber nicht für lange. Plötzlich erhob sich der lauschende Heini Elster und verließ das Zimmer. Aus dem Lautsprecher meines Radios ertönte jetzt Rock der harten Sorte. Ich drehte leiser und kehrte zu Ellen Lien zurück – nachdem ich festgestellt hatte, daß es bei Rigemor noch immer dunkel war. Die beiden Freundinnen saßen genauso da wie zuvor. Es war irgendwie kein Fortschritt in diesem Bild, deshalb wandte ich meine Aufmerksamkeit der Nebenwohnung zu, der Wohnung, in der ich am Vorabend das hüpfende Kind beobachtet hatte. »Lena und Thomas Olsen« hatte auf dem Pappstreifen neben der Klingel gestanden. Das konnte zweierlei bedeuten. A: Lena Olsen gehörte nicht zu der modernen Bande, die auch die Namen der Kinder neben der Klingel stehen hat. Lena wohnte dort mit ihrem Mann Thomas, einem Mann, mit dem sie ein kleines Kind hatte. Ein Kind, das nach Kinderart vor dem Fenster auf und ab hüpfte, während es aller Wahrscheinlichkeit nach ein Lied oder ein Gedicht oder vielleicht auch kleine Grunzlaute von sich gab. B: Lena Olsen gehörte der Gruppe Eltern an, die die Namen der Kinder mit aufs Klingelschild schreiben. Das bedeutete, daß sie hier mit ihrem kleinen Jungen wohnte, einem Jungen, den sie, nach dem Zweifler im Evangelium, Thomas getauft hatte. Ich wußte nicht so recht, was ich glauben sollte. Tatsache war jedenfalls, daß Lena Olsen, ein feuriger Rotschopf, mutterseelenallein an der Nähmaschine saß. Keine Spur von Thomas, ob es sich bei ihm nun um einen erwachsenen Mann oder um ein Kind handelte. Sie schien auch mit niemandem zu reden. Saß einfach still da und arbeitete mit langen schmalen Fingern, rasch, rasch, während in ihrem Nacken ein weißer Hautstreifen leuchtete, wo ihre Haare zur Seite geglitten waren.

Ich mochte sie instinktiv. Diese rothaarige Frau, die sich da über ihre Nähmaschine beugte, bot einen bis zum Rande mit Unschuld gefüllten Anblick. Und nicht nur mit Unschuld. Wir leben in einer Zeit, in der überall die Wegwerfmentalität herrscht. Und da tut es gut, eine Frau zu sehen, die friedlich ihre oder die Kleider ihres Kindes ausbessert; das erscheint richtig im Verhältnis zu dem Wahnsinn, in den die Konsumgesellschaft uns getrieben hat. So hat auch Mutter vor vielen Jahren dagesessen. Noch waren die Zustände von Krieg und Verwüstung geprägt, und wenn es auch im Grunde an nichts fehlte, so erinnerten die Erwachsenen sich doch an die Knappheit zu Kriegszeiten. Das, was man hatte, zu bewahren, war zu einem Instinkt geworden, der bei den allermeisten aus Mutters Generation tief saß. Abend für Abend saß sie da und drehte das Rad ihrer alten, schwarzlackierten Singer, während sie mit der linken Hand den Stoff unter die Nadel schob. Ein Kleid sollte verändert werden. Aus einem Hemd des verstorbenen Ehemannes sollte nun ein Hemd für einen kleinen Jungen werden. Oder vielleicht lag nur eine Reparatur an, war ein Loch zu flicken. Ich weiß noch, wie sie einmal auf einem Flohmarkt oder in einem Gebrauchtladen für ein Butterbrot und ein Ei zwei fast neue Uniformhosen gekauft hatte. Dicker moosgrüner Stoff von praktisch unverwüstlicher Qualität. Was aus der zweiten Hose wurde, weiß ich nicht, aber mir ist nur allzu bewußt, daß aus der ersten eine Hose für einen kleinen Jungen wurde, der gerade in die fünfte Klasse ging und mehr als genug damit zu tun hatte, den täglichen Hohn zu ertragen. Mutter war eine gute Näherin. Aber der dicke Stoff und die hoffnungslose Farbe machten mich zum Traumobjekt für alle Quälgeister der Schule, zu einer Zeit, da die Jeans ihren Einzug hielten. Jetzt konnte ich natürlich über all das nur noch lachen. Aber wieso natürlich? Warum lachen wir über Schmerzen und Tränen der Vergangenheit? Ich weiß es nicht. Was alles nur noch schlimmer machte, war, daß ich Mutter dieses Problem nicht anvertrauen konnte. Sie sah zwar die Ergebnisse dieser Hänseleien. Ewige Veilchen und geplatzte Lippen. Tränennasse Wangen, auf denen der Dreck einigermaßen gleichmäßig verrieben war. Aber auf ihr dauerndes »Warum« konnte ich ihr keine Antwort geben, einfach, weil ich sie schützen wollte. Nicht in ihren wildesten Phantasien wäre es ihr eingefallen, meine neue Hose mit meinem anhaltend bedauernswerten Zustand in Zusammenhang zu bringen. Und nicht in meinen wildesten Phantasien wäre es *mir* eingefallen, ihr von diesem Zusammenhang zu erzählen. Denn Mutter hatte mir diese Hose geschenkt. Für mich *gemacht*. Jeder Stich in diesem widerwärtigen Stoff war mit Liebe genäht. Sie hatte abends daran gesessen, oft bis tief in die Nacht hinein.

Daß Farbe und Konsistenz eines Stoffes einen kleinen Jungen für Wochen, ja, für Monate zum gesellschaftlichen Ausgestoßensein verdammen könnten, lag außerhalb ihres Verständnisses. In wildem Spiel – mit mir selbst – versuchte ich, die Hose zu verschleißen. Ich kroch auf Knien über den Asphalt, ich rollte mich auf dem Fußballplatz im Kies. Aber diese Hose war für genau solche Strapazen geschaffen, der Stoff war zu dick. Ich konnte nur herauswachsen. Millimeter an Millimeter reihen, bis ein Jahr später meine dünnen Waden hervorschauten, und Mutter selbst (stolz) entdeckte, daß die Zeit reif war für etwas Neues.

Seltsam, im Grunde. Denn obwohl ich diese schmerzhafte Erfahrung gemacht hatte, stimmte mich der Anblick der fleißig nähenden Lena Olsen ein wenig sentimental. Und was sich auch über Lena Olsen sagen ließ – sicher hatte sie wie wir alle ihre Eigenheiten –, unter ihren geschäftigen Händen lag jedenfalls kein Uniformstoff. Hier ging es wohl eher darum, für Klein-Thomas flotte bunte Aufnäher auf eine Jeans zu bringen. Die Mütter denken heute anders, Elling. Jetzt sollen ihre kleinen Knaben die kleinen Mädels schon im Kindergarten betören. Das hatte ich durchaus gesehen. Kleine Kerls unten auf der Straße, unterwegs vom und zum Kindergarten. Noch mit Windeln in den Jeans. Aber mit feschen Mützen und bunten Halstüchern.

Die vernünftige alleinstehende Mutter an der Nähmaschine. Das Kind schläft. Freunde und Verwandte haben ihr Stoffreste und abgelegte Kleidung geschenkt. Jetzt formt sich das Ausgediente unter ihren Fingern zu neuer Gestalt. Diese Frau steht in einer tausendjährigen Tradition, einer Tradition, der sie dennoch neuen Ausdruck geben kann. Meine Mutter wäre nie auf die Idee gekommen, eine rote Seidenrose (aus einem Taschentuch) auf mein Hosenbein zu nähen. Schon gar nicht auf ein Hosenbein militärischen Ursprungs. Aber das tut Lena Olsen. Sie macht das und summt dazu »Lucy in the Sky with Diamonds«. Sie macht das und denkt dabei an ihren Exmann. Lächelt ein bißchen schief. Er hatte trotz allem nicht nur schlechte Seiten. Hat sich mit anderen eingelassen, das schon. Aber nie ein Schlag. (Abgesehen von dem einen Mal auf der Campingtour in Nordnorwegen ...) Es war nur, daß ... tja. Was war es eigentlich? Noch immer fehlte er ihr von Zeit zu Zeit. Hätte sie gern den rechten Arm nach seinem starken Rücken ausgestreckt, sonntags morgens im Halbschlaf. Ja, sie mußte einfach nachgeben und herzhaft die Wände anlachen, als ihr jetzt plötzlich sein maskulines, kräftiges Furzen bei der Morgengymnastik einfiel. Damals hatte sie das nur mit Abscheu und einer heftigen Irritation erfüllt, jetzt lachte sie einfach los. Es war doch eigentlich harmlos gewesen. Nicht deshalb hatte sie ihn verlassen. Sie hatte ihn verlassen, weil die Zeit ein Opfer von ihr verlangte. Sie war gegangen, weil der Zeitgeist ihr befahl, den zu verlassen, den sie nicht mit der Glut lieben konnte, die Hollywood zur Norm gemacht hatte.

Obwohl. War es so einfach? War die Wahrheit so brutal, um nicht zu sagen oberflächlich? Denn es ließ sich nicht leugnen: Heutige Scheidungen waren von anderer Art als die früheren. In unserer Grundschulklasse hatten wir ein Scheidungskind. Gunnars Mutter hatte Gunnars

Vater hinausgeworfen, das heißt, sie hatte ihn hinausgegossen, er war durch den Alkohol in Auflösung gegangen. Und ehe er in Auflösung gegangen war, war er brutal gewesen. Zu Gunnar und seiner Mutter. Das wußten wir alle hier in den Blocks. Das war der einzige Scheidungsgrund, der damals akzeptiert wurde. Ein Mann hatte sich auf seltsame Weise in ein Tier verwandelt, in ein ekelhaftes Tier. Er war vom Casanova zum Werwolf geworden, und Weib und Kind hatten keinen Fetzen heile Haut mehr am Leib. Und dann wurde man geschieden. Jetzt sahen die Statistiken ganz anders aus. Man konnte leicht den Eindruck gewinnen, daß ein freundschaftlicher Streit darüber, wer den Abwasch übernehmen oder die letzte Kartoffel essen sollte, im Zerfall der Familie endete. Ein mißglückter Beischlaf, bei dem für einen der Beteiligten der Orgasmus ausblieb: Pack deine Sachen und scher dich dahin, wo der Pfeffer wächst. Und die Kinder bleiben hier! Ich wollte Lena Olsen nun wirklich nicht unterstellen, daß sie zu den Menschen gehörte, die die einfachen Lösungen suchen. Aber man durfte ja wohl Fragen stellen. Hatte sie versucht, Gutes und Böses hinzunehmen? Hatte sie versucht, das Humoristische an den offensichtlichen Fehlern und Schwächen ihres Mannes zu sehen? Was war mit dem Kind, dem kleinen Thomas? Ein neues Leben in einer fremden Welt. Wußten sie nicht im tiefsten Herzen, daß der Besuch des Vaters an jedem zweiten Wochenende für den Kleinen nicht genug war? Doch, das wußten sie. Trotzdem hatten sie sich für die Trennung entschieden. Sie hatten beschlossen, ihren Egoismus auszuleben. In der Tat – ich sage *sie*, und das mit gutem Grund. Es fiel mir nämlich nicht schwer zu verstehen, ihre Verzweiflung und ihren Zorn darüber zu verstehen, daß er ihr immer wieder billige Lügen von wegen Überstunden und wichtigen Seminaren servierte, wo er sich doch in Wirklichkeit alle Mühe gab, in jede Frau einzudringen, die ihm über den Weg lief. Dick oder dünn – das war dem Kerl doch egal. Warum machte er das? Was trieb ihn dazu? Niemand soll mir hier was von Trieben erzählen. Triebe sind dazu da, unter einer gewissen Kontrolle gehalten zu werden. Dachte er nicht an seinen Sohn, wenn er sich in irgendein vollständig fremdes Frauenzimmer ergoß? Wie konnte er *nicht* an seinen Jungen denken? Mir war das unbegreiflich, das mußte ich einfach zugeben.

Aber – und das ist wichtig: Es hieß nicht, daß Lena ohne Schuld war. Wir wollen versuchen, die Ereignisse als reife Menschen zu betrachten. Was war passiert? Nun, Lena Olsens Mann hatte bei einer lockeren Begegnung junger Juristen sein Geschlechtsorgan in das Geschlechtsorgan einer früheren Kommilitonin gepreßt. Es war nicht böse gemeint. Niemandem gegenüber. Nur ein Einfall, der ihn bei einem zufälligen Zusammentreffen im Badezimmer überkommt. Da steht sie, vornübergebeugt, und wäscht sich nach einem notwendigen Geschäft die Hände. Er steht ebenfalls in ein notwendiges Geschäft vertieft. Nehmen wir weiter an, daß sie, halb im Scherz, halb aus aufrichtigem Interesse (hier sind immerhin etliche Gläser mit im Spiel) darum bittet, ihm beim Wasserlassen zusehen zu dürfen. Und warum eigentlich nicht? Was könnte unschuldiger sein? Er kennt ihren Hinterkopf noch aus den Vorlesungen, sie erinnert sich gut an seine klobigen Gummistiefel. Sie haben sich seit Jahren nicht gesehen. Sexuell hatten sie nie etwas miteinander, obwohl es in einer Mittsommernacht in Grasholmen fast dazu gekommen wäre (ein plötzlicher Wolkenbruch). Und gerade dieser Mangel an früherem Geschlechtsverkehr bringt jetzt die Luft in dem engen Badezimmer zum Vibrieren. Ja, es liegt eine Spannung vor, eine echte und wachsende Spannung zwischen den beiden. Von Liebe ist einwandfrei nicht die Rede. Und der Spannung zum Trotz: Was am Ende zu ihrer Vereinigung führt, über das Waschbecken gebückt, ist die Tatsache, daß ihr Wunsch, ihm beim Wasserlassen, beim *Pissen* zuzusehen, bedeutet, daß sie als Erwachsene spielen möchte. Sie sind wieder im Kindergarten, und jetzt ist Doktorspielen angesagt. Sie lachen herzlich, als er ihn hervorholt. Er versucht, sein Wasser zum Strömen zu bringen. Das klappt natürlich nicht, nicht einmal nach vier Halben und zwei doppelten Cognacs. Es preßt, es tut weh, aber es kommt nichts heraus. Er bittet sie, so zu tun, als ob nichts wäre. Er bittet sie, ihn in dieser kritischen Eröffnungsphase nicht anzustarren. Tu so, als ob du einen Spaziergang machst, Tone, erzähl von etwas Alltäglichem. Leier ein paar Gesetze und Paragraphen herunter. Und das macht sie gern. Sie hockt sich hinter ihn, lehnt sich an die Tür und schlägt sich mit den Händen auf die Oberschenkel. Erst kräftig, lärmend fast, dann leiser, leiser. Laufende Füße, die sich langsam entfernen. Gleichzeitig ahmt sie die Stimme des Staranwalts Tor Erling Staff nach, erst laut, dann immer leiser. Ihre Unterlippe zittert authentisch. Sie hält ein Plädoyer, das einem älteren Mann, einem Großvater gar, der mit seinem Enkelkind alles andere getan hat, als ihm von Peter und dem Wolf zu erzählen, den Freispruch bringen soll.

Und dann kommt es. Der reinste Niagarafall. Die

Kommilitonin ist sofort zur Stelle und wohnt allem bei. Es geht nicht um Sex, noch nicht. Pures Interesse, fast schon wissenschaftlich. Bei Lena Olsens Mann sieht das etwas anders aus, obwohl auch er meilenweit von jenen Trieben entfernt ist, die die Pornohefte uns halbherzig als normal und zuverlässig schildern wollen. Weder die Kommilitonin noch er fühlt sich von Urinsex angesprochen. Wenn sie überhaupt je darauf gestoßen sind, ob nun in Zeitschriften oder in Filmen, hat der Anblick bei beiden nur innigen Abscheu erweckt. Oder lachende Resignation. Leute, die sich gegenseitig in Mund oder Ohren pissen, entsprechen nicht ihrem Stil. Dennoch läßt sich nicht leugnen, daß Lena Olsens Mann, Olsen, jetzt sexuell anspringt. Nicht wegen der Pisserei natürlich, die ist und bleibt ein alltäglicher Anblick für ihn. Was ihn jetzt mitreißt, was dieses Alltagsbild als anders, ja, kühn erscheinen läßt, ist das *Interesse* seiner Kommilitonin. Hat Lena Olsen sein kleines Rohr jemals mit ähnlichem Interesse betrachtet? Doch, das hat sie. Aber nicht während des Wasserlassens. Nicht, daß er das erwartet oder gewünscht hätte. Das nun wirklich nicht. Aber es ist das Exotische im Alltäglichen, das sein Geschlechtsorgan dazu bringt, sich langsam aufzurichten, während der Strahl seine Kraft verliert. Das müssen wir festhalten: das Exotische im Alltäglichen. Auf dieser Grundlage beruht jegliche Untreue. Ich ahne nicht, woher ich das weiß, da ich selbst nie die Möglichkeit hatte, in diesem Bereich Erfahrungen zu sammeln, aber ich bin mir da trotzdem sicher. Die beiden teilen jetzt ein etwas krankhaftes Geheimnis. Es ist nicht so schrecklich krankhaft. Nicht so krankhaft, daß sie sich jetzt Sorgen machen müßten über das, was der jeweils andere weiß.

Aber immerhin krankhaft genug, um den beiden gegenüber allen anderen ein Gefühl der Zusammengehörigkeit zu vermitteln, *den anderen*, die auch auf dem Fest sind, die nichtsahnend in der Küche oder im Wohnzimmer stehen und sich an alkoholhaltigen Getränken und Kartoffelchips mit Paprika- und Pfeffergeschmack laben. Ein Gefühl der Zusammengehörigkeit, das den Beischlaf geradezu erzwingt: So, wie sich die Situation zwischen ihnen entwickelt hat, erscheint ihnen wohl beiden eine sexuelle Vereinigung als logische Konsequenz. Ihr geht auf, daß ihr wissenschaftliches Studium des pissenden Mannes sie auf unbegreifliche Weise bereit und unkonzentriert gemacht hat. Er ist schon längst verloren. Schlicht und ergreifend, nach Art der Männer. Er steht da wie ein kleiner Bube, seinen Piephahn in der Hand. Nicht draufgängerisch und fordernd, wie Lena Olsen so leicht glaubt. Nicht prahlerisch angesichts seiner pochenden Erektion. Nein, nein. Aber nun wird es sozusagen Ernst. Das Lachen wirkt durch den keuchenden Atem etwas angestrengt. Nun kommt ihre kühle Hand, und danach kommt es, wie es kommen muß. Dieser Teil der Geschichte ist uninteressant. Nicht nur für uns Außenstehende, sondern auch für die beiden Beteiligten. Lena Olsen jedoch sieht das anders. Worauf es *ihr* ankommt, nachdem sie einen geheimen Bericht darüber erhalten hat, ist gerade der pochende Rhythmus zwischen den beiden. Außerdem mißversteht sie alles total. Der Bericht besteht nämlich nur aus Bruchstücken. Aus Informationen, die aller Wahrscheinlichkeit nach eine sternhagelvolle Person beim Lauschen an der Tür aufgeschnappt hat. Was Lena Olsen glaubt, ist, daß die teilweise hervorragende Parodie Tor Erling

Staffs, die die Kommilitonin geliefert hat, während des eigentlichen Beischlafs stattgefunden habe. Für sie geht es hier also nicht nur um die Untreue ihres Mannes, die sich in einem trivialen Beischlaf manifestiert. Nein. Was sie vor sich sieht, ist ein krankhafter Beischlaf, eine Perversion. Und sie geht in sich, wie es wohl alle tun, die verraten worden sind. Warum werde *ich* verraten? Wollte er *das* von mir und hat sich aus irgendeinem Grund nicht getraut, darum zu bitten? Wollte er, daß ich, mit Tor Erling Staffs Stimme, Freispruch in sämtlichen Punkten fordere, während er sich dem Höhepunkt nähert? Warum in aller Welt hat er sich *ihr* anvertraut? Einer praktisch wildfremden Frau? Einer Frau, zu der er bisher keine andere Beziehung hatte als den Fast-Verkehr auf Grasholmen vor gut zehn Jahren?

Doch, ich konnte sie verstehen. Trotzdem war ganz klar, daß sie das Vorgefallene völlig falsch einschätzte. Sie legte Gewicht auf den puren physischen Vorgang, ohne ihn in einen Zusammenhang zu stellen, ohne das Ganze zu sehen. Sicher, es war nicht das erste Mal, daß ihr solche Berichte über ihren Mann zugetragen wurden. Er war und blieb ein Schürzenjäger. Was sie nicht begriff, war der Umstand, daß das Vorgefallene kaum mehr gelten konnte als eine bis zum Ende durchgespielte Phantasie. Es war ja kaum passiert. Eine flüchtige Begegnung zwischen zwei heißen Muskeln. Ungefähr wie ein freundschaftlicher Ringkampf. Auf dieser dürren Grundlage hatte sie beschlossen, mit ihrem Sohn ihrer Wege zu gehen. Jahrelange Beziehung, zerstört wegen einer Bagatelle! Allein schon die Schwangerschaft, die Zeit, in der sie Klein-Thomas unter dem Herzen getragen hatte – neun Monate. Jetzt opferte sie den Kontakt des Kleinen zu seinem eigenen Vater einer Sache, die kaum passiert war, einer Begegnung von einigen Kilo Fleisch, die kaum länger als neunzig Sekunden gedauert hatte. Himmel, es war ja nicht einmal sicher, daß er ihn überhaupt dringehabt hatte! Er konnte schließlich auch in ihrer Hand gekommen sein! Was für eine armselige Art, ein Leben zu ändern! Ich ertappte mich bei einem kleinen Lachen, genauer gesagt, einem leisen Kichern. Jetzt war ich wieder ein bißchen gemein, das sah ich ein. Aber diese Vorstellung! Lena Olsens Mann, der aufs Klo geht, um eine Runde zu pissen. Die Kommilitonin, die zufällig anwesend ist. Ihre äußerst unschuldige Spannerei. Seine Verwirrung angesichts der unerwarteten Erektion. Und dann: die Frau, die sein Geschlechtsorgan in die Hand nimmt, ungefähr so, als wolle sie ein kleines Kind begrüßen. Und dann kommt er! Voll über ihr Kleid. Das kann man nicht mal als einen Unfall bezeichnen. Ein vollkommen unschuldiges Geschehen. Aber vor der Badezimmertür liegt natürlich ein sturzbesoffener Blödmann, der alles mißversteht. Und der dafür sorgt, daß dieses Mißverständnis Lena Olsen zugetragen wird, damit sie (und das ist sicher nur natürlich) es zur vollkommenen Katastrophe weiterveredeln kann.

Herrgott, was wir Menschen einander aber auch antun! Wer war bloß dieser Suffkopp? Alle Beteiligten taten mir leid, nur er nicht. Übrigens war ich mir sicher, daß es sich mit ziemlicher Wahrscheinlichkeit um eine *sie* handelte. Eine Giftzunge schlimmster Sorte.

Ich hatte Hunger und ging in die Küche, um mein Abendbrot zu machen. Eine Kanne Tee, ein großes Glas Milch und vier Scheiben Graubrot. Und während ich die vier Scheiben abschnitt, überlegte ich mir: witzig, wie die

Gewohnheiten uns prägen. Schon als Junge hatte ich jeden Abend genau dasselbe Menü zu mir genommen. Mutter hatte nie zu Abend gegessen, sie hatte behauptet, unruhig zu schlafen, wenn sie abends noch etwas aß (obwohl sie zum Nachmittagskaffee durchaus eine einzelne Waffel oder einen Keks essen konnte). Bei mir war das anders. Das Abendessen, in Einsamkeit am Küchentisch verzehrt, war zu einem Ritual geworden, auf das ich weder verzichten konnte noch wollte. Als Mutter noch lebte, kam es vor, daß sie mich von der Wohnzimmertür aus stumm betrachtete, aber sie leistete mir nie Gesellschaft, und darüber war ich froh. Sie war die Mutter, die ihren Jungen essen, »reinhauen« sah, und sie gönnte mir oft ein zärtliches, leicht scheues Lächeln. Die Mutter ist schließlich noch nicht geboren, die nicht den Anblick ihres essenden Kindes genießt. Was sie sieht, ist die Garantie für Wachstum und Gesundheit auch morgen, jeder Bissen Brot ist ihr Verbündeter. Was für das Kind die Sicherstellung der physischen Gesundheit bedeutet, ist für sie die Sicherstellung ihres eigenen psychischen Gleichgewichts, die Befreiung von der Angst vor Krankheit und Tod.

Immer vier Scheiben. Immer Graubrot. Nicht immer frisches Graubrot, aber Graubrot. Auch die Wahl des Belags ist ein für allemal getroffen. Zum Frühstück kann ich durchaus ein wenig experimentieren, genauer gesagt, variieren. Wenn ich die Hand nach dem Nutellaglas ausstrecke, kann ich plötzlich und unerklärlich (und oft in wildem Tempo) Honig oder Himbeermarmelade an mich reißen. Ich glaube, das hängt mit dem Adrenalin zusammen. Jedenfalls registriere ich seit vielen Jahren nach dem Aufstehen in meiner Psyche eine gewisse Munterkeit. Und die schlägt sich oft in Handlungen von sehr impulsivem Charakter nieder. Dann nehme ich zum Beispiel, ganz ohne Grund, statt meiner eigenen Mutters Zahnbürste. Oder ich ziehe die Socken mit solcher Kraft an, daß der Stoff zerreißt und mir die Zehen weh tun. Eine Zeitlang, es war in der schwierigen Pubertät, überfiel mich jeden Morgen der nahezu unwiderstehliche Drang, Mutter umzubringen. Sobald ich in die Küche kam und ihren mageren Kehlkopf erblickte oder die hagere Stirn, wo zwei dünne Adern deutlich sichtbar unter der bleichen Haut lagen, schien ein Teufel mir zuzurufen: Bring sie um, Elling! Mach ein Ende mit ihr. Krankhaft, natürlich. Ich liebte sie doch. Nicht, daß meine Liebe zu ihr etwas Perverses gehabt hätte! Sie war ganz einfach meine Mutter, und ich liebte sie. Sie war eine milde Mutter, und ich liebte sie. Wir hatten einander – nur einander. Und dennoch ertönte jeden Morgen dieser Schrei in mir.

Aber zurück zum Abendbrot. Vier Scheiben Graubrot. Eine großzügige Margarineschicht. Zwei Scheiben mit Fischpudding. Eine mit Gouda. Eine mit Salami. Jahr um Jahr. Von der Kindheit zur Jugend. Ein dicker Streifen Mayonnaise über den Fischpudding. Ein dünner Streifen Senf über den Käse. Von der Jugend zum Erwachsenenalter. Zwei mit Fischpudding. Eine mit Gouda. Eine mit Salami. Ein *dicker* Streifen Mayonnaise auf den Fischpudding. Ein *dünner* Streifen Senf auf den Käse. Mutter hatte manchmal Gewürzgurken auf die Salami gelegt, aber davon hatte ich nie etwas wissen wollen. Ich fand und finde noch immer, daß Salami an sich schon so kräftig schmeckt, daß kein Zusatz mehr nötig ist. Daß Mutter anderer Ansicht war, hatte ich natürlich akzeptiert. Aber – und jetzt bin ich so ehrlich, daß mir fast schwindlig wird – es hatte mir nicht gefallen. Denn in dieser Gewohnheit hatte ein Element von Verschwendung gelegen. Es war nicht nötig, etwas Saures auf etwas ohnehin Salziges zu legen. Mochte sie das denn überhaupt? Oder war das einfach nur eine Schnapsidee? Ich wußte ganz sicher, daß sie diese Gewohnheit nicht schon seit ihren Jugendjahren hatte. In der Jugend, die sie hatte durchstehen müssen, hatte es nämlich nicht einmal genug Brot gegeben. Nun ja. Das waren natürlich blödsinnige Hirngespinste. Mutter war tot, und diese Fragen würden für immer unbeantwortet bleiben. Das Glas mit den Gurken hatte ich in den Müllschacht geworfen. Blöde Verschwendung, aber es hatte zu der Aufräumaktion gehört, zu der ich mich nach ihrem Fortgang verpflichtet gefühlt hatte. Weg mit ihrem Bett. Weg mit den Kleidern und dem Kleiderschrank. Weg mit dem Strickzeug und dem Glas Gewürzgurken.

Es ist nicht egal, in welcher Reihenfolge die verschiedenen Brote gegessen werden. Erst eins mit Fischpudding. Dann Käse. Danach ein großer Schluck kalte Milch, etwa das halbe Glas. Dann die Salami. Dann das zweite Brot mit Fischpudding. Und schließlich der Rest der Milch. Und wann kommt der Tee ins Bild? Der wird nach dem Essen getrunken. Immer.

Ich ging mit der Kanne in Rigemors Zimmer. Satt und zufrieden und einen dampfenden Teebecher in der Hand, griff ich wieder zum Teleskop.

Sie war zurückgekommen. Wo Rigemor Jølsen auch gewesen sein mochte – jetzt war sie wieder zur Stelle. Viertel nach zehn. Ich notierte mir das. Rigemor Jølsen zurück: Viertel nach zehn. Sie stand genauso da wie an dem Tag, an dem ich sie entdeckt hatte. Zupfte an ihren Topfblumen herum. Den Kopf schräg gelegt. Komisch im Grunde. Ich hatte immer gehört, daß ältere Frauen in der Pflege von Topfblumen Spitzenleistungen vollbrachten. Daß sie mit ihnen redeten und sie betüttelten und daß diese Aufmerksamkeit die Pflanzen gedeihen ließ, ihr Wachstum stimulierte. Ich hatte in Mutters Illustrierten Artikel zum Thema gelesen, und mehrere davon hatten wissenschaftliche Versicherungen gebracht, daß da etwas dran war. In einem Fall war auf Initiative des Pastors eine Baptistengemeinde in den USA in zwei Gruppen eingeteilt worden. Die eine Gruppe sollte Gott bitten, ihren Samen keimen und wachsen zu lassen. Die zweite Hälfte der Gemeinde, die Töpfe mit genau der gleichen Erdmischung hatte und genau dieselben Gießvorschriften befolgte, sollte sich passiv verhalten. Sie sollten nicht zu Gott beten, ihren Samen nicht keimen zu lassen, sie sollten dieses Thema beim Abendgebet einfach vergessen. Und das Ergebnis war überwältigend gewesen. Die Samen, die gewissermaßen unter ständiger Fürbitte standen, keimten lange vor den anderen, und die Pflanzen wurden größer und kräftiger als die in den anderen Töpfen. Natürlich wollten die Wissenschaftler nicht behaupten, daß Gott sich auf diese Weise manipulieren ließ, daß er die verschiedenen Teile seiner eigenen Schöpfung unterschiedlich behandelte, und das glaubte auch kein Mitglied dieser kleinen Gemeinde in Oklahoma. Ausschlaggebend war die Aufmerksamkeit, die Liebe der Menschen zum keimenden Leben. Daß Rigemor Jølsen auf irgendeine Weise mit den Gewächsen auf ihrer Fensterbank kommunizierte, sah ich als gegeben an. Aber wie war es dann möglich, daß sie innerhalb weniger Tage mehrmals tote Blüten und Blätter von den Pflanzen zupfen mußte? Läuse? Bestimmt haben sie Läuse, dachte ich. Oder anderes Ungeziefer. Natürlich war es auch möglich, daß dieses ewige Gezupfe im Grünen nur einen kleinen neurotischen Zug an ihr zum Ausdruck brachte, aber irgendwie konnte ich das nicht glauben. Rigemor Jølsen hatte durch und durch sicher gewirkt, sie war einfach nicht der Typ, der ohne Grund an seinen Pflanzen herumspielt.

Aus dem Journal:
»Rigemor Jølsen. Zu Hause Viertel nach zehn. Im Bett halbe Stunde später. Irgendwas stimmt nicht mit ihren Topfblumen. Gesunde Pflanzen verlieren ihre Blätter nicht in diesem Tempo.«

Nachdem Rigemor Jølsen schlafen gegangen war, bewegte ich mich wieder zu Ragnar und Ellen Lien hinunter, das heißt, zu Ellen Lien und ihrer Freundin, denn die war immer noch da. Ja, sie war nicht nur noch da – obwohl es schon nach halb elf war –, sie war auch näher an Ellen herangerückt. Jetzt saßen sie beide auf dem Sofa, und zwar ganz dicht beieinander. Ich sah, daß eine dieser ewigen Weinflaschen in Begleitung zweier Gläser auf dem Tisch erschienen war, aber gleich darauf wurde meine Aufmerksamkeit wieder auf die beiden Frauen gelenkt, denn nun fing die Freundin an, Ellen übers Haar zu streichen. Was um Himmels willen ging hier vor sich? Natürlich. Ellen hatte sich endlich erleichtert. Hatte vom Mann hinter der vertrauten Maske erzählt. Hatte von der Lüge in ihrem Leben erzählt. Weg war das aufgesetzte Lachen von vorhin. Ich hatte angenommen, das Geständnis, der Bericht über die eheliche Gewalt, sei früher gekommen, aber da hatte ich mich geirrt. Erst jetzt, als es schon halb elf durch war und billiger Wein auf dem Tisch stand, konnte Ellen alle Karten offenlegen. Das ist mein Leben, Johanne. So sieht es aus. Und Johanne tröstet. Johanne streichelt und tröstet. Nun kommen alle Geschichten über die Fehlgriffe, die *ihr* bei Männern unterlaufen sind. Sie erzählt Ellen von dem, der sie besitzen wollte. Der, krank vor Eifersucht, Freunde und Verwandte aus dem Haus jagte. Und wie war das noch mit Hermann? Nein, der schlug nicht. Das wäre im Grunde sogar vorzuziehen gewesen. Bei ihm waren es die beißenden Bemerkungen und der eiskalte Sarkasmus gewesen. Nicht, wenn andere dabei waren, o nein. Diese psychische Tortur fand unter vier Augen statt. Bei einem Essen, mit dem sie sich besondere Mühe gegeben hatte. In einem Hotelzimmer auf Gran Canaria. Der scheinbar joviale Hermann. Der Psychopath mit dem liebenswürdigen Lächeln. Warum hatte sie diese Beziehung nicht viel früher abgebrochen? Warum hatte sie es über ein Jahr mit einem gefühlskalten Fisch ausgehalten? Johanne konnte das selbst nicht erklären. Das Sexualleben? Ach herrje! Ein Preßluftbohrer war liebevoller als Hermann, wenn der loslegte. Und das war oft geschehen. In der Regel mehrmals täglich. Morgens, mittags und abends. Gern nach dem Essen, wenn es nach Hermann ging. Vor dem Herd. Über die Spülmaschine gebeugt. Unter der Dusche und in der Badewanne. Gefühlloses Gepumpe, das sie in einem triefnassen Vakuum zurückließ. Nichts, was an ein Vorspiel auch nur erinnert hätte. Kein nettes Geplauder danach, während man eine Zigarette teilt. Es hatte auch Ausnahmen gegeben, aber diese Ausnahmen waren längst blasse Erinnerungen. Vage konnte sie sich an eine Liebesnacht auf dem Campingplatz von Bogstad erinnern, damals, als sie noch in Nord Trøndelag gewohnt hatten. Seltsamerweise war das gegen Ende ihrer Beziehung gewesen. Sie waren in die Hauptstadt gekommen, um die Bootsmesse in Sjølyst zu besuchen. Nur sie beide und ein Stapel Broschüren von Lustyachten und zusammenlegbaren Kanus. Es war fast zum Lachen.

Und die ganze Zeit streicht Johanne Ellen über die Haare und über die Wangen. Streichelt und streichelt.

Ich fuhr zusammen. Lagen in diesem andauernden Streicheln wirklich nur Trost und Sympathie? Hatte sich nicht auch eine Element des Forderns, des zielgerichteten Begehrens eingeschlichen? Kurz gesagt: Wurde ich hier zum Zeugen eines lesbischen Liebesrituals? Es konnte so aussehen. Und ich fand das wirklich auch nur recht und billig. Erstens meinte und meine ich, daß Erwachsene genau die sexuellen Aktivitäten betreiben sollen, auf die sie Lust haben, solange sie niemandem damit schaden. Zweitens fand ich es in diesem Fall mehr als nur recht und billig. Was konnte schließlich natürlicher sein, als daß diese beiden alten Freundinnen in einem Liebespakt zueinander strebten, wo die Verhältnisse um sie her doch ziemlich grotesk waren? Ellen: verheiratet mit einem brutalen Schläger. Einem restlos prinzipienlosen Mann, einem, der die Ideale verrät, die er doch hüten und pflegen soll. Was Johanne betraf, so konnte ich nur mutmaßen, vorläufig zumindest. Sie konnte sich natürlich schon seit den Turnstunden in der Grundschule ihrer Neigung bewußt sein. Aber es war auch nicht schwierig, sich eine Reihe gefühlskalter Trottel vorzustellen, die im Laufe ihres Lebens gekommen und gegangen waren, die sie dazu gebracht hatten, im reiferen Alter einen Blick auf das eigene Geschlecht zu werfen. Das kam vor, das hatte ich gelesen.

So, nun hörte sie auf. Mehr Wein in die Gläser. Neue Zigaretten. Meine Güte, diese Frauen rauchten vielleicht! Übrigens war ich froh, daß sie mit diesen trotz allem doch ziemlich vorsichtigen Liebkosungen aufgehört hatten. Wenn ich etwas nicht wollte, dann war das, in das Sexualleben anderer Menschen hineingezogen zu werden. Das war das eine. Etwas anderes war, daß sie von Menschen mit ganz anderer Auffassung von dem, was sich in einer Beziehung zwischen zwei Personen desselben Geschlechts nicht gehört, beobachtet werden konnten. Von prüden Individuen, die nicht zögern würden, Gerüchte auszustreuen. Und die Götter mochten wissen, was der gute Ragnar anstellte, wenn ihm das zu Ohren kam. Daran wollte ich lieber gar nicht erst denken.

Hinunter ins Erdgeschoß. Dunkel in allen drei Wohnungen. Die ganz links stand aller Wahrscheinlichkeit nach leer. Ganz rechts hauste ein gewisser Mohammed Khan. In der Mitte – Arne Moland. Ob das wirklich derselbe Arne Moland war, der mich in der fünften Klasse vollgekotzt hatte? Sollte das der Fall sein, dann hatten Rigemor Jølsen und all die anderen braven Arbeitstiere wirklich ein schwarzes Schaf in ihrem Block. Einem Typen, der aus purem Jux einen drei Jahre jüngeren vollkotzt, ist einiges zuzutrauen, ja, im Grunde sogar das allermeiste. Daß er mit Rauschgift zu tun gehabt hatte, wußten alle. Mir krampfte sich der Magen zusammen.

Später schlief ich unruhig.

Nach dem Frühstück am nächsten Morgen begab ich mich zum Postamt. Diesen Ausflug hatte ich schon seit Tagen geplant. Ich wollte einen kleineren Betrag (320,– Kr.) auf mein Postsparkonto einzahlen. Das Geld hatte in Mutters Nachttischschublade gelegen, und ich brachte es einfach nicht über mich, es so mir nichts, dir nichts in die Brieftasche zu stecken. Man kann das getrost als Sentimentalität bezeichnen.

Es war kurz nach zehn, als ich das Postamt betrat. Normalerweise eine hektische Tageszeit, aber nun herrschte aus unerfindlichen Gründen Ruhe. Drei Schalter waren geöffnet. Erträgliche Schlangen. Ich habe mir angewöhnt, die verschiedenen Schlangen zu mustern, ehe ich mich irgendwo anstelle. Meine Erfahrung sagt, daß das nützlich sein kann. Manche halten es für so etwas wie ein Naturgesetz, daß es immer jemanden in der Schlange gibt, der eine größere Geldsumme nach Botswana überweisen und für mehrere hundert Kronen Briefmarken kaufen will. Um dann eine wütende Auseinandersetzung mit dem Schalterbeamten vom Zaun zu brechen, weil ihm das Motiv auf den Briefmarken nicht gefällt. Das kann natürlich jedem passieren, aber man kann doch gewisse Vorsichtsmaßnahmen treffen. Erstens darf man sich nicht von der Postmenge verwirren lassen, die der einzelne Kunde in der Hand hält. Ein Stapel Drucksachen kann furchterregend wirken, ist aber im Nu abgefertigt. Nein, man muß sich an Blick und Körperhaltung des Kunden orientieren. Der streitlustige Querulant verrät sich oft dadurch, daß er auf den Fußsohlen hin und her wippt. Das liegt an seinem Eifer, zum Schalter zu gelangen und die dringende tägliche Intrigiererei zu starten. Er hat es nicht eilig, kann aber auf den ersten Blick so wirken. Er findet es vollkommen uninteressant, was vor ihm in der Schlange vor sich geht. Frauen, die ihre Tasche an den Bauch pressen, sollte man lieber auch aus dem Weg gehen. Solche Taschen können nämlich ungeahnte postalische Herausforderungen enthalten. Es gibt Menschen, die glauben, alles ließe sich durch die Post erledigen – und diese Menschen sind zumeist weiblichen Geschlechts. Sie bestehen darauf, erst am vorigen Freitag hier, an diesem Schalter, einen Bankscheck eingelöst zu haben, und sie verlangen, daß ihnen der Einschreibebrief ausgehändigt wird, obwohl sie sich nicht ausweisen können.

Genug davon. Was ich sagen wollte, ist, daß ich mir die verschiedenen Schlangen ansehe. Und zwar, indem ich an einen geschlossenen Schalter gehe, oft unter dem stummen Vorwand, irgendein Formular ausfüllen zu müssen. Wenn ich mich dann über das Formular beuge, werfe ich auf die Menschen in den Schlangen rasche Seitenblicke, die andere kaum registrieren, die mir aber doch nützliche Informationen verschaffen. Deshalb ging ich nun gleich zu dem Schalter zwischen den beiden Schlangen – nachdem ich mir am Fenster einen Einzahlungsschein geschnappt hatte. Mir war klar, daß sich manche wohl ihre Gedanken darüber machten, warum ich den Einzahlungsschein nicht am dafür vorgesehenen Tisch ausfüllte, aber ehrlich gesagt war mir das nicht weiter wichtig. Sie hielten mich womöglich für etwas exzentrisch. Aber ich hatte das so lange trainiert, ich hatte es sogar zu Hause geübt, und ich führte meinen Kugelschreiber auf eine Weise, die sich nur als sicher und locker bezeichnen ließ. Nicht überlegen, nicht aufgeblasen, aber es war klar, daß ich mich hier auskannte. Hier in diesem Stadtteil wohnte dieser junge Mann, hier kannte er sich aus, hier füllte er seine Vordrucke und Formulare so aus, wie es ihm paßte. Es gab zwar einen eigenen Tisch für solche Vorhaben, aber dieser Bursche zog nun einmal die Fläche vor den Schaltern vor. Er hatte seinen eigenen Stil, seine eigene Herangehensweise. Mit kurzen, zackigen Bewegungen begann ich den Einzahlungsschein auszufüllen. Kurzer Seitenblick, während ich die Stirn runzelte – der junge Mann dachte kurz nach. Sollte er 10 000 oder 12 000 einzahlen? So sahen sie mich. Der Mann, der zwischen den Tausendern schwankte, weil die Höhe der Einzahlung im Grunde keine Rolle spielte. Ich wollte gerade »dreihundertzwanzig« schreiben, als ich sie erblickte. Rigemor! Rigemor Jølsen öffnete die Glastüren. Anders als ich stellte sie sich sofort an, und ich geriet in Eile. Ich bewegte mich in einem Bogen vom Schalter weg, bis ich mich hinter ihr befand. Vergessen war jeglicher Gedanke daran, so schnell wie möglich an den Schalter zu gelangen. Was für eine Traumsituation! Ein Augenblick der Unaufmerksamkeit, und ich hätte diesen Platz an jemand anderen verloren. Schon beim Gedanken daran wurde mir schlecht. Ja, ich mußte mit der Übelkeit kämpfen, ehe mir gänzlich zu Bewußtsein kam, daß ich hinter Rigemor Jølsen stand. Dicht. Nahe. Ich musterte die Rückseite ihres Robin-Hood-Hutes. Registrierte die kleine blaugrüne Feder auf der rechten Seite, die hatte ich bisher übersehen. Ihre dunklen Haare wiesen Silberstreifen auf, sie fielen so schön über den Mantelkragen. Über den Mantelrücken. Nicht die geringste Spur von Schuppen, obwohl der dicke Stoff sie zweifellos sofort aufgefangen hätte. Die Wahrheit war kurz und gut, daß Rigemor Jølsen keine Schuppen hatte.

Rigemor? R-i-g-e-m-o-r! Ich stehe genau hinter dir, Rigemor. Kein Grund zur Aufregung. Es ist bloß Elling, der muntere Bursche aus dem Nachbarblock. Dicht hinter dir? Nun, laß es mich so sagen: Wenn ich die Zunge ausstrecke, kann ich deine Hutkrempe berühren. Dreh dich nicht um, Rigemor. Bleib genau so stehen. So ist es am besten. Du vorn und Elling hinten. Für dich existiere ich ja nicht einmal. Ich bin ein dunkles Fenster in einem Block weiter oben am Hang. Ein schwarzes Loch. Ich weiß zwar, daß du eine Vorliebe für Leber und Fleischwurst hast und daß du Kirschjoghurt verschmähst, wenn du Backpflaumenjoghurt haben kannst. Aber das spielt keine Rolle, Rigemor. Dort bist du, und hier bin ich. So dicht beieinander und gleichzeitig so getrennt wie überhaupt nur möglich. Zusammen in der Isolation. Es hat mir gefallen, wie du die Rattenfrau zusammengestaucht hast. In der Wohnung unter dir wohnt ein brutaler Schläger, aber das weißt du nicht. Daß dort aller Wahrscheinlichkeit nach zwei Frauen liegen und sich lieben, während der brutale Schläger andere brutale Schläger verhaftet, ahnst du nicht einmal. Du hast deinen Platz, du hast dein Leben. So, wie ich meinen Platz habe. Mein Leben. Du hast deine Angelegenheiten in der Post zu erledigen, ich habe meine. Auf die ich zwar gleich pfeifen werde, aber vergiß das. Rigemor? Hier ist Elling. Hier ist nur Elling. Ich stehe gleich hinter dir.

Ich bemerkte ein graues Haar, das an ihrem Mantel hing, kurz unterhalb des Kreuzes. Ein einsames graues Haar auf der blauen Fläche. Für Außenstehende mag das lächerlich klingen, aber ich war sofort besessen von dem Wunsch, just dieses Haar zu besitzen. Angebracht zum Beispiel auf einem Stück schwarzer Pappe, würde es sich zweifellos an der weißen Wand über dem Schreibtisch in Rigemors Zimmer gut machen.

Die Frage war jedoch, wie ich es an mich bringen sollte. Hinter mir standen inzwischen zwei weitere Kunden, ich hörte sie über die EU diskutieren. Sie waren beide gegen einen norwegischen Beitritt. Hatten kein Vertrauen zu »den hohen Herren in Brüssel«, wie sie sagten. Von mir aus. *Ich* verließ mich in dieser Angelegenheit auf Gro. Es paßte mir gut in den Kram, daß sie beschäftigt waren; sie standen nicht in stummer Einsamkeit hinter mir und konzentrierten sich auf mein Tun und Lassen. Es war allerdings äußerst wichtig, daß Rigemor Jølsen nichts merkte. Natürlich konnte ich eine plötzliche Ohnmacht vortäuschen. Mich gegen Rigemor Jølsen sinken lassen und versuchen, im Umsinken das Haar zu schnappen. Aber das würde zweifellos zuviel Aufsehen erregen. Nach einem solchen Vorfall würde Rigemor Jølsen sich an mich erinnern. An mein Gesicht. An den armen jungen Mann, der am hellichten Vormittag im Postamt zusammengebrochen war. Sie würde allen davon erzählen. Freunden und Verwandten. Sie würde mir im Einkaufszentrum hinterherlaufen und um aktuelle Informationen über meinen Gesundheitszustand bitten. Ob es mir besser ginge? Ob sie oder andere etwas für mich tun könnten? Und diese Art von Kontakt wünschte ich mir ja nun doch nicht. Ganz im Gegenteil. Ich wollte nicht zur Last fallen, ich hatte nicht das Recht, auf so direkte Weise in ihr Leben einzutreten.

Aber das Haar wollte ich haben. Ich sagte nicht »koste es, was es wolle«, aber ich war bereit, sehr weit zu gehen. Eine Möglichkeit war, mich zu bücken, so zu tun, als ob ich einen Schnürsenkel neu bände, und dabei diskret mit der Zungenspitze das Haar zu packen. Das mußte schnell geschehen, ungefähr so, wie ein Chamäleon ein Insekt schnappt, aber diese Operation befand sich einwandfrei im Bereich der Möglichkeiten. Wenn es schiefging, das heißt, wenn irgendwer in der Schlange meine Zunge sah, während ich diese ungewohnte Übung durchführte, dann mußte ich eben einen epileptischen Anfall simulieren. Dann hätte ich zwar mein ursprüngliches Vorhaben, nämlich Informationen über Rigemor Jølsen zu sammeln, zum Scheitern gebracht, aber ich hätte doch immerhin meine Ehre bewahrt.

Also bücke ich mich vorsichtig. Ich versuche gar nicht erst vorzugeben, die Schleife an meinem rechten Schnürsenkel habe sich gelöst. Nein, hier ist lediglich von einem kurzen Nachziehen die Rede. Der Mann in der Schlange merkt, daß sein Schuh ein wenig locker sitzt. Und da er nun schon einmal herumsteht und Zeit genug hat, beschließt er, den Schnürsenkel aufzubinden und einen strammen Knoten zu machen.

Das tue ich. Aber als ich den Knoten stramm ziehe und gleichzeitig leicht den Kopf hebe, sehe ich, daß ich einige Zentimeter von dem Haar entfernt bin. Mein Gesicht befindet sich in Hinternhöhe. Wenn ich das Haar mit der Zunge erreichen will, dann muß ich den Hals recken wie eine Giraffe. Voller Verzweiflung versuche ich, mich dem Haar zu nähern, während ich mich (unter spürbaren Rückenschmerzen) aufrichte; ich komme immer näher und will gerade die Zungenspitze über die Unterlippe vorschnellen lassen, da kommt Bewegung in die Schlange, der blaue Mantelrücken entfernt sich, ich bewahre mit Müh und Not das Gleichgewicht und taumele schwerfällig vorwärts.

Na gut. Aha. Kein Grund zur Verzweiflung. Wir haben Zeit genug. Sehr, sehr viel Zeit. Außerdem geschieht jetzt etwas Grundlegendes, ich habe an anderes zu denken als an ein Haar. Jetzt ist nämlich Rigemor Jølsen am Schalter angelangt, und ich stehe sozusagen im Orchestergraben.

Wieder höre ich ihre ruhige Stimme. Volle Kontrolle. Ich beuge mich leicht nach links und gebe vor, die neuen Briefmarken zu betrachten, die hinter der Glasscheibe ausgestellt sind. Am Rande meines Blickfeldes sehe ich Rigemor Jølsen einen Auszahlungsschein unter dem Glas hindurchschieben. Gleichzeitig höre ich, wie sie zwanzig Marken von 3,50 verlangt. Als Ausweis benutzt Rigemor Jølsen einen normalen norwegischen Paß, doch sie zögert eine Sekunde und betrachtet die erste Seite, und in einem glücklichen Augenblick sehe ich ihr Geburtsdatum; ich lese: »Rigemor Jølsen, 24. 12. 1922«. Das ist zwar schon alles, aber es ist viel. Rigemor Jølsen ist am Heiligen Abend geboren! Sie wird in wenigen Wochen siebzig!

Jetzt geht alles sehr schnell. Geld und Briefmarken werden übergeben, Rigemors flinke Finger schieben alles zusammen und räumen es in die Tasche. Und dann ist sie verschwunden. Jetzt, im nachhinein, weiß ich ja, daß ich selbst in diesem Moment in eine der seltsamen Nischen des Gemütes gefallen bin; daß ich derjenige war, der aus dem Zusammenhang gerissen wurde. Aber damals schien Rigemor Jølsen sich vor meinen Augen aufzulösen, einfach zu verschwinden.

Ich kam wieder zu mir, als mich der fragende Blick der Schalterbeamtin traf. Es war ein grüner Blick, das weiß ich noch. Ein grüner Blick unter einem leicht zerzausten roten Schopf. Saß da vor mir die alleinstehende Mutter? Lena Olsen, Klein-Thomas' Mutter? Nein. Oder? Unwillkürlich beugte ich mich vor, um sie mir genauer anzusehen. Ihr Mund bewegte sich, sie schien etwas zu sagen. Ich konnte sehen, daß sie ein O und ein E formte, daß ihre Augen härter wurden, ein wenig böse vielleicht. Und ohne daß ich erklären könnte, wieso, merkte ich, daß auch ich mit dem Mund ein O formte. Ich machte keinen Kußmund, sondern ich formte meinen Mund so, als wollte ich ein O aussprechen. Ihre Hände wurden unruhig. Sie schlug ungeduldig mit einem gelben Kugelschreiber gegen den kleinen Schreibblock, der vor ihr lag. Tacka-tack-tacka-tack-tacka-tack, und gleichzeitig suchte sie Kontakt mit jemandem oder etwas hinter mir. Ich wollte mich umdrehen, doch ehe mir das gelang, wurde mir schon ein heftiger Stoß in den Rücken versetzt. Wirklich! Ich machte zwei unfreiwillige Schritte in Richtung Schalter, fast wäre ich umgekippt. Ich sehe ein, daß ich mich vielleicht etwas seltsam aufgeführt habe, jedenfalls konnte es auf Menschen, die den Zusammenhang nicht kannten, so wirken, aber es hätte doch trotzdem möglich sein sollen, mir gegenüber nicht alle guten Manieren zu vergessen. Es war nicht nötig, mich so herumzuschubsen. Außerdem tat es weh. Meine Schulter tat weh. Meine *Schulter*? Ich war doch in den Rücken gestoßen worden! Wie konnte der Schmerz in der Schulter sitzen, wenn ich in den Rücken gestoßen worden war? Ich drehte mich um, nach einer Erklärung dafür suchend, aber seltsamerweise stand hinter mir niemand. Wie ein Panther schnellte ich wieder zum Schalter herum, doch den hatten inzwischen auf unerklärliche Weise die beiden EU-Gegner erreicht. Ich wollte ihnen gerade die

Meinung sagen, als Rigemor Jølsen wieder in mein Bewußtsein gelangte. Mit drei, vier langen Sprüngen hatte ich das Postamt verlassen.

Sie war noch nicht weit gekommen. Aber es erschreckte mich, daß ich sie so vollständig hatte vergessen können. Die fragende Miene des Rotschopfs hatte mich ganz einfach gelähmt. Es war unbegreiflich. Plötzlich schien der Wind nach Schweiß zu riechen. Nach beißendem, scharfem Schweiß, der mir die Haare in die Augen wehte. Fünfzig Meter vor mir sah ich Rigemor Jølsen entschiedenen Schritts auf das Einkaufszentrum zuhalten. Sie hatte ihr Geld und ihre Briefmarken geholt, jetzt strebte sie neuen Herausforderungen alltäglichen Charakters entgegen. Ich folgte ihr. In sicherer Entfernung. Das heißt, in regelmäßigen Abständen rückte ich vor und holte sie fast ein. So weit, daß ich auf ihrem Mantel das graue Haar sehen konnte. Und dann ließ ich ihr wieder Vorsprung, ließ zufällige Passanten den Asphalt zwischen uns bevölkern. Dort gehst du, und hier gehe ich. Zwei Menschen unterwegs in die Zukunft. Nur die Götter wußten, was die bringen würde. Nun gut. Rigemor Jølsen war fast siebzig. Rein statistisch gesehen, blieb ihr nicht mehr viel von ihrem irdischen Dasein. Aber was war mit mir? Ich war zweiunddreißig. Nicht einmal die Hälfte des Lebens. Würde ich vor ihrem Tod genügend Informationen über Rigemor sammeln können, um behaupten zu dürfen, daß ich sie gekannt, als Nachbarin und als Menschen verstanden hatte?

Eins stand fest: Rigemor Jølsen ging in Richtung Einkaufszentrum. Einkaufen? Da war ich dabei. Plötzlich kamen Mutters 320 Kronen mir weniger »heilig« vor. Ich war froh, daß ich sie nicht eingezahlt hatte. Himmel, 320

Kronen waren doch fast nichts. Auf dem Konto, meine ich. In der Jackentasche stellten sie dagegen eine gewisse Sicherheit dar. Ich würde ihr sogar im Taxi bis in die Innenstadt folgen können, falls sie auf eine solche Idee verfallen sollte.

Sie ging am U-Bahnhof vorbei. Sie ging am Taxistand vorbei. Sie ging am Eingang des Supermarktes vorbei. Rigemor Jølsen ging zu Dr. med. Frank Friedman.

Ich lief vor der Passage, die ins Zentrum führt, hin und her. Was ihr wohl fehlte? Meine Achselhöhlen waren schweißnaß, und ich hatte Angst. Die entsetzlichsten Bilder stiegen in mir auf. Ich dachte an das Gesundheitslexikon, das seit ewigen Zeiten zu Hause unten im Schrank stand. Ich hatte es seit Jahr und Tag nicht mehr geöffnet, es war das Horrorkabinett meiner Kindheit gewesen. Die grauenhaften Brandwunden am Oberarm einer Frau. Die Syphilisnarben an einem männlichen Geschlechtsorgan. Die vielen Hautkrankheiten! In Farbe! Und dazu gab es Illustrationen und Schaubilder, auf denen die verschiedenen Bakterienkulturen vorgeführt wurden. Es war zum Verzweifeln!

Ich betete zu Gott, daß es nichts Ernstes war. Für einen Menschen in ihrem Alter konnte alles katastrophal sein. Und als ich diesen Gedanken gedacht hatte, kam ich natürlich, ehe ich mich versah, auf das Thema Mutters Tod. Schließlich war es Dr. med. Frank Friedman gewesen, der ihre Symptome erkannt und sie zu den Fachleuten weitergeschickt hatte. Und ich überlegte, während ich zwischen Blumenladen und Buchhandlung hin und her lief: Ob Gro einmal praktiziert hat? Den Ärztinnenberuf, für den sie ausgebildet ist, ausgeübt hat? Ob sie zum Beispiel ein Rektoskop in den Enddarm einer pensionierten Näherin aus Eina eingeführt hat, um sich aus nächster Nähe ein Bild von den Verhältnissen zu machen? Der Gedanke war betörend, denn diese Handlung wies eine gewisse Ähnlichkeit mit dem auf, was ich des Abends mit meinem Teleskop unternahm. Ich hoffte wirklich, daß sie ihre eigene Praxis gehabt hatte, ehe sie endgültig in die Politik eingestiegen war. Ich war überzeugt davon, daß es erst nach solchen Erfahrungen möglich ist, das Volk ernst zu nehmen, den Einzelmenschen in der Herde zu verstehen.

Ich hasse jegliche Form von Vulgarität, aber dennoch: Nur, wer den eigenen Wählern ins Arschloch geschaut hat, und das aus nächster Nähe, ist fähig, eine so komplexe Gesellschaft wie das heutige Norwegen zu lenken. Es reicht nicht, eine Mappe voll professoraler Schmeicheleien unter dem Arm, aus der Universität zu wackeln und sich sogleich in die Prozesse zu stürzen, durch die das Schicksal der kleinen Leute besiegelt wird. Die alten sozialdemokratischen Führer hatten das instinktiv begriffen, ich glaube nicht einmal, daß sie darüber überhaupt nachgedacht haben. Sie hoben heute Gräben aus, um sich morgen in Richtung Oslo und Parlament in den Zug zu setzen. Für sie waren es zwei Seiten derselben Sache, derselben Aufgabe. Und ich glaubte, daß auch Gro Harlem Brundtland so dachte. Denn ganz konkret war es doch gerade die pensionierte Näherin aus Eina, die mit dem Darm, die Gro in die EU einbringen wollte. Es war Jorun Pedersen, geboren um die Jahrhundertwende und aufgewachsen unter unmenschlichen Verhältnissen in einem norwegischen Dorf, die jetzt die Vorzüge genießen können sollte, die die europäische Gemeinschaft zu bieten hatte.

Ich hatte auch kein Problem damit, mir Gro als Betriebsärztin vorzustellen. Witzig, resolut und ohne unnötiges Mitleid. Eine Ärztin, die *weiß*, wo dieser Job dem Körper Probleme macht; eine Ärztin, die Jammerlappen und Hypochondern mit einer bissigen Bemerkung die Tür weist. Überhaupt hatte ich nachts, wenn ich nicht schlafen konnte, lange mit einer Phantasie gespielt. Und zwar über Gro Harlem Brundtland, Norwegens Ministerpräsidentin und gleichzeitig auch noch Ärztin, die Patienten mit allerlei Leiden empfing. Menschen mit nervösen Leiden. Verstopfung. Atemnot und Herzproblemen. Allergiker und Nierenkranke. Nur wilde Träume natürlich. Ich wußte besser als die meisten, welch enormer Arbeitsdruck auf Gro lastete. Es war fast nicht zu fassen, daß sie das aushielt. Aber der Gedanke sprach mich an, ja, er verzauberte mich jedesmal aufs neue, wenn ich mich im schweißdurchtränkten Bettzeug hin und her wälzte. Die Vorstellung von der Ministerpräsidentin einer sozialdemokratischen Regierung, die ganz konkret in das Leben von uns normalen kleinen Leuten eingriff, die unsere Qualen linderte, so banal die in globalem Maßstab auch aussehen mochten, stimmte mich froh.

Ihre Hände auf meinem Körper. Das Stethoskop. Einatmen. Nein, tiefer. Hol so tief Atem, wie du nur kannst. So, ja. Und ausatmen. Ausatmen, Elling. Holzstäbchen in den Mund. Aaaa sagen. Erzähl ein wenig über deine Ernährungsgewohnheiten. Gehst du regelmäßig aufs Klo? Ein wenig Blut im Stuhl vielleicht? Und was den Schwindel angeht ... Mit Schlafproblemen müssen viele Menschen ganz einfach leben. Ich würde dir von Pillen abraten. Dein Blutdruck ist vielleicht ein bißchen hoch.

Die Kopfschmerzen können davon kommen, daß ... Nicht im Durchzug sitzen, Elling. Nicht im Durchzug sitzen. Du mußt anfangen, netter zu dir selbst zu sein. Daß du dich ab und zu unwohl fühlst, bedeutet ganz einfach, daß dein Körper mit dir spricht. Nein, das ist nicht gefährlich. Es ist unbehaglich, aber nicht gefährlich. Tut mir leid, Elling, aber das ist ernst. Das ist sehr ernst. Um es ganz offen zu sagen, Elling – die letzten Proben ... Viele Menschen leben mit Krebs, Elling. Du darfst jetzt nicht aufgeben. Die Psyche spielt eine größere Rolle, als du glaubst. Ausatmen, kräftig ausatmen. So, ja. Halstropfen? Kommt nicht in Frage! Was du brauchst, Elling, ist ein langer Spaziergang an der frischen Luft. Nein, Elling, ich verschreibe überhaupt niemandem Valium. Wann hat dieser trockene Husten eingesetzt? Deprimiert, sagst du? Was verstehst du darunter? Mach dich oben herum frei, Elling. Zieh die Hosen aus. Tut es weh, wenn ich drücke ... hier?

Es ist die Frau, die Ministerpräsidentin und Ärztin Gro Harlem Brundtland, die fragt. Eine wilde Phantasie – von mir aus. Aber ich schlafe immer dabei ein.

Wie sollte ich jetzt vorgehen? Ich wußte nicht, ob Dr. med. Frank Friedman Termine vergab. Sollte ich weiter zwischen Buchhandlung und Blumenladen hin und her laufen, bis Rigemor Jølsen vom Arzt kam? Schlimmstenfalls konnte das noch Stunden dauern. Und ich hatte Angst, hier irgendwo aufzufallen. Die Frau im Blumenladen zeigte jetzt schon ein gewisses Interesse an mir, vor allem, seit ich mein Tempo gesteigert hatte. Andererseits: Laufen tat gut. Es war befreiend. Ich wurde noch schneller und merkte, daß ich viel besser in Form war, als ich gedacht hatte. Vom Blumenladen zur Buchhandlung. Von der Buchhandlung zum Blumenladen. Ein wilder Jubel stieg in mir auf, die Götter mochten wissen, woher der kam, wo ich mir doch solche Sorgen um Rigemor Jølsens Gesundheit machte.

Und dann rief jemand meinen Namen. Ich hörte es ganz deutlich, gerade als ich bei der Buchhandlung kehrtmachte. Ich lief zurück in Richtung Blumenladen und lockerte dabei meine Muskeln.

Es war Eriksen vom Sozialamt. Sein übliches skeptisches Lächeln. Oder war er einfach schüchtern? Ich wurde nie klug aus diesem Mann. Er gab mir die Hand und erzählte etwas über Mutter, ich sah, daß er Haare in den Ohren hatte. Die hatte ich aus irgendeinem Grund noch nie bemerkt. Was es wohl für ein Gefühl ist, mit Haaren in den Ohren durch die Gegend zu laufen? Er wollte seine Hand zurückziehen, aber ich hielt sie fest; er redete weiter über Mutter. Er sagte, es sei traurig (sicher war es traurig), und er wollte wissen, ob ich irgendwelche Pläne hätte.

Pläne? Moment mal! Was denn für Pläne? Man setzt sich doch nicht zum Pläneschmieden hin, wenn einem gerade die Mutter gestorben ist! Jetzt riß er seine Hand zurück und sagte, er werde sich bald bei mir melden. Ich wußte wirklich nicht, was ich davon halten sollte. Ich blieb stehen und sah ihm nach, während er durch die Glastüren der Sparkasse verschwand. Unbehagliche Gefühle überkamen mich, aber ich weigerte mich, sie ernst zu nehmen. Ich war allein mit Trauer und Sehnsucht, und ich nahm mir das Recht, mich damit zu begnügen. Pläne sollte machen, wer frei und munter war. Ich wollte an Mutter als an den Menschen denken, der sie gewesen war, nicht an das Bild, das Eriksen vom

Sozialamt von ihr zu haben schien. Was hatte er damit gemeint, daß er »sich melden« wollte? Dieser Mann hatte so viele Seltsamkeiten an sich, daß schon die Hälfte mehr als genug gewesen wäre. Das schlimmste war, daß er auch noch dafür bezahlt wurde. Gut bezahlt.

Ich ging auf den Platz vor dem Einkaufszentrum und setzte mich auf eine Holzbank. Es brachte nun wirklich nichts, mir in der Passage allerhand Pack an den Hals zu laden, wenn ich statt dessen hier sitzen und den vollen Überblick haben konnte. Es regnete inzwischen zwar ziemlich arg, aber das störte mich nicht. November, na gut. Es war wirklich nicht warm. Andererseits hatte ich oft daran gedacht – und mich darüber geärgert –, wie wenig der moderne Mensch aushalten kann oder, besser gesagt, will. Und ganz bestimmt: Ich hatte mich in diese Kritik einbezogen. Wie oft hatte ich nicht wegen irgendwelcher Wehwehchen den Kopf hängen lassen? Ich war sauer auf Mutter gewesen, weil sie mich gebeten hatte, für sie einkaufen zu gehen. Sauer und übellaunig, weil es draußen ein bißchen stürmisch war. Ich hatte keine Lust, bei diesem Wetter auf die Straße zu gehen. Obwohl ich das einkaufen sollte, was zu dem Essen werden sollte, das sie ganz allein für *uns* kochen würde. Lächerlich. Verwerflich! Wie hatten denn die Menschen in diesem Land noch vor kurzer Zeit gelebt? Für die meisten hatte es von früh bis spät nur harte Plackerei gegeben. Langsam, aber sicher hatten die alten Häuptlinge die Arbeiterklasse an den Punkt gelenkt, an dem wir uns jetzt befanden, in eine soziale Landschaft bedingungslosen Wohlstandes. Und darin sitzt nun Elling und schmollt, weil Mutter ihn bittet, kurz das *Arbeiderbladet* wegzulegen und einkaufen zu gehen. Es ist nicht die Rede davon, zum Fischen auf den Fjord hinauszurudern. Es geht nicht darum, das Rind großzufüttern. Nein, worum sie bittet, was Elling schmollen und maulen läßt, ist, einige wenige Meter zu gehen und Fleisch oder Fisch zu holen, die Waren gegen ein paar bunte Papierstücke einzutauschen. Und wenn er bei dieser höchst undramatischen Expedition naß werden sollte, ja, so hat Mutter zu Hause eine Kommode voll trockener Kleider. Wenn ich jetzt daran dachte, wie dumm mein griesgrämiges Gesicht für eine Mutter ausgesehen haben mußte, die natürlich in der Lage gewesen war, alles in seinem gesellschaftlichen Zusammenhang zu betrachten, dann lief es mir eiskalt über den Rücken. Ich schämte mich. Es regnete immer heftiger, der Wind wurde immer schärfer, aber ich dachte: Na los doch! Weiter so! Gebt Elling, was Elling verdient. Laßt ihn Buße tun für seinen Unfug. Laßt ihn wenigstens ein Zipfelchen von dem Leben verstehen, das der ehrliche Jäger und Fischer führen mußte – und führt. Ich dachte an Finnmarks Küste in einer frühen Morgenstunde im Januar. Sagen wir, um halb fünf. Stockfinster. Das einzige, was zu sehen ist, sind die schaumgepeitschten Wellenberge, die aus der Einöde draußen hereingetanzt kommen. Dort hinaus muß der Fischer nun fahren. Ohne Garantie. Ohne Sicherung. In einer Wanne von einem Boot, das zu allem Überfluß der Bank gehört. Herrgott, ich war vielleicht verwöhnt! Die meisten von uns waren vielleicht verwöhnt! Ich selbst schlief bis nach zehn Uhr wie ein Murmeltier. Jammerte ein bißchen, weil das Linoleum in meinem Zimmer kühl unter den Füßen war. Ich verachtete mich selbst und trug mir auf, hier sitzen zu bleiben, in vollständiger Ruhe, bis Rigemor Jølsen sich zeigen würde. Als ein Versuch, das

Unbehagen, die Schmerzen zu verstehen, denen gewisse Menschen sich aussetzen mußten, damit überall unter Norwegens Dächern das Essen auf dem Tisch stand. Ich hatte einen gewaltigen Respekt vor diesen Männern und Frauen, die der Gesellschaft auf handfeste Weise dienten, indem sie die wirklichen Urberufe ausübten – in einer Zeit, da immer mehr Leute als stubenhockende Bürohengste ihr Brot verdienten.

Rigemor Jølsen kam nach fast zwei Stunden. Inzwischen regnete es nicht mehr; statt dessen war der Wind noch schärfer geworden. Ich war bis auf die Haut durchnäßt und hatte längst taube Füße. Und dennoch – so seltsam sich das anhören mag – fühlte ich mich wohl. So gut wie lange nicht. Mit einem Blick, den ich wohl ironisch nennen darf, hatte ich allerlei Menschen dabei beobachtet, wie sie sich vor dem Regen retteten. Junge und alte. Männer und Frauen. Sie hatten sich unter lächerlichen Regenschirmen zusammengedrängt, die der Wind (in zwei Fällen) schließlich umgestülpt und ruiniert hatte. Sie waren auf schwächlichen Beinen losgelaufen und hatten sich in die Passage oder in die Eingänge der Läden am Platz gerettet. Ich, Elling, hatte durchgehalten.

Dennoch muß ich zugeben, daß ich froh war, als ich die vertraute Gestalt von Rigemor Jølsen erblickte. Jetzt konnten wir nach Hause gehen. Ich konnte ein heißes Bad nehmen und trockene Kleider anziehen, sie konnte die Kartoffeln aufsetzen und sich vielleicht einen Kaffee gönnen. Ihren möglichen Krankheiten widmete ich in diesem Moment keinen Gedanken. Sie wirkte sorglos, und das hat mich sicher von der Tatsache abgelenkt, daß sie gerade von dem ehemaligen Arzt meiner Mutter kam, von Dr. med. Frank Friedman.

Aber nach Hause wollte sie nicht. Noch nicht. Das ärgerte mich zunächst, aber dann war ich erleichtert, als ich sah, daß sie den Supermarkt ansteuerte. Ich war sofort auf den Beinen. Die gaben unter mir nach, ich stürzte vornüber auf den Asphalt, konnte mich aber noch abstützen. Mußte auch lachen, obwohl mein Knie schrecklich weh tat. Nach einer Schicht wie meiner hier konnte ich natürlich nicht einfach so aufspringen und davon ausgehen, daß alles in schönster Ordnung war. Der Blutkreislauf mußte doch auf ein Minimum reduziert gewesen sein, meine Beine waren eingeschlafen. Ich verpaßte mir im Sitzen eine rasche Massage und stand vorsichtig auf. Und langsam, mit leicht gespreizten Beinen, folgte ich Rigemor Jølsen in den Supermarkt.

Hier war heute recht viel los. Das gefiel mir. Es war fast wie ein Spaziergang durch die Gassen eines südlichen Marktes. Davon hatte ich Bilder gesehen. Zum Teil rührte das Gewühl sicher daher, daß viele nach getätigtem Einkauf keine Lust hatten, in den Regen hinauszugehen. Sie drehten sozusagen ein paar Extrarunden. Durchsuchten ihr Gehirn nach vergessenen Einkaufslisten. Reichte wohl eine Dose Bohnen? Sollte man nicht zuschlagen und einen Liter Cola kaufen statt der kleinen Flasche, die nur einen halben enthielt? Wenn man sich das richtig überlegte, dann war das den Kindern gegenüber doch etwas knauserig.

Über Lautsprecher wurde »Bridge over troubled water« gespielt. Ich summte mit und nahm mir einen Einkaufskorb. Keinen Wagen diesmal. Einkaufskorb aus rotem Kunststoff mit schwarzem Griff.

Daß hier so viele Leute unterwegs waren, erregte mich

irgendwie. Es war nicht so einfach wie beim letztenmal, Rigemor Jølsen im Auge zu behalten. Aber gleichzeitig war das Terrain so begrenzt, daß sie meinem wachen Blick nicht entkommen konnte. Das Regal mit Milch, Käse und Joghurt? Nein. Die Fleischtruhe? Abermals nein. Ich fand sie hinten am Gemüsestand, wo sie zwischen rotem und grünem Paprika schwankte.

Ruhig jetzt, Elling. Abstand halten. Heute fiel es leicht, diskret zu sein. Zwischen uns kauften nicht weniger als sieben Leute ihre Lebensmittel ein. Um authentisch zu wirken, wie ein ganz normaler Kunde, nahm ich mir eine Packung gefüllter Kekse. Rigemor Jølsen entschied sich für roten Paprika, wog eine Schote ab und verschwand in Richtung Milch&Joghurt. Das interessierte mich. Würde sie den gleichen Joghurt nehmen wie beim letztenmal, also Backpflaumen? Litt sie unter permanenter Verstopfung?

Plötzlich fiel mir ein, daß ich fast keinen Fischpudding mehr hatte, und deshalb steuerte ich den hinteren Teil der Truhe an. Rigemor bewegte sich gelassen auf das andere Ende zu. Groß oder klein, Elling? Großer oder kleiner Fischpudding? Würstchenförmig oder kugelrund? Diese Fragen bewegten mich nicht im geringsten. Ich kaufte immer die großen, würstchenförmigen, die in dünne Plastikfolie eingewickelt sind, aber ich tat so, als stünde ich vor einem echten Problem. Wog die verschiedenen Puddinge in der Hand. Studierte Preis und Verfallsdatum. Gleichzeitig behielt ich Rigemor Jølsens Tun und Lassen im Auge. Sie schien sich diesmal weniger für den Joghurt zu interessieren als vielmehr für die verschiedenen Sorten Schmierkäse in der Tube. Ich hatte zu diesen Produkten ein abgeklärtes Verhältnis. Für mich gab es nur Krabbenkäse, sonst nichts, ich schätzte Krabbenkäse, vor allem zum Frühstück. Schnittlauchkäse und Schinkenkäse: nein danke! Aber Rigemor Jølsen zögerte. Seltsam, dachte ich, wo sie im Grunde doch so resolut ist!

Und da sah ich es. Ich traute meinen Augen nicht, das heißt, ich tat es doch – aber Gott soll wissen, daß dieser Anblick mich beinahe umwarf. Denn während Rigemor Jølsen mit der linken Hand eine Tube Schinkenkäse zurück ins Fach legte, bewegte sie die rechte in Richtung Manteltasche. Und in ihrer rechten Hand ruhte eine Tube Kaviar, von der ich nicht einmal gesehen hatte, wie sie aus dem Fach genommen worden war. Ruhig und undramatisch, ohne irgendeine Form von Nervosität, erreichte die Hand die Manteltasche – und verschwunden war die große Tube Mills Kaviar.

Mir wurde schwindlig. Mir wurde schlecht. Und plötzlich spürte ich meine triefnassen Kleider. In diesem verfluchten Augenblick schien ich in eine Haut aus Eis gehüllt zu sein. Ich ließ den Fischpudding schlapp in meinen Einkaufskorb fallen und dachte: Das kann nicht wahr sein. Elling. Das ist einfach nicht möglich.

Aber es stimmte. Rigemor Jølsen war eine Diebin. Eine schnöde Diebin. Rigemor Jølsen, Grevlingstien 17B, hatte soeben im Supermarkt eine Tube Mills Kaviar gestohlen!

Eines möchte ich ganz klar sagen: Ich bin kein moralistischer Querulant, der die Angewohnheit hat, andere Menschen zu kritisieren. Ich verspürte auch keinerlei Bedürfnis, Lärm zu schlagen und Rigemor Jølsen festnehmen zu lassen. Ganz im Gegenteil. Der bloße Gedanke, mit ansehen zu müssen, wie diese Frau von einem

Grünschnabel von einem Abteilungsleiter in weißem Nylonkittel ausgezogen wurde, verursachte mir ein noch elenderes Gefühl, als ich ohnehin schon hatte. Andererseits: Was sie da gerade getan hatte, *war nicht richtig.* Vor allem war es ein Verbrechen an uns anderen hier draußen in der Satellitenstadt. Diebstähle wie dieser führten schließlich dazu, daß die Preise für Lebensmittel in die Höhe kletterten – darauf hatte ich das Wort des Supermarktleiters. Er hatte für uns einen Vortrag über dieses Thema gehalten, als ich die achte Klasse der Grundschule besuchte. Und noch etwas: Was sie getan hatte, war ein Verbrechen an der Gesellschaft, die wir uns im tiefsten Herzen alle wünschten. Soviel ich wußte, befanden wir uns nicht nur auf dem Weg zu einem Ziel, was gesellschaftlichen Standard anging, sondern wir hatten dieses Ziel beinahe erreicht. Und wir hatten das dank mühseliger politischer Arbeit geschafft. Wir waren es den Alten schuldig, an dieser Position festzuhalten; wir waren es ihnen schuldig, uns voranzuarbeiten, wie andere das vor uns getan hatten. Deshalb war Rigemor Jølsens Verbrechen gewissermaßen nicht nur ein Verbrechen an mir und den anderen Anwesenden, nein, es wurde auch zu einem Verbrechen an Einar Gerhardsen und jenen Tausenden von Arbeitsmenschen, die diese Hoffnung verwirklicht hatten. Eine von ihnen war meine eigene Mutter gewesen! Vor dem Hintergrund dieser Erkenntnis erwartet vielleicht mancher, daß meine Reaktion Verachtung und Wut, ja, vielleicht Haß war. Aber so kam es nicht. Das einzige, was ich in diesem Moment für Rigemor Jølsen empfand, war ein geradezu unfaßbares Mitgefühl. Mehr denn je wünschte ich, sie zu verstehen. Warum stahl sie? Warum bemächtigte Rigemor Jølsen sich einer Tube Mills Kaviar, ohne dafür zu bezahlen? Aus reiner Not? Kaum. Ihre gediegene Kleidung sprach gegen eine solche Antwort. Einmal hatte ich in einer Zeitung über eine Reedersgattin gelesen, die in einem eleganten Warenhaus unten in der Stadt auf frischer Tat ertappt worden war. Sie hatte versucht, einen billigen Taschenspiegel zu stehlen. Die Journalisten hatten dieselbe Frage gestellt wie ich: Was war ihr Beweggrund? Diese Frau, verheiratet mit einem der reichsten Männer Norwegens, war wegen eines Spiegels für zwanzig Kronen zur Diebin geworden. Der Preis für ihre Festnahme war ein öffentlicher Skandal, das ganze Vaterland heulte vor Lachen oder Empörung. Im Urteil der öffentlichen Meinung wäre sie besser davongekommen, wenn sie sich in einer zweifelhaften Zeitschrift nackt hätte abbilden lassen. Und natürlich ging nicht ums Geld. Denn obwohl ihr Mann bei den norwegischen Finanzbehörden als ziemlicher Knauser bekannt war, ging aus dem Artikel doch klar hervor, daß allein schon das Privatvermögen dieser Frau groß genug war, um die Aktienmehrheit des betreffenden Warenhauses aufzukaufen.

»Spannung« hatte diese Frau widerwillig als ihr einziges Motiv genannt. »Spannung« hatte sie gesagt, als der Druck, den man auf sie ausübte, ins Unerträgliche gesteigert wurde. »Ich stehle, weil der Alltag leer und ohne Herausforderungen ist, ohne Risiko.« Ein Abgrund tat sich vor mir auf, wenn ich jetzt an diese Worte dachte. Damals hatte ich nur geschnaubt. Hatte Mutter den Artikel laut vorgelesen und mit ihr zusammen höhnisch darüber gelacht. Aber jetzt starrte ich in einen bodenlosen Abgrund. »Ich stehle, weil der Alltag leer und ohne Herausforderungen ist, ohne Risiko.« Empfand Rigemor Jølsen wohl auch so? Ich spürte, wie mir Tränen in die Augen stiegen.

Zu Hause nahm ich ein langes, warmes Bad. Ich war noch immer schockiert von dem, was ich unten im Supermarkt gesehen hatte; empört angesichts der Tatsache, daß alles so *anders* war, als es auf den ersten Blick wirkte. Kaum hatten wir ein Muster aufgebaut, mit dem wir umgehen konnten, da wurde es auch schon in Stücke und Fetzen gerissen. Wie jählings war ich schließlich mit Ragnar Liens Brutalität konfrontiert gewesen! Eben glaubte ich noch, ein ganz normales alkoholisiertes Ehepaar vor mir im Teleskop zu sehen, und im nächsten Augenblick stand Ragnar Lien auf und schlug Ellen ins Gesicht. Ebenso war es mit Ellen. Eben hatte sie noch Besuch von einer mir ganz normal vorkommenden Freundin. Im nächsten Augenblick wurde ich Zeuge einer lesbischen Liebesszene. Und Rigemor Jølsen? Aus ihr wurde ich nicht klug. Warum stahl sie im Supermarkt Kaviar? Und nicht nur Kaviar. Niemand sollte kommen und mir erzählen, daß das hier zum erstenmal geschehen war. Was ich beobachtet hatte, war kein Anfang gewesen. Allein schon die Sicherheit, die sie an den Tag gelegt hatte, als sie die Tube in die Manteltasche steckte, sagte einiges über ihre Routine. In die Taschen dieses dunkelblauen Mantels hatten vor der verdammten Haushaltstube Kaviar schon allerlei Gegenstände ihren Weg gefunden. Gurken, Salami, Birnen und Pflaumen und Mineralwasserflaschen. Vakuumverpackter Ridderkäse, tiefgefrorener Fisch und Kirschen. Was machte sie bloß mit all diesem Essen? Nicht, daß das im Augenblick sonderlich wichtig gewesen wäre, ich ertappte mich nur dabei, daß ich darüber nachdachte. Wichtiger war es, Antwort auf die Frage zu finden, was einen scheinbar gesund und normal funktionierenden Menschen dazu brachte, durch und durch asoziale Taten zu begehen. Und das wichtigste war: diesem Menschen aus der Situation herauszuhelfen. Das galt natürlich nicht nur für Rigemor Jølsen. Auch im Fall Ragnar Lien hatte ich deutlich gespürt, daß es moralisch nicht vertretbar war, einfach nur zu beobachten, alles aus der Ferne zu betrachten. Die Tatsache, daß ich sie *sah*, daß ich ihre Handlungen verfolgte, bedeutete für mich auch eine Verpflichtung. Ja, es hätte mich nicht überrascht, wenn sämtliche Menschen, die ich beobachtet hatte, Heini Elster inbegriffen, auf irgendeine Weise Hilfe gebraucht hätten, auf eine andere Spur hätten gebracht werden müssen. Ich hatte zwar keinen Grund, Heini Elster der Gewalt gegen Frauen oder des Ladendiebstahls zu verdächtigen. Ich hatte keinen Grund, ihn überhaupt zu verdächtigen. Aber wenn es zutraf, daß die Leere, der Mangel an Herausforderungen im Alltag Rigemor Jølsen auf die schiefe Bahn gebracht hatten, dann bedeutete das, daß ein Mann wie Heini Elster sich in der Gefahrenzone befinden konnte. Er schien seine langen Stunden am Radio zu genießen; es war schon möglich, daß ein Interview mit Gro Harlem Brundtland für ihn die reine Vitaminspritze war. Aber nachdem ich Rigemor Jølsen bei ihrer schamlosen Aktion beobachtet hatte, war mir klar, daß auch das Gegenteil der Fall sein konnte. Was für mich wie ein perfektes Leben ausgesehen hatte, die alternde Frau in ihrer Eigentumswohnung im Block, eine alternde Frau, die sich bei einer Tasse heißen Tees oder Kaffees Afrikas Tierleben ansah – dieses Bild konnte auch eine Illusion sein, konnte den Abgrund in sich tragen. Und was war mit Tore und Gunn Almås? Liebten sie sich wirklich in ihrem Schlafzimmer? Oder verbargen auch sie etwas, das das Tageslicht scheuen mußte? Und damit meinte ich keine süßen Geheimnisse, wie Menschen, die zusammenleben, sie haben. Ich dachte an Perversionen und Kriminalität. Ich interessierte mich nicht für die großen Verbrechen. Schließlich sitzen die wenigsten Abend für Abend in ihrer Blockwohnung und planen einen Banküberfall. Aber wie viele brüten nicht über einer Idee, wie sie Steuern sparen oder sich von den Behörden eine Leistung erschwindeln können, auf die sie gar keinen Anspruch haben?

Und ich dachte an meine eigene Rolle. Der Beobachter am Waldrand. Ich hatte kein besonders großartiges Bild von mir selbst, ich war durchaus nicht größenwahnsinnig. Ich war ein Teil des Volkes, ein Mann in einem Block im sozialdemokratischen Norwegen. Trotzdem ließ es sich nicht leugnen, daß ich eine ganz besondere Rolle spielte, sobald ich meinen Platz hinter dem Teleskop einnahm. Was ich sah, war der Traum unserer Vorfahren gewesen, ihre Vision vom Leben künftiger Generationen. Ich wurde zu einem Gott mit Ausblick auf das Paradies. Das Bild war natürlich etwas überzeichnet; ich hatte keine Autorität über die, die dort tanzten – und ich verspürte auch kein Bedürfnis danach. Und trotzdem ... als der Gedanke erst mal gedacht war ... Hatte ich das Recht, Rigemor Jølsen weiterhin stehlen zu lassen, bis sie erwischt wurde? Hatte ich das Recht, Ragnar Lien wüten zu lassen, bis seiner Gattin wirklich ein Unheil widerfuhr? Und was war mit all den anderen? War es richtig, sich damit zu beruhigen, daß sie im Grunde sicher ehrbare Bürger waren, wenn ich doch im tiefsten Herzen befürchtete, daß sie allesamt Dreck am Stecken haben könnten? (Im Fall Arne Moland tendierte diese Befürchtung zu negativer Sicherheit.) War es möglich, natürlich so diskret wie möglich, wenigstens den Versuch zu unternehmen, sie in die richtige Richtung zu lenken? Ich war doch alles andere als vollkommen. Dennoch meinte ich, daß es gewisse Verhaltensnormen gebe. Es mußte ein Ideal existieren, etwas, zu dem wir hinstrebten. Wie sollte Rigemor Jølsen weiterhin hier draußen leben können, wenn allgemein bekannt wurde, daß diese seriöse Frau, die gut angezogene Rigemor Jølsen, in Wirklichkeit eine Diebin war?

Nach dem Bad aß ich zu Abend. Ein Brot mit Käse, eines mit Salami und zwei mit Fischpudding. Kalte Milch. Die Teekanne nahm ich mit in Rigemors Zimmer. Ich hatte gehofft, an diesem Abend ein Haar an eine dieser weißen Wände hängen zu können, aber die Wirklichkeit hatte es anders gewollt. Nun gut. Es konnten sich immer noch andere Chancen bieten.

Unten im Grevlingstien war enttäuschend wenig zu sehen, aber es war ja schließlich noch früh. Bei Hans und Mari Jespersen war es wie immer dunkel. Die beiden saßen sicher gemütlich in einer Kneipe in Benidorm. Oder spachtelten in ihrem Stammrestaurant die lokale Paella. Sonnengebräunt, strotzend vor Vitamin E. Bei Rigemor Jølsen brannte in Küche und Wohnzimmer Licht, sie selbst war jedoch nicht zu sehen. Ich wartete zehn Minuten auf sie, dann wanderte ich zu Tore und Gunn Almås weiter, dem jungen Ehepaar. Ich stellte sie mir vor, Hand in Hand in einem Kino in der Stadt. Später etwas zu trinken, vielleicht eine leichte

Mahlzeit. Sie teilten sich einen Geflügelsalat und diskutierten dabei Paul Newmans filmische Leistung. (Sie neigte vermutlich dazu, diese Leistung etwas höher zu bewerten als er, davon ging ich aus.) Tore Almås konnte durchaus von der etwas eifersüchtigen Sorte sein. Saß er jetzt unten in der Stadt und schmollte? Ließ er den Schnabel hängen, weil sie eine scherzhafte Bemerkung über Newmans blaue Augen gemacht hatte? Nein, so kindisch konnte er nicht sein. Etwas angestrengt vielleicht, aber nicht direkt sauer. Er war sicher ein Mann, der wußte, daß Eifersucht in diesem Fall geradezu lächerlich gewesen wäre, aber trotzdem gelang ihm kein besonders warmes Lächeln, wenn Gunn über Paul schwadronierte. Er war nicht eifersüchtig, darum ging es nicht. Die Sache war einfach die, daß er das alles nicht weiter lustig fand. Es langweilte ihn. Er hatte das schon mehrmals gehört, ja, oft sogar. Es war nichts, worüber er sich aufregte, er war nicht böse. Aber wenn er nun auf seriöse Weise versuchte, sich darüber zu verbreiten, wie der Kameramann bestimmte Winkel und wechselnde Beleuchtung ganz bewußt einsetzte – wovon Tore Almås zufällig Ahnung hatte –, dann war es doch bitter, daß Gunns Reaktion aus pubertärem Gekicher und ganz offenkundigen, hinter Gefasel getarnten sexuellen Phantasien bestand. Ob er wisse, daß Paul Newmans Hobby das Fahren von Rennwagen sei? Meine Güte, er las doch auch ab und zu die Illustrierten. Herrgott. Gunn – daß manche Männer ihre Freizeit dazu nutzen, in Phallussymbolen durch die Gegend zu düsen, interessiert mich ja nun wirklich nicht. Wenn ihm das Spaß macht, dann von mir aus. Aber ich muß zugeben, daß ich nicht begreife, wie so etwas auf eine Frau anziehend wirken kann. Ich dachte, mit diesen verquasten Idealen hättet ihr endgültig aufgeräumt!

Aber Tore! So hatte sie das doch nicht gemeint. Ob er jetzt böse sei?

Nein, er war nicht böse. Es ging darum, daß es nichts zur Sache tat, wie sie das gemeint hatte. Er mußte sich zu dem verhalten, was sie gesagt hatte.

Und jetzt streckt Gunn ihre warme Hand aus und legt sie auf seine. Er schüttelt sie nicht ab, das wäre die reine Kriegserklärung gewesen, aber er hält die Zeit für gekommen, nach seinen Zigaretten zu greifen. Und als er sich die Zigarette angezündet hat, legt er die Hand nicht wieder auf den Tisch. Auf diese Weise liegt ihre einsam dort, sie malt jetzt mit dem rosa Zeigefingernagel kleine Blumen auf die weiße Tischdecke, während das Gespräch versandet und zu vielsagendem Schweigen wird.

Doch. Die beiden werden bald nach Hause kommen. Zumindest einer von beiden.

Heini Elster war da, genau wie am Vorabend. Aber heute sah ich das blaue Licht vom Fernseher. Starr und unbeweglich saß er da und ließ die Bilder auf dem Schirm zu sich sprechen. Ich kann nicht erklären, warum, aber auf irgendeine Weise brachte er mich dazu, mich zu schämen. Ich war in meinem Leben noch keinem Indianer begegnet. Aber Heini Elster erinnerte mich an einen. Und obwohl ich ganz allein hier saß, hatte ich das Gefühl, seine Ruhe gestört zu haben. Heini Elster. Ein Sitting Bull. Nur Gott wußte, was sich gerade in seinen geistigen Jagdgründen abspielte. Bei Ragnar und Ellen Lien herrschte Finsternis. Lena Olsen schien zu Hause zu sein, aber ich konnte sie nicht sehen. Wahrscheinlich brachte sie gerade Klein-Thomas ins Bett. Ich würde lieber zurückkehren, wenn diese friedliche Stunde vorüber war.

Mit Arne Moland und Mohammed Kahn hatte ich noch keine Bekanntschaft geschlossen. Das heißt, ich hegte, wie gesagt, den Verdacht, daß meine und Arne Molands Wege sich vor vielen Jahren gekreuzt hatten. Ich wußte, daß er nach der Schule aus Oslo weggezogen war, nach Hønefoss, um genau zu sein, aber jetzt schien er an den Ort zurückgekehrt zu sein, wo seine Wurzeln waren. Und das gefiel mir nicht. Bei ihm war es zwar stockfinster, aber das spielte keine Rolle. Ich vertrat die Ansicht, daß die Satellitenstadt allen und jedem offenstehen soll, das war meiner Ansicht nach der Sinn von Satellitenstädten. Aber Arne Moland war einer der Menschen, die konsequent alle Möglichkeiten mißbrauchen, die ihnen geboten werden. Ja, ich würde sogar noch weiter gehen: Er hatte auf die Hände getreten, die ihn getragen hatten, hatte die Ideen, auf denen diese kleine Stadt am Rande von Groß-Oslo aufgebaut war, mit Füßen getreten.

Arne Moland gehörte zum Pöbel. Nein. Pöbel war zu milde gesagt. Arne Moland war ein Verbrecher. Oder, um es peinlich korrekt zu formulieren: Arne Moland gehörte dem Pöbel an und hatte sich zum Vollblutverbrecher weiterentwickelt. Und wie schon erwähnt: Ich bin kein prüder Moralist. Das wird man nicht, wenn man hier draußen aufwächst. Aber ich meinte, und meine noch immer, daß es irgendwo Grenzen für das menschliche Verhalten gibt. Zumindest muß das so sein, wenn unser Verhalten sich gemeinsam mit dem anderer ausprägt. Und das ist ja bei allen der Fall, die nicht als Pelzjäger in Alaska leben. Wir leben miteinander, oft auf engem Raum. Und da geht es einfach nicht, haufenweise verbotene Stoffe anzuschleppen. Da geht es nicht, zu behaupten, daß der Geschlechtsverkehr mit Rektor Remsruds Tochter einvernehmlich geschehen sei – wenn es sich in Wirklichkeit um gemeine Vergewaltigung gehandelt hat. Da geht es nicht, in der U-Bahn Alte und Behinderte zu überfallen. (Ich weiß noch, wie er einmal einen Blinden bepinkelt hat, nachdem er ihm den weißen Stock weggenommen und seinen Blindenhund in den Wald gejagt hatte.)

Pöbel hätte ich zur Not ertragen. Hier draußen war ich doch mit sehr viel Pöbel großgeworden. Mit Handtaschenräubern, Leimschnüfflern, Schulschwänzern und Einbrechern. Die damalige Elterngeneration hatte das bis zu einem gewissen Grad auch akzeptiert. Aber dieser Akzeptanz hatte eine Voraussetzung zugrunde gelegen. Und zwar, daß man den Unfug in dem Moment sein läßt, da einem der erste Job als Beifahrer im LKW angeboten wird. Daß man mit dem Quatsch aufhört, sowie das Erwachsenenleben ruft. Und das hatten tatsächlich die meisten getan. Aber einzelne hatten sich nun einmal dafür entschieden, sich zu mehr oder weniger notorischen Verbrechern zu entwickeln, und leider konnte kein Zweifel daran bestehen, daß Arne Moland zu ihnen gehörte. Wenn er nun in seine alten Jagdgründe zurückgekehrt war, dann bedeutete das, daß wir anderen beträchtlichen Ärger mit Kriminalität zu erwarten hatten. Er konnte noch nicht lange wieder hier sein, denn er war mir hier draußen noch nicht begegnet. Aber sicher war er es, der Arne Moland von damals. Noch eine Verantwortung. Ich verfügte über ein bestimmtes Wissen, und es war und blieb ein Frage der moralischen Verantwortung, inwieweit ich dieses Wissen für mich behalten konnte. Natürlich war es vor allem meine Pflicht, allergrößte Vorsicht walten zu lassen. Sogar ein Bandit wie Arne Moland konnte sich gebessert haben. Es war nicht sehr wahrscheinlich, aber es war immerhin möglich. Arne Moland konnte in seiner Zelle gesessen und seinen Gedanken freien Lauf gelassen haben. Ist es wirklich das, was ich in meinem Leben will? Will ich weiter so leben, daß immer neue Gefängnisse die logische Konsequenz sein werden? Ist es denn überhaupt möglich, in einem Land mit nur vier Millionen Menschen von Gewalt und Diebstählen zu leben, ohne immer wieder den kürzeren zu ziehen? Nein, das ist es nicht, Arne. Die Statistik ist gegen dich. Ein kleiner Diebstahl ab und zu bringt keine große Gefahr mit sich. Aber Kriminalität als Lebensstil ist einfach nicht möglich in diesem Land. Und was ist mit den Alten? Was ist mit den alten Malochern, die jetzt zu Hause sitzen, gekrümmt wie zwei Fragezeichen? Jedesmal, wenn der Hammer des Richters auf den Eichentisch fällt, fügst du ihrem Alter weitere Jahre hinzu. Schon als Kind warst du der Regisseur ihrer Albträume. Jetzt bist du ein erwachsener Mann, und die Alten müssen bald sterben. Wäre es da nicht richtig, zumindest an ihrem Lebensabend zu bereuen und ihnen eine offene Hand zu reichen? Mußt du deinen nächsten Freigang wirklich für eine Sauftour mit den alten Kumpels nutzen? Warum mietest du nicht lieber ein Auto, einen kleinen roten Mazda zum Beispiel, und machst mit Mutter und Vater einen Ausflug an den Tyrifjord? Eine Tasse Kaffee in einem alten Gasthaus am Straßenrand. Oder ein einfaches Mittagessen; Frikadellen, Kartoffeln und Erbsenpüree? Bier für Vater und Eiswasser für Mutter. Es braucht so wenig. Du brauchst nicht den reuigen Sünder zu spielen. Was deine Mutter braucht, ist deine Nähe, die Gewißheit, daß ihr Junge jetzt ein Auto gemietet hat, damit sie noch einmal den Tyrifjord sieht, ehe der Herr kommt und sie holt. Sie braucht keine langen Erklärungen dafür, warum du das Gesicht deines besten Freundes in den zerbrochenen Aschenbecher gerieben hast, bis es das Gesicht nicht mehr gab. Es ist ganz uninteressant für sie, wie sich die Beziehung zu Beate so entwickeln konnte, daß es dir, nachdem du eine Flasche Wodka getrunken hattest, notwendig erschien, ihren Bruder mit einem Schrotgewehr zu erschießen. Was Mutter braucht, ist der Junge Arne. Jener Arne aus der Zeit vor Pickeln und Rauschgift, vor den Gewaltorgien und den langen Polizeiverhören. Denn Mutter wäre keine Mutter, wenn sie die zwanzig bösen Jahre zwischen damals und heute nicht sofort vergessen würde. Der Junge Arne, dem sie die Brust gegeben und den Hintern abgewischt hat, ist nun auf wundersame Weise wieder ins Blickfeld getreten, hier sitzt er, als erwachsener Mann, und fährt im gemieteten Mazda um den Tyrifjord. Das ganze Wochenende über frei wie ein Vogel. Zwanzig Jahre Tränen und Jammer existieren nicht mehr; was erlebt sie denn hier? Hier sitzt sie zusammen mit Vater bei achtzig Stundenkilometern, und Arne bietet Schokolade und Salmiakpastillen an!

Hatte Arne Moland während der langen Nächte in der Zelle dieses Bild vor sich gesehen? Gehörte er zu den Menschen, die nicht nur mit Vater und Mutter an den Tyrifjord fuhren, wenn die Gefängnisleitung das zuließ, sondern die auch die Zeit hinter Gittern nutzten, um den Schulabschluß nachzuholen? Spielte er mit dem Gedanken, Innenarchitekt zu werden, wenn sich die Tore für ihn öffneten? War Arne Moland womöglich Innenarchitekt? Der Gedanke war hinreißend.

Aber ich konnte ihn einfach nicht ernst nehmen. Ich sah ein, daß ich Arne Moland vielleicht Unrecht tat. Aber es war so viel leichter, sich vorzustellen, wie Arne Moland hinter Gittern schon neue Verbrechen plante. Mit meinem Wissen über Arne Moland von damals, als er noch ein Junge gewesen war, schien es ganz natürlich, daß ich ihn mir in einem sinnlosen Geiseldrama vorstellte. Zerbrochene Colaflasche gegen die Halsschlagader eines Wärters gepreßt. Forderung: Decke für den Resopaltisch und doppelte Ration Himbeermarmelade. Bei Arne ging es immer um das Nächstliegende. Immer um das, was man anfassen konnte, um nicht zu sagen, an sich nehmen oder sich einverleiben. Für Männer wie Arne Moland war das Schaufenster eines Uhrmachers mehr oder weniger eine Provokation. Irgendwer hatte diese Golduhren ausgelegt, um ihn zum Handeln zu zwingen. Was Arne Moland sich vor allem wünschte, war seine Ruhe. Aber wie sollte das möglich sein, solange der gesamte Handelsstand der Stadt konsequent gegen ihn arbeitete? Wenn eine Frau an einem Sommertag scharfe Strümpfe und einen Minirock anzog, dann nur, um Arne Moland erneut ins Verderben zu stürzen. Bitter, im Knast zu sitzen, wenn die Wirklichkeit so aussah. Ja, ich hielt Arne Moland für einen verbitterten Mann. Er war ein bitterer Junge gewesen, nun war er ein bitterer Mann.

Unten passierte etwas. Während meiner Überlegungen zum Fall Arne Moland hatte ich sein Wohnzimmerfenster durch das Teleskop im Auge behalten. Ich hatte hinter der Fensterscheibe einen karierten Vorhang erkennen können. Jetzt sah ich, daß da unten ein trübes Licht eingeschaltet wurde, vermutlich das Dielenlicht. Arne Moland war nach Hause gekommen. Es dauerte und dauerte, ohne daß noch mehr passierte. Nur das trübe Licht in der Diele. War es natürlich, nach Hause zu kommen und dann nur das Dielenlicht einzuschalten? Auf dem Klo war es dunkel, da konnte die Erklärung also nicht liegen. Wenn er nicht lieber im Dunkeln saß. Und das konnte ich mir trotz allem kaum vorstellen, wenngleich Arne Moland ja alles zuzutrauen war. Dann plötzlich: eine unerwartete Bewegung etwas rechts von der Lichtquelle. Dann noch eine. Und noch eine. Wurde Schmuggelware ins Haus gebracht? Die Leiche hinausgetragen? Eins stand fest – da unten wurde kein Gesellschaftsspiel gespielt.

Sonst passierte nichts mehr. Ich wartete eine halbe Stunde, aber nichts passierte.

Ich hatte schon zweimal mit dem Gedanken gespielt, und nun holte ich mir das Telefon. Vor einigen Jahren war Mutter den ganzen Winter über krank gewesen, und damals hatte sie sich in ihrem Schlafzimmer einen weiteren Anschluß legen lassen. Der machte sich jetzt bezahlt. Und als ich das Telefon einstöpselte und auf die Brücke hob, spürte ich, daß das richtig war. Telefon, Teleskop. Telefonbuch. Eine Operationszentrale. Da ich das Licht nicht einschalten durfte, mußte ich die Operationszentrale noch weiter ausbauen. Ich lief in die Diele und holte meinen alten Regenmantel, und in der untersten Kommodenschublade fand ich die Taschenlampe, die Mutter mir zum neunzehnten Geburtstag geschenkt hatte. Die Batterien waren leer, aber das machte nichts, denn in dem Transistorradio in der Küche, das ich Mutter Weihnachten '79 geschenkt hatte, steckten passende. Zurück zur Brücke oder zur Operationszentrale, wie ich sie nun gern nannte, wo ich mir den Regenmantel wie ein Zelt über den Kopf zog. Wenn ich die Taschenlampe jetzt in den Mund steckte, konnte ich das Telefonbuch auf meinen Schoß legen und hatte beide Hände frei. Die Taschenlampe war zwar so dick, daß meine Mundwinkel weh taten, aber es kam mir trotzdem richtiger vor, als im beleuchteten Wohnzimmer zu sitzen. Was ich hier in Rigemors Zimmer machte, hatte nicht das geringste mit Broteschmieren oder Zeitunglesen zu tun.

Ich fand Arne Moland im Telefonbuch ohne Probleme. Und ich war danach vielleicht sogar noch aufgebrachter als neulich, als ich entdeckt hatte, daß Ragnar Lien Polizist war. Denn Arne Moland war hier als *Dipl.-Ing.* aufgeführt! Großer Gott, dachte ich. Dann muß dieser Mann ja ewig gesessen haben. Was in aller Welt hatte er verbrochen? Arne Moland, der Schrecken der Satellitenstadt, war Dipl.-Ing. geworden. Es drehte sich natürlich um Mord. Arne Moland hatte in der Schule Probleme gehabt, das wußte ich. Eine Strafe von sechs Jahren konnte diesen Mann nicht zum Examen in einem so anspruchsvollen Studienfach gebracht haben. Mord oder große Mengen Rauschgift. Mord *und* Rauschgift?

Ich wählte die Nummer.

Es schellte. Lange.

Ich wollte gerade wieder auflegen, als am anderen Ende der Leitung abgenommen wurde.

»Ja, hier bei Moland?«

Die Stimme erinnerte kein bißchen an Arne Moland.

Sie war mir sogar vollständig fremd. Ich dachte darüber nach, wie seltsam es ist, daß die Jahre uns in jeder Hinsicht verändern. Hatte die lange Zeit der totalen Isolation Arne Molands Stimme einen anderen Klang gegeben? Bemerkenswert fand ich auch, daß nach Moland ein ganz kleines Fragezeichen angeklungen war. Das ließ sich ja in alle Richtungen deuten, aber es war klar, daß es auch einen kleinen Zweifel zum Ausdruck brachte. Ich glaubte nicht, daß er an seiner eigenen Identität zweifelte, so meine ich das nicht. Aber trotzdem deutete das Fragezeichen eine Art Bruch im Selbstvertrauen an. Kein Wunder vielleicht, wenn man bedachte, was dieser Mann durchgemacht hatte. Dennoch waren sein Tonfall und die wenigen Worte, die er gesagt hatte, so weit von dem Arne Moland entfernt, den ich gekannt hatte, wie überhaupt nur möglich. Ein brutales und vergrätztes »Arne!« hätte eher meinen Vorstellungen entsprochen. Oder kurz und gut: »Was'n los?« – Was er jedoch wirklich gesagt hatte – und die Art, wie er es gesagt hatte –, drückte eine Art Demut aus, die mich zutiefst ergriff. Seine Mitteilung hatte eine gewisse Untertänigkeit zum Ausdruck gebracht. Und er hatte müde gewirkt. Entsetzlich müde. Als ob irgendwer ihn aus tiefem Schlaf geweckt hätte.

»Hallo?«

Der Schmerz war nun noch greifbarer. Ich stellte mir den Kosmos vor. Den unendlichen Kosmos mit seinen Myriaden von Sternen und Planeten, den unendlichen Raum. Ich sah einen einsamen Mann auf einem Sandkorn inmitten des gewaltigen Unbegreiflichen stehen; ich hörte ihn zögernd »Hallo« sagen, und gleich darauf das Fragezeichen. Und plötzlich wurde ich vom Mitleid überwältigt. Mir war danach zu sagen: »Hier ist dein Freund Elling! Laß uns einen Strich unter die Vergangenheit ziehen.« Denn im Vakuum hinter diesem fragenden »Hallo« lag eine so große Einsamkeit, daß ich automatisch den Kopf einzog. Er war ein Bandit, das ja. Aber er war ein einsamer Bandit. Er stand nackt in einer Welt voller Paradoxe. Deinen Nächsten zu schlagen und zu mißhandeln konnte dich für Jahre hinter Gitter bringen. Aber in einer Kriegssituation konnte dasselbe Verhalten dir Ehre und Würden eintragen. War es nicht vorstellbar, daß Arne Moland über eine angeborene Großzügigkeit verfügte, die ihn einfach die Grenzen übersehen ließ, vor denen wir anderen mit solcher Leichtigkeit haltmachten? Wenn ich mir das richtig überlegte, so hatte dieser Junge immer etwas Lebensbejahendes gehabt. Junge, ja, das war es. Selbst damals, als ich ihn aufs allerbrutalste erlebte, hatte sich hinter seinem Verhalten wie ein Schatten ein jungenhafter Charme verborgen. Ein Funkeln in den Augen, das sein Opfer schon versöhnlich stimmte, noch ehe der erste lähmende Schmerz nachließ. Obwohl – oft hatte er Vergebung auch erzwungen. Hatte sie unter Androhung weiterer Gewalt erzwungen. Aber was lag in diesem Wunsch nach Vergebung? War die Vergebung, die er mit roher Gewalt aus einem zufällig erwählten Opfer herausgepreßt hatte, im Grunde eine Art Ersatz für die Vergebung, die er sich selbst nie entgegengebracht hatte?

»Hallo?«

Noch einmal. Mir ging auf, daß dieser Mann in seinem Leben nie etwas anderes getan hatte, als der Weltmacht um ihn her ein fragendes »Hallo?« entgegenzurufen. Daß er im Grunde immer nur seine Umwelt um die

Bestätigung gebeten hatte, daß es ihn gab. Ich – und alle anderen – hatten ihm diese Bestätigung nicht geben können.

Und jetzt konnte ich es auch nicht. Ich spürte, wie mir die Tränen kamen, als er immer wieder sein »Hallo?« rief, ich öffnete den Mund und feuchtete mir die Lippen an, aber ich konnte ihm die Sicherheit, die ich ihm so gern geben wollte, nicht geben. Ich konnte nicht einmal atmen. Ich hielt die Luft an und kniff die Augen zusammen, während der Druck in meinem Kopf sich bis zur Unerträglichkeit steigerte. Auflegen! dachte ich. Um Himmels willen, auflegen, sonst platze ich.

Schließlich legte er auf. Ich rang nach Atem, und die Tränen strömten. Ich weinte nicht, aber die Tränen strömten.

Warum hatte ich angerufen? Eine klare Antwort fand ich nicht, aber ich ahnte, daß ich es getan hatte, um eine Handlungskette zu brechen, die sich am Ende für Arne Moland und uns andere als schädlich erweisen würde. Und trotz aller Verwirrung: Ich hatte *gehandelt*! Und zwar auf eine Weise, die im wahrsten Sinne des Wortes als diskret bezeichnet werden konnte. Ich hatte zwar in Arne Molands Leben eingegriffen. Aber ich hatte mich ihm schonend genähert. Ganz vorsichtig hatte ich einen Prozeß eingeläutet, zu dem ich auf lange Sicht Zutrauen hatte. Der Fall Arne Moland war sicher nicht hoffnungslos. Mein entschiedenes Auftreten war der erste Schritt gewesen; so sollte Arne Moland zur Norm geführt werden. Eine kleine Erinnerung daran, daß er mit seinen Schwierigkeiten nicht allein gelassen wurde.

Bei Mohammed Khan gab es einen Herrenabend. Und das in aller Öffentlichkeit. Wenn Mohammed Khan überhaupt Vorhänge hatte, dann war jedenfalls nicht viel davon zu sehen. Unten bei Mohammed Khan spielte sich alles in voller Offenheit ab; alle Lampen leuchteten. Welcher von den vier Männern am Tisch Mohammed Khan war, konnte ich jedoch nicht wissen. Allen war deutlich anzusehen, daß ihre Ahnen irgendwo aus dem Osten stammten, ich tippte auf Pakistan. Schwarze, glänzende Haare und fesche Schnurrbärte. Es war klar, daß ihr Gespräch sie fesselte, denn immer wieder benutzten sie Hände und Finger, um das Gesagte zu unterstreichen.

Was wußte ich über diese Menschen, »unsere neuen Landsleute«, wie sie von manchen genannt wurden? Sehr wenig. Wenn ich versuchte, mir vorzustellen, worum ihr Gespräch kreiste, dann merkte ich, daß ich auf Klischees zurückgriff. Ganz automatisch stellte ich mir vor, daß sie die Verheiratung eines sechzehn Jahre alten Kindes planten. Wann sollte der Vater seinem Sohn sagen, daß die Familie die passende Frau für ihn gefunden habe? Mußte er ihm erzählen, daß ihr Aussehen sich am ehesten mit dem einer Bulldogge vergleichen ließ und daß ihr Gemüt ein häufiges Gesprächsthema bei all denen war, deren Muttersprache Pakistanisch war? Oder sollte man eher Gewicht auf die vielen Bankkonten legen, die ihre Familie in der Schweiz unterhielt? Was würde der Junge selbst zu all dem sagen? Würde er den Rat seines Vaters befolgen, einen Rat, der in früheren Zeiten ein Befehl gewesen wäre, der jetzt, im Norwegen der 90er Jahre, aber viel von seiner Kraft verloren hatte?

Andererseits: Warum dachte ich in solchen Bahnen? Warum ging ich davon aus, daß sie eine Eheschließung in mittelalterlicher Tradition diskutierten? War es denn nicht auch möglich, daß es sich bei dem Problem, das sie besprachen und das zwei der Gäste mit wildem Zorn erfüllte, um Mohammed Khans unbegreifliche Vorliebe für die Fußballmannschaft Rosenborg handelte statt für die Jungs von Brann? War es wahrscheinlicher, daß sie ein Attentat auf Salman Rushdie planten, als daß sie die Aussichten auf eine gemeinsame Autofahrt nach Stokmarknes erörterten? Mit Frauen und allem? Aber dennoch: Sie waren fremd. Für einen Norweger werden drei, vier dunkelhäutige Mannsbilder, die in wildem Tempo in einer unverständlichen Sprache diskutieren und dabei aus schwarzen Augen geheimnisvolle Blicke um sich werfen, immer etwas Verschwörerisches haben.

Aber, und das war wichtig – was machte Mohammed Khan denn so? Im Alltag? Es ärgerte mich zutiefst, daß ich nicht mehr über Pakistanis und ihre Gewohnheiten wußte, denn jetzt vermochte ich das Bild, das ich vor mir hatte, einfach nicht zu deuten. Vier Männer an einem Wohnzimmertisch. Na und, mag hier mancher sagen. Aber in Wirklichkeit war »na und« hier keineswegs angebracht. Vier *Norweger* an einem Tisch, na gut. Pettersen hat die Jungs zu Besuch. Sie reden über Frauen, Raufereien und billigen Fusel. Die Junggesellen beim Donnerstagstreff. Aber da Mohammed Khan Pakistani war, konnte ich nicht einmal erraten, ob er Junggeselle oder verheiratet war. Es gab doch den Mythos, oder vielleicht stimmte es ja auch, daß pakistanische Frauen sich im Hintergrund halten? Neben der Klingel hatte nur Mohammed Khan gestanden. Aber mußte das notwendigerweise bedeuten, daß dieser Mann so wie ich lebte – ohne Frau? War es üblich, daß bei pakistanischen Ehepaaren beide Namen neben der Klingel und auf dem Türschild standen? Ich mußte einfach akzeptieren, daß ich nicht die geringste Ahnung hatte. Mohammed Khans Küche war für mich so verschlossen, wie sein Wohnzimmer mir offenstand. Aber ich konnte sehen, daß dort hinter dem Vorhang Licht brannte. Hatten die vier Pakistanis ihre Frauen dort draußen deponiert? In dem Fall bewegte keine von ihnen auch nur einen Muskel – das hätte ich nämlich gesehen. Der Gedanke war unerträglich. Vier stolze pakistanische Frauen mit langen blauschwarzen Zöpfen, die einfach nur dasaßen? Wie Schaufensterpuppen, nur weil der erste Mohammed eine fixe Idee gehabt hatte. Warum hießen übrigens alle Muslime Mohammed? Na ja, nicht alle, aber die allermeisten. Einige hießen auch Ali, soviel ich verstanden hatte. Mohammed und Ali, Ali und Mohammed.

Mohammed zu Ali: »Ich soll dich von Ali grüßen, Ali.«

Ali: »Welchen Ali meinst du jetzt, Mohammed?«

»Ali natürlich, Mohammeds Bruder. Den Sohn vom alten Ali.«

Usw.

Nicht, daß das für mich eine Rolle spielte. Es fiel mir nur einfach so ein.

Die vier in Mohammeds Wohnung – Ali, Mohammed, Mohammed und Mohammed – waren alle so Ende der Dreißig, vielleicht vierzig. Meines Wissens war ein Pakistani in diesem Alter verheiratet, wenn er nicht als unzurechnungsfähig galt. Oder irrte ich mich da? War auch das ein Mythos, der mir von meinen mehr oder weniger rassistischen Landsleuten eingeredet worden war? Was war mit homosexuellen Pakistanis? Heirateten die auch?

Ich schlug Mohammed Khan im Telefonbuch nach. Der sechste wohnte im Grevlingstien 17 B. Ein Beruf war nicht angegeben.

Ob ich anrufen sollte?

Die Antwort war: nein. Ich hätte zwar durchaus Lust gehabt, diesen Mohammed Khan zu fragen, wie er und seine Freunde, Ali, Mohammed und Mohammed, uns Norweger erlebten – aber ich fand, daß ich das nicht könne. Ich hatte Angst, ihn dadurch auf irgendeine Weise in Verlegenheit zu stürzen. Ich hatte Angst, daß er mich vielleicht würde schonen wollen, daß die Informationen, die er möglicherweise preisgeben würde, von dem Wunsch geprägt sein könnten, mich nicht zu erschrecken. Das *echte* Verständnis konnte nur entstehen, wenn Mohammed Khan mir ganz ehrlich und ohne Umschweife von den Gefühlen erzählte, die ihn bewegt hatten, als er zum erstenmal einen fetten prahlerischen und halbbesoffenen Norweger sah, der mit Bermudashorts und sonst gar nichts bekleidet war. Was hatte er *gedacht*, als er mit eingelegtem Fisch mit zerlassenem Speck konfrontiert worden war? Begriff er die Bücher von Jan Kjærstad? War ihm das Pressefoto aufgefallen, das die Ministerpräsidentin des Landes in engsitzendem Gummianzug auf einem Surfbrett gezeigt hatte? Lachten sie über uns? Oder schüttelten sie nur leicht melancholisch den Kopf und wechselten das Thema, wenn einer von ihnen eine Bemerkung über dieses wunderliche Land hier oben im Norden hatte fallen lassen? Wie erlebten sie Weihnachten in Norwegen? Wie wurde der Muslim Mohammed Khan mit der Tatsache fertig, daß es Tag für Tag in jedem Treppenhaus dieser Satellitenstadt nach Schweinebraten stank, während die Norweger ihrem Erlöser huldigten, indem sie sich in teurem Schnaps suhlten? Eins schlimmer als das andere. Ich versuchte, mich an ihre Stelle zu versetzen, Rollen zu tauschen gewissermaßen. Jetzt war ich Elling in Pakistan. Der stumm das pakistanische Weihnachtsfest mit norwegischem Blick betrachtete. Ich sitze verängstigt in meiner kleinen Wohnung am Stadtrand von Karachi, während die ganze Stadt nach gebratener Ratte duftet, zubereitet nach allen Regeln der Kunst. Ein beliebtes Gesprächsthema im Basar ist die Frage, wie man den Schwanz knusprig bekommt. Im Fernsehen werden dazu gute Ratschläge erteilt. Und jeder Erwachsene, der mir begegnet, rülpst mir Haschisch- und Opiumrauch ins Gesicht. Verwirrte Personen feuern ganze Schrotgewehrsalven auf den Nachbarblock ab, ehe sie sich schreiend vom Balkon stürzen.

Verwunderung.

Ich wunderte mich.

Und ich ging davon aus, daß es Mohammed Khan und den anderen Pakistanis auch nicht anders ging.

In dieser Nacht träumte ich etwas Seltsames, ja, Demütigendes. Ich befand mich in einer Arztpraxis, die fast genauso aussah wie die, die ich mir vor dem Einschlafen vorgestellt hatte, die, in der Gro meinen Körper untersuchte. Hellgrüne Wände, weiße Decke. Ein milchweißes Fenster. Ich stand auf dem kalten Linoleum, vollständig entkleidet, im Adamskostüm. Hinter einem Schreibtisch am Fenster saß eine Person, die unaufhörlich ihr Aussehen und Geschlecht veränderte. Anfangs saß dort die Frau vom Schalter im Postamt, die rothaarige Frau, die aus unerfindlichen Gründen ihren Mund zu einem witzigen O geformt hatte. Dann wurde sie zu Eriksen vom Sozialamt. »Das bist du uns schuldig, Elling«, sagte er. »Das mußt du verstehen. Wir erwarten, daß du deine

Handflächen zeigst.« Dann saß wieder die Frau vom Postamt dort, sie ließ ihre Zungenspitze auf eine unmißverständliche Weise über ihre Lippen gleiten. Ich wurde wütend und ängstlich zugleich. Ich war nicht daran gewöhnt, nicht einmal im Traum. Um es ganz offen zu sagen: Ich war niemals nackt mit einer Frau zusammen gewesen, und obwohl dies ein Traum war, war es doch entsetzlich hart. Ich konnte mich auch nicht bewegen, in Träumen ist das ja oft so, ich war wie ans Linoleum angeklebt. »O«, sagte sie. »O.« – »O.« – »O.« Es war nicht schwer zu begreifen, daß sie mich verhöhnte. Ich hatte das deutliche Gefühl, daß sie aus irgendeinem Grund mein Geschlechtsorgan komisch fand. Und das tat weh. Das ist wirklich mein wunder Punkt. Mein Glied hat nämlich einen kleinen Knick. Die untere Hälfte zeigt leicht nach links. Dem Glied fehlt überhaupt nichts. Ich pisse wie ein Wasserfall, und der Knick behindert meine Potenz, was immer ich damit anfangen soll, keineswegs. Nein, es ist ganz einfach ein harmloser Knick. Aber harmlos oder nicht – Kinder sind grausam. Rücksichtslos. Es war überhaupt kein Spaß, nach der Turnstunde duschen zu müssen. Neun Jahre in der Schule hatten mir überhaupt beigebracht, daß es sich nicht lohnte, irgendwem zu vertrauen. »Knick« nannten sie mich. »Zorro.« – »Zickzackschwanz.« Mein Glied geht überhaupt nicht im Zickzack! Es pendelt leicht nach links, das ist alles. Aber Kinder übertreiben ja immer. Ich hatte ihnen längst verziehen. Aber in diesem Traum, konfrontiert mit dieser Göre von einer Postbeamtin, loderte der ganze Schmerz von damals wieder in mir auf. Träume sind ja wild und erfüllt von absurden Details, aber ich weiß noch, daß ich dort stand und mich fragte, was sie hier in der Arztpraxis zu suchen hatte. Dann war wieder Eriksen vom Sozialamt zur Stelle. »Das ist besser«, sagte er. »Das ist viel besser.« Ich ahnte ja nicht, was er meinte, aber ich war doch erleichtert, weil die Postbeamtin verschwunden war. Ein Sozialberater war ihr immer noch vorzuziehen. Daß er offen und mit sichtlich großem Interesse mein Glied betrachtete, mußte ich hinnehmen. Trotzdem hatte die Lage sich verbessert. Dachte ich. Bis ich den Blick senkte. Ein überraschtes Quaken rutschte mir heraus, das weiß ich noch genau. Ein richtiges Froschquaken. Denn das Glied, von nun an Schwanz genannt, war gar nicht mehr meins. Das heißt: Der Schwanz, den ich jetzt erblickte, war nicht der, den ich täglich in der Hand hielt. Der kleine Knick war vorhanden – das schon. Aber dieser Schwanz war viel größer als meiner, er war außerdem halb erigiert, was irgendwie leicht bedrohlich wirkte. Habe ich gesagt, »größer als meiner«? Die Wahrheit war, daß es sich bei dem, was ich zwischen den Beinen hatte, um den reinsten Pferdepimmel handelte.

Mein Körper war noch nie so lächerlich gemacht worden. Und dabei saß Eriksen vom Sozialamt da und sagte: »Das ist viel besser!« Ich wollte mich wecken, mir war ja klar, daß das Ganze nur ein Traum war. Aber anders als sonst erwachte ich durchaus nicht. Ganz im Gegenteil hätte ich fast gesagt. Es wurde immer nur noch schlimmer. Immer erniedrigender. Eriksen vom Sozialamt hatte jetzt zwei Köpfe. Einen großen und einen etwas kleineren. Der kleinere gehörte der Frau vom Postamt. Sie machte keinen Quatsch mehr mit ihrem Mund, aber sie war es. »Besser«, sagten sie im Chor, »viel besser!«

Und dann kam Gro Harlem Brundtland. Erst konnte

ich sie nur irgendwo hinter mir hören. Ihre energischen Schritte näherten sich über einen Flur, ich wußte, daß sie es war. Dann ihre Stimme: »Hört auf Muttern! Hier kommt Mutter!« Wieder und wieder. In einer anderen Situation hätten diese Worte, kombiniert mit ihren sicheren Schritten, Schritten, die zeigten, wo es langging, wo »Mutterns« Ziel lag, beruhigend auf mich gewirkt. Aber so, wie die Dinge nun lagen, wurde alles auf den Kopf gestellt. Die Sicherheit, die ich hätte empfinden sollen, wurde zu der Angst, unter der ich tatsächlich litt. Denn ich stand doch so nackt hier, wie Gott mich geschaffen hatte. Mit einem Schwanz zwischen den Beinen, der nicht einmal mir gehörte, einem fremden Schwanz, der immer nur noch erigierter und grotesker wurde. Ich wäre vor Verlegenheit fast gestorben, als sie das Zimmer betrat und sich freundlich vor mich stellte. »Das ist Elling«, sagte sie. »Das ist Elling, Elling, Elling. Wie schön. Dich kenne ich schon. Das ist Elling aus dem Block. Das ist Elling, Elling, Elling.« Rhythmisch und melodisch. Wie eine Rapsängerin oder wie das heißt. Eriksen vom Sozialamt übernahm: »Das ist Elling. Das ist Elling. Elling, Elling aus dem Block.« Jedesmal, wenn sie meinen Namen nannten, fühlte ich einen Schmerz in den Ohren, ich wollte schreien, brachte aber keinen Ton heraus.

»Elling. Das ist bloß Elling, Elling, Elling.«

Ich betete zu Gott, aber der wollte mich nicht hören.

»Das ist nur Elling. Das ist nur Elling. Elling, Elling.«

Es war die reine Folter.

Sie fiel auf die Knie und packte meinen Ständer. Nein, dachte ich mitten im roten Schmerz. Nein, nein, nein!

Aber nichts da. Mit dem kühlen Griff zweier Hände

zog sie meine überhitzte Vorhaut zurück und wieder vor – vor und zurück, bis dieser Schreckartikel von männlichem Geschlechtsteil hart und pochend vor ihr stand. Erst jetzt bemerkte ich, daß sie ihren Gummianzug trug, aber diese Traumausgabe war ein vulgäres Zerrbild des Anzuges, den sie auf dem Zeitungsbild getragen hatte. Kleine runde Löcher waren für die Brustwarzen hineingeschnitten.

Sie leckte sich die Lippen und riß den Mund auf. Nein! dachte ich. Das nicht! Aber wieder – nichts da. Mit zwei Händen um den strotzenden Piephahn führte sie den pochenden Kopf immer näher an ihren Mund heran. Die nasse Zunge. Die nasse Zunge, rot und geschmeidig, berührte mich leicht an der Unterseite des Kopfes, genau dort, wo wir Männer so entsetzlich empfindlich sind. Immer wieder. Vor und zurück. Hin und her. Es war zum Verrücktwerden, ich wurde verrückt, alles in mir zerfiel zu Schutt. Mir war immer noch bewußt, daß ich träumte, aber mir war auch bewußt, daß die Welt, wenn ich aus diesem Traum erwachte, anders aussehen würde als am Vorabend. Jetzt rotierte ihre Zunge. Lief wie ein Propeller um den blauroten Kopf. Ich hatte ihre Zunge ja schon früher in Aktion gesehen, in politischen Debatten im Fernsehen zum Beispiel. Flink war die immer gewesen. Aber das hier! Und dann, wortlos, ohne auch nur ein Gurgeln auszustoßen, umschloß sie ihn mit ihrem Mund. Er füllte ihren Mund dermaßen aus, daß ihr die Mundwinkel hätten weh tun müssen, wenn wir uns in der Wirklichkeit befunden hätten. Und einen Moment lang sah ich mich selbst mit der Taschenlampe im Mund, so, wie ich am Abend zuvor unter dem Regenmantel gesessen hatte.

Es kam, wie es kommen mußte. Schluchzend vor Scham (ja, nun war auch ich endlich nicht mehr stumm) spürte ich die Erlösung kommen. Erst ein Signal bis hinunter in die Fußsohlen, dann eine steigende Meldung, Waden und Oberschenkel hinauf bis in die Hoden, die eigentliche Zentrale. Sie langte jetzt hart zu. Der ganze gewaltige Phallus (zu dem ich in keiner Hinsicht stehen konnte) steckte zwischen ihren roten Lippen. Und während der ganzen Zeit bannte sie meinen verängstigten Blick mit zwei Augen so voller Willen, daß sich praktisch alles um mich drehte. Was ich sah, waren sozialdemokratische Laseraugen, die die Runenschrift in meinem Schädel lasen. Und als ich erkannte, daß sie tatsächlich von meinen Knochen ablesen konnte, ging die Ladung hoch. Über ihr Gesicht und in ihre Haare – über die Wände und die Decke. Sogar Eriksen vom Sozialamt und die Frau vom Postamt bekamen etwas ab. Ich schrie so sehr, daß ich glaubte, platzen zu müssen.

Ich glaube nicht, daß irgendein lebendiger Mensch nachvollziehen kann, wie sehr ich mich schämte, als ich in meinem Kinderzimmer erwachte. Ich möchte es so sagen: Ich war erledigt. Zerschlagen. Mein Freischwimmerzeugnis, das ich als Kind in einem christlichen Sommerlager errungen hatte, hing an seinem gewohnten Platz an der Wand. Genau wie der Wimpel aus Ullensvang. Der Kleiderschrank stand an seinem üblichen Platz, genau wie der Tisch am Fenster. Und trotzdem war alles verändert. Ich lag da, glühend heiß und schamrot, in der Dunkelheit der Nacht, und flehte Gott an, mich zu sich zu holen. Wände, Decke und Boden schienen aus Glas zu sein, ich war sicher, daß alle und jeder in der ganzen Satellitenstadt mich in meiner klitschnassen Erniedrigung sehen konnten. Denn natürlich war ich naß. Triefnaß bis weit den Bauch hinauf. Ich rollte mich zu einem Ball zusammen und preßte mein Gesicht an die Knie. Lag ganz still da und glühte. Im Traum hatte mich eine bebende Empörung darüber erfüllt, daß Gro mir das antun konnte. Jetzt richtete ich alle Vorwürfe auf Elling. War ich wirklich so verderbt? Ich hatte zwar in regelmäßigen Abständen mit Hilfe des Bildes von Gro auf dem Surfbrett Erlösung gesucht, das gebe ich ohne weiteres zu. Aber die Male, bei denen es mir gelungen war, ließen sich an einer Hand abzählen. Ich hatte, Hand aufs Herz, mir niemals Szenen vorgestellt wie die, die ich nun erlebt hatte. Sexuelle Phantasien – ja gut. Ich war auch nicht anders als die meisten anderen. Aber ich hatte mir nie vorgestellt, wie die Ministerpräsidentin meinen Piepmatz in den Mund nahm. Ebensowenig den Piepmatz von irgendwem sonst. Ich hatte immer versucht, die Erlösung mit gewisser Sachlichkeit zu erreichen. Für mich hatte es stets geheißen: bis hierher und nicht weiter. Mein Phantasiebild der nackten Gro, das mir nach dem frechen Interview in *VG* gekommen war, war nicht im geringsten erotisch gewesen. Ganz im Gegenteil. Ich hatte das Mädchen Gro gesehen, das Unschuldsbild der später so tüchtigen Politikerin. Mir hatten die Fragen des Journalisten nicht gefallen. Und es war ihm auch nicht gelungen, in meiner Phantasie schlimme Bilder zu erschaffen. Aber was ich jetzt gesehen hatte! Das mußte ich ja wohl als billigen Porno bezeichnen. Und dieser billige Porno, diese schweinischen Bilder der leckenden und lutschenden Gro Harlem Brundtland, ruhten in meiner eigenen Psyche. Ich bin ja auch nicht blöd und weiß, wo die Träume entspringen. Aus unserem Unterbewußtsein steigen sie wie Blasen an die Oberfläche. Ich bin es, Elling, der träumt. Der Bilder aus dem Stoff träumt, aus dem ich selbst bin. Gro hat nichts damit zu tun. Gro ist in Deutschland, und sie ist kein Schwein. Gro ruht unschuldsrein in ihrem Hotelzimmer in Berlin und weiß nichts davon, daß Elling im Block ein Unterbewußtsein besitzt, das sie wie einen leichtfertigen Pornostar behandelt. Ich konnte das nicht verstehen. Auch für die Existenz dieses gewaltigen Pimmels fand ich keine plausible Erklärung. Ich hatte mir als Junge zwar oft einen geraden oder zumindest einen weniger schiefen Schwanz gewünscht. Aber an eine solche Größe hatte ich nicht eine Sekunde lang gedacht. Die Wahrheit ist nämlich die, daß mein, Ellings, Piepmatz im guten Durchschnitt liegt, was die Größe angeht. Das wußte ich nach neun Jahren Grundausbildung nur zu gut. Er ist schief – das möchte ich noch einmal erwähnen –, aber er ist nicht besonders klein. Nehmen wir dagegen den Schwanz von Kai Reiersen (oder seine *Stange*, wie er wohl sagen würde). Stange, du meine Güte!

Hier konnte kaum die Rede von einer Lakritzstange sein. Die Wahrheit über Kai Reiersens Glied war, daß es am ehesten an eine kleine Schnecke erinnerte. Dieser Bursche hatte zwar in vielerlei Hinsicht eine große Klappe, aber er hatte gelernt, in der Dusche den Mund zu halten. Auch das andere Extrem war in unserer Klasse vertreten. Das erwähne ich nur, um zu beweisen, daß ich weiß, wovon ich rede. Ragnvald Loftus und Kristen Hansen waren mit den reinsten Bananen ausgerüstet. Sie protzten nicht damit, aber sie hatten gewaltige Geschlechtsorgane, das weiß ich noch. Die beiden waren schweigsame, bescheidene Knaben, und sie trugen ihre

Bananen vor sich her, als ob das überhaupt nichts wäre und als ob das auch nie etwas bedeuten würde – jedenfalls nichts Sexuelles. Und dann gab es uns andere. Mit durchschnittlichen Knollengewächsen wie nach einem durchschnittlichen Sommer. Wenn wir einander ansahen, dann begriffen wir, daß wir das hatten, was wir brauchten, um das zu schaffen, was das Leben von uns erwartete, nicht mehr und nicht weniger. Es würde nie in Frage kommen, vor den Frauen mit unserem Glied zu brillieren. Das akzeptierten wir allesamt. Woher also dieser unterbewußte Wunsch nach einem großen Gerät? Mußte ich das überhaupt als unterbewußten Wunsch betrachten? Alles, was ich wußte, war, daß ich, ohne es zu wollen, Gro Harlem Brundtland in eine, gelinde gesagt, wenig ersprießliche Rolle gedrängt hatte. Eine Art Trost war es da immerhin, daß mir das, wozu mein Unterbewußtsein mich gezwungen hatte, nicht gefallen hatte, aber das war ein spärlicher Trost. Denn ich war wahrhaftig so naß, daß ich aufstehen und den Schlafanzug wechseln mußte.

Zuerst duschte ich. Umziehen hätte sonst keinen Sinn gehabt. Im *Arbeiderbladet* hatte ich gelesen, daß vergewaltigte Frauen danach oft stundenlang duschten. Was mir hier widerfahren war, mußte natürlich im Vergleich zu einer Vergewaltigung als Bagatelle betrachtet werden, aber ich glaube, ich verstand, was Frauen unter den heißen Strahl jagte. Ich wusch mich unten, ohne auch nur einen Seitenblick auf meinen Schwanz zu werfen. Ich empfand in diesem Moment eine gewaltige Distanz zu ihm. Kindisch, vielleicht, aber so war es eben. So, als habe ein guter Freund uns enttäuscht. Man ist irgendwie leicht beleidigt und weicht seinem Blick aus.

Den schmutzigen Schlafanzug legte ich in den Korb für die schmutzige Wäsche. Dann holte ich den dunkelblauen mit den weißen Karos aus dem Schrank, den Mutter mir zum einunddreißigsten Geburtstag geschenkt hatte. Es war fünf nach halb fünf, und ich fühlte mich etwas besser. Natürlich schämte ich mich weiterhin, aber ich spürte, daß es nun in die richtige Richtung ging. Seltsam, um diese Zeit wach zu sein, übrigens. Ich konnte mich nicht daran erinnern, je um fünf nach halb fünf aufgewesen zu sein. Ich ging in die Küche und trank einen großes Glas Milch. Mutter, die fast ihr ganzes Erwachsenenleben hindurch Schlafprobleme gehabt hatte, hielt Milch für beruhigend, einschläfernd. Ich horchte in mich hinein. Von unmittelbarer Wirkung war die Milch nicht. Ich war unruhig, fast ein wenig aufgeregt. Setzte mich an den Tisch. Hier, genau hier, hatte Mutter in all den schlaflosen Nächten mit ihrem Milchglas gesessen. Für sie war fünf nach halb fünf eine vertraute Tageszeit gewesen. Sie hatte hier mit ihrem Milchglas gesessen und mit den abgegriffenen Karten Patiencen gelegt. Wir hatten in diesem Zusammenhang übrigens einen unserer seltenen Zusammenstöße gehabt. Nicht wegen ihrer Milchtrinkerei natürlich. Nicht, weil sie Patiencen legte, obwohl ich persönlich Karten und Kartenspielen noch nie etwas abgewinnen konnte. Nein, es war die Tatsache, daß sie fast immer pfuschte, die mich so aufbrachte. Zum erstenmal erzählte sie von diesem Verstoß gegen die Spielregeln auf einem der äußerst seltenen Feste, die sie gab. Ich glaube, es war kurz vor Weihnachten. Wer zu Besuch war, weiß ich nicht mehr, ich erinnere mich nur an einige fremde Schatten auf dem Sofa. Mutter hatte einen kleinen Vortrag zum

Thema »sie und der Schlag« gehalten, und in diesem Zusammenhang hatte sie Dinge über ihr Leben verraten, die mir bisher ganz unbekannt gewesen waren. Ich hatte Mutters Nachtleben bis dahin keinen einzigen Gedanken gewidmet, und ich glaube, daß ich vor allem deshalb leicht vergrätzt war, weil mir dieses Wissen in Gegenwart wildfremder Menschen serviert wurde. Ich weiß nicht, was in sie gefahren war. Aber nachdem sie die Milch und die tröstenden Karten erwähnt hatte, erzählte sie mit leichtem Lachen, daß sie die Position der Karten oft ein wenig korrigierte. Nun bekamen die Schatten auf dem Sofa Münder. Die Münder lachten. Lachen erfüllte den Raum. Ich hatte neben Mutter im Sessel gesessen und dieses widerwärtige Schauspiel beobachtet. Die lachenden Menschen. Namenlos, gesichtslos. Meine eigene Mutter, die fast damit prahlte, daß sie sich nicht an die Regeln hielt, die für Patiencen nun mal galten. Ich hatte gedacht: Um Himmels willen, was will sie denn? Daß sie nachts aufsteht, wenn sie nicht schlafen kann, ist natürlich. Ein Glas Milch – oder zwei – ist auch in Ordnung. Auch gegen die Tatsache, daß sie Patiencen legt, habe ich keine Einwände. Aber warum pfuscht sie? Wen betrügt sie? Sich selbst natürlich. Da sitzt sie nun, mit vom Schlafmangel verwüstetem Gesicht, und betrügt sich selbst. Mit einem Glas Milch in der Hand. Sie hebt die Karten hoch, um festzustellen, wo sich Herz Drei und Pikbube befinden. Und wenn sie das ermittelt hat, dann verändert sie die Lage der Dinge. Ein Betrug, durch den die Patience aufgeht. Aber gleichzeitig (so dumm ist sie ja auch wieder nicht) weiß sie, daß das Ergebnis, das erfolgreiche Ergebnis, die Patience, die aufgeht, eine Fälschung ist. Welche Freude kann ihr das machen? Und noch etwas: Sie betrügt nicht nur sich selbst. Sie betrügt auch mich. Und alle anderen in dieser Gesellschaft. Wir schlafen unseren süßesten Schlaf, und dabei werden wir betrogen. Hinter unserem Rücken spielt sich eine Unehrlichkeit ab, eine Unehrlichkeit, die auf einen von uns demoralisierend wirkt, auf ein Individuum in unserer Gruppe. Und zu just diesem Individuum müssen wir uns morgens, wenn die Sonne über die Hügelkämme steigt, verhalten. Ich zum Beispiel muß mit ihr frühstücken. Die Angestellten im Supermarkt sollen ihr Eier und Butter verkaufen. Wir gehen davon aus, daß sie mit ehrbaren Absichten vor uns tritt – aber welche Garantie haben wir dafür, wenn die Wirklichkeit so aussieht? Sie pfuscht. Trickst und fixt. Ist das meine liebe, liebe Mutter, der ich beim Teetrinken gegenübersitze? Die, die mich unter ihrem Herzen und dann ans Taufbecken getragen hat? Oder ist es die Falschspielerin? Der Mensch, der sich selbst konsequent betrügt und das auch noch genießt? Und: Warum lacht sie bei meinem Geständnis? Warum lachen die beiden Schatten auf dem Sofa? Ist das komisch? Nein, das ist es nicht.

Nun gut. An diesem Abend stürzte ich aus dem Zimmer. Knallte mit den Türen und lief hinaus in den Regen. Kam erst nach halb acht zurück.

Das ist lange her. Ich war gerade dreißig geworden. Mutter war inzwischen in einem Krankenhaus unten in der Stadt gestorben. Ihre Frikadellen in der Tiefkühltruhe waren der einzige Beweis dafür, daß sie einmal hiergewesen war. Die tiefgefrorenen Frikadellen und ich, Elling.

Es war inzwischen Viertel vor fünf. Auch das eine komische Tageszeit. Woran hatte sie gedacht, wenn sie hier in der Küche saß, um Viertel vor fünf, um nicht zu sagen, um zehn vor fünf, wenn sie Milch trank und durch Pfusch dafür sorgte, daß die Patience aufging? Hatte sie einen winzigen Gedanken ihrem Sohn Elling gewidmet, der in seinem Kinderzimmer schlief und nichts vom Nachtleben seiner Mutter ahnte? Hatte sie sich Sorgen gemacht? (Was soll bloß aus meinem Elling werden?) Dieser Gedanke sprach mich an. Und wirkte sehr wahrscheinlich. Es ließ sich ja nicht leugnen, daß in meiner Jugend hier allerlei los war. Autodiebstähle und Rauschgift. Kioskeinbrüche und ungewollte Schwangerschaften. Arne Moland war durchaus nicht der einzige, der auf die schiefe Bahn geraten war. Hatte Mutter sich nachts schlaflos von einer Seite auf die andere gewälzt, weil sie sich Sorgen um mich und meine Zukunft machte? Nein. Das glaubte ich nicht. Sie kannte mich doch gut genug. Sie sah doch, daß die Modellflugzeuge, die sie mir schenkte, gebaut wurden. Sie hörte mein braves Lachen aus dem Kinderzimmer. Wenn ich aus dem Haus ging, dann hatte ich ein Ziel. Ich trieb mich nicht einfach so herum.

Ich stand auf. Jetzt war es fünf Uhr. Immer noch eine komische Zeit. Gedanken und Gefühle machten ungewohnte Sprünge. Noch immer schämte ich mich dessen, was mein Unterbewußtsein Gro Harlem Brundtland angetan hatte. Und gleichzeitig mußte ich doch auch ein bißchen lachen. Die hatte vielleicht den Mund aufgerissen! Und was sie alles abbekommen hatte! Genug Samenzellen, um ein ganzes Sonnensystem zu bevölkern. War es denn überhaupt angemessen, daß ich mir Vorwürfe machte wegen der Bilder, die mein Unterbewußtsein heranschleppte, während ich ruhig schlief und nicht einen einzigen schweinischen Gedanken dachte? Wenn ja, dann war es verhältnismäßig schwer, mit dem Begriff Schuld umzugehen. Trotzdem war es doch so, daß unser Unterbewußtsein zu uns sprach und in gewissem Grade auch die Handlungen beeinflußte, die wir in wachem Zustand vornahmen. Und für diese Handlungen mußten wir schließlich die Verantwortung tragen – das wäre ja noch schöner! Und mit Traumbildern war es in vielerlei Hinsicht ebenso. Der einzige Unterschied lag darin, daß die Handlungen, die wir in wachem Zustand begingen, auch von anderen betrachtet und beurteilt werden konnten, während die Traumbilder nur uns gehörten, bis wir uns dafür entschieden, andere an unserem Erlebnis teilnehmen zu lassen. Wenn ich nun also die Tatsache verschwieg, daß Gro Harlem Brundtland im Traum meinen Piepmatz gelutscht hatte, würden die Menschen um mich herum sich weiter so bewegen wie bisher. Wenn ich mich dagegen entschied, meinen Traum zu beschreiben, zum Beispiel auf einem Aushang im Einkaufszentrum, würde ich mit zum Teil scharfen Reaktionen rechnen müssen. Der Unterschied zwischen Tag und Traum lag also darin, daß das Traumerlebnis die Möglichkeit des Verschweigens bot. Jetzt spürte ich, daß ich wieder lachen mußte, aber ich riß mich zusammen. Denn war es nicht gerade das Verschweigen, dieses Vorstadium der Lüge, dem ich ans Leder wollte? Soviel ich begreifen konnte – doch. Ganz zufällig hatte ich erfahren, daß Rigemor Jølsen eine schnöde Ladendiebin war. Sie lebte im Verschweigen dieser Schattenseite ihrer selbst. Ebenso wie Ragnar und Ellen Lien. Die heimische Gewalt fegten sie unter den Teppich. Zwar hatte Ellen Lien sich einer lesbischen Freundin gegenüber ein wenig geöffnet, aber es gehörte nicht viel Phantasie dazu zu erraten, daß diese Öffnung erst nach einigen Schweigegelübden erfolgt war. Auf gewisse Weise hatte sich das Verschweigen nur ausgeweitet, es bezog eine Außenstehende mit ein. Und das war für mich ein Problem. Daß sich das Schweigen ausweitete, konnte die ganze Gemeinschaft lähmen. Denn wenn die Lähmung uns erfaßte und zu einem Teil unserer sozialen Wirklichkeit würde, dann würde die Gemeinschaft selbst erkranken und verrotten. Deshalb nahm ich solche vermeintlichen Bagatellen wie Pfuschen beim Patiencelegen so ernst. Kurz gesagt: Jetzt hatte ich den Salat. Was heute nacht mit mir geschehen war, war im Grunde folgendes: Ich hatte in mein eigenes Wohnzimmerfenster geblickt.

Ich ging in Rigemors Zimmer. Draußen war es immer noch stockfinster. Ich fühlte mich außergewöhnlich wach und angeregt. Getrieben von einem jähen Impuls, lief ich zurück in die Küche und setzte Teewasser auf. Genug Wasser für eine schöne große Kanne. Als der Tee gezogen hatte, kehrte ich mit Kanne und Tasse in Rigemors Zimmer zurück. In meinem feschen Schlafanzug in Blau mit weißen Karos kam ich mir beinahe vor wie ein chinesischer Kaiser, wie ich so auf meinem Thron saß.

Ausblick auf das Paradies. Ausblick auf einen Werktag im Wohlfahrtsstaat Norwegen. Noch war dieser Tag jedoch nicht aus der Winternacht geboren. Noch zögerte das Licht, noch schliefen Adam und Eva. Aber bald würden die Menschen sich aus ihren Betten erheben, sich den Schlaf aus den Augen reiben und ihr Tagewerk beginnen. Ich nahm einen guten Schluck heißen Tee und griff zum Teleskop.

Rigemor Jølsen schlief.

Ebenso Tore und Gunn Almas.

Hans und Mari Jespersen waren noch immer in Spanien. Vielleicht lagen sie jetzt nackt in einem heißen Zimmer und schliefen einen leichten Rausch aus, den sie am Vorabend mit Hilfe von Bananenlikör begründet hatten.

Heini Elster schlief.

Ragnar und Ellen Lien – schwer zu sagen.

Lena und Thomas Olsen schliefen.

Auch bei Arne Moland und Mohammed Khan war es dunkel.

Sie schliefen allesamt. Was träumten sie? Gab es hier oben noch andere außer mir, die sich mit Träumen von, gelinde gesagt, peinlichem Charakter herumquälten? Ich verspürte einen Stich der Eifersucht, als ich für den Bruchteil einer Sekunde Mohammed Khan in der Situation vor mir sah, in die ich mich vorhin hineingeträumt hatte. Jetzt spürte ich den kleinen Rassisten, der in uns allen sitzt, den kleinen, bösen Kobold, der mir flüsternd erzählte, daß Männer wie er, Männer wie dieser Khan, Gäste in unserem Land sind und daß es sich für sie noch weniger ziemt als für einen Eingeborenen, über Oralsex mit der Ministerpräsidentin zu phantasieren. Was ich erlebt hatte, genauer gesagt, was ich mich selbst hatte erleben lassen, war schlimm genug. Daran konnte es keinen Zweifel geben. Aber ich betrieb immerhin meine unterbewußten Perversionen im engsten Stammeskreis. Ich kam nicht vom anderen Ende des Globus mit dem verborgenen Wunsch, Gros feuchte Lippen mein schwellendes Geschlecht umschließen zu lassen. Das soll bitte nicht falsch verstanden werden. Ich fühlte mich bei Khan im Grunde sicher. Ich ging davon aus, daß er von

Pakistanerinnen träumte. Und von absurden Gesprächen in Gruppen von vier oder fünf Männern. Ich ging davon aus, daß er von Wohlstand für sich und die Seinen träumte. Ich konnte mir überhaupt nur von einem meiner Freunde im Grevlingstien 17 B vorstellen, daß er genauso scheußlich träumte wie ich, und das war natürlich Arne Moland. Aber der hatte im Gefängnis ein verkrüppeltes Traumleben entwickelt. Daß er ab und zu danebenlangte, war in gewisser Hinsicht nur natürlich. Und nun schämte ich mich wieder. Größtenteils, weil ich keine Erklärung für das finden konnte, was mit mir geschehen war.

Ich schob das Teleskop beiseite und nippte an meinem Tee, während ich hinaus in die Dunkelheit schaute. War etwas mit meinem Leben schiefgelaufen? Nicht, daß ich davon gewußt hätte. Ich lebte allein, nun gut. Dazu hatte ich mich mehr oder weniger entschlossen. Der Gedanke, statt Mutter eine fremde Frau ins Haus zu nehmen, wirkte unmöglich. Mir war klar, daß die Nachbarn mich wohl für einen Exzentriker hielten. Für eine Art Künstlertyp. Einen Mann des Nachdenkens. Aber das machte mir wirklich nichts aus. Nein, keine Spur. Meine Kindheit? Tja, wer von uns kann schon, Hand aufs Herz, sagen, daß er als Kind niemals gequält worden ist? Sehr wenige. Eine verhuschte Minderheit hatte in ihrer Jugend diese Erfahrungen nicht gemacht. Es war wohl eine Frage, ob die, die sich dieser Gruppe zugehörig fühlten, einfach so dickfällig waren, daß sie die giftigen Bemerkungen von Mitschülern und Spielkameradinnen nicht begriffen hatten. Nehmen wir zum Beispiel Lise Svensen. Sie war so. Wenn jemand gemein zu ihr war, verstand sie das als sexuelle Annäherung. Das hatte sie schon als Kind so gehalten. Sie verfügte über eine segensreiche Dummheit, die sie gegen die Gemeinheit ihrer Umgebung immun machte. Sie glaubte einfach, daß der Geschlechtsakt zwischen Mann und Frau durch miese Streiche und Verleumdungen herbeigeführt wurde. Ich nehme an, sie hat später im Leben allerlei Überraschungen erlebt.

Nein, nein. Meine Kindheit war schon in Ordnung. Ein bißchen hart, aber in Ordnung. Mutter und Elling im Block. Oder Mutter und Elling im Urlaub. Ja, in den Ferien verreisten wir oft. Das machte Mutter gut. Sie hatte Phantasie. Wir schwammen ja nicht gerade in Geld, und da war es nur gut, daß Mutter über eine grenzenlose Phantasie verfügte. Solange meine Großeltern noch lebten, fuhren wir mit dem Zug nach Sandefjord. Sommers wie winters. Im Herbst und im Frühling. Nicht besonders spannend und phantasievoll, meint jetzt vielleicht irgendwer. Aber es war wirklich spannend! Und das lag an Mutters Phantasie. In Drammen wohnten zum Beispiel Menschen aus dem Weltraum. Doch, wirklich. Die Drammenser stammten eigentlich vom Planeten Drammentorius 41, siebenhundert Milliarden Lichtjahre weit draußen im hellblauen Sommerhimmel oder im dunklen Winterhimmel, je nachdem. Sie waren aufgrund ihrer Schandtaten von dort vertrieben worden. Drammen lasse sich in dieser Hinsicht mit Australien vergleichen, meinte Mutter. Man konnte es ihnen nicht ansehen, die Drammenser waren gerissen, aber Menschen waren sie nicht. Später, als ich erwachsen war und längst gelernt hatte, über diese Erinnerungen zu lachen, verriet Mutter mir, daß ihre Lehrerin auf der Haushaltsschule aus Drammen gewesen sei. Aber damals, als kleiner Junge ... Ich nahm alles in mich auf, was sie sagte, und in mir entstanden neue und spannende Bilder. Sowie der Zug den Westbahnhof verließ, saß ich steif vor ängstlicher Spannung da, während die Metallräder uns immer weiter nach Drammen und zu den schlimmen Wesen von Drammentorius 41 brachten. Wie konnten sie uns Menschen so ähnlich sehen? Mutter erklärte, sie hätten Menschenhaut und Menschenhaare über ihre entsetzlichen Körper gezogen, Körper, die ursprünglich rotlila und schwarz seien und Unmengen von Löchern und gelben Beulen aufwiesen. Ihre Zähne waren falsch, und wenn ein Drammenser nach Hause kam, dann nahm er sie als erstes heraus. Denn Drammenser brauchten keine Zähne. Sie wurden mit nacktem Zahnfleisch geboren, genau wie wir Menschen, aber im Gegensatz zu uns entwickelten sie kein Kaugeschirr, weil sie sich von ihrem Rotz ernährten. Und Rotz produzierten sie ausreichend. Mit großen Augen und gespitzten Ohren verschlang ich Mutters aufregende Mitteilungen. Ich stellte mir vor, wie sich die typische Drammenser Familie entfaltete, wenn die Wohnungstür sorgfältig abgeschlossen war. Raus mit den Zähnen und weg mit der Menschenhaut. In einer fremden Sprache lärmend, versammelten sie sich um den Küchentisch und schneuzten sich gegenseitig auf die Teller. Und dann schlürften sie diese Schweinerei voller Appetit.

Egal – Mutter hatte eben eine blühende Phantasie. Aber seltsamerweise haben ihre Erzählungen mir nie direkt Angst eingejagt. Und ich kotzte auch nicht. Noch rechtzeitig vor Drammen hatte sie Limonade und einen Riegel Schokolade für mich hervorgeholt; und es konnte auch nicht die Rede davon sein, daß die Drammenser gefährlich wären. Nicht doch. Sie lebten in ihrer eigenen Welt, und wenn sie uns ansprachen, dann brauchten wir ihnen nur nach dem Mund zu reden. Zustimmen und hinnehmen. Im Bahnhof von Drammen kam es natürlich jedesmal zu einer Begegnung der dritten Art. Die Drammenser drängten sich mit Menschenhaut und falschen Zähnen ins Abteil. Und Mutter und ich tauschten ein heimliches Lächeln.

Ach ja. Vor allem, wenn ich an meine Kinderjahre zurückdachte, dann verdankte ich Mutter viele gute Erinnerungen. Später, als ich in die Pubertät kam und älter wurde, hatte sie sich mehr in sich zurückgezogen, ihre wilden Scherze aufgegeben. Doch wer weiß? Manchmal hatte ich den Verdacht, daß sie das Gegenteil getan, daß sie sich in ihre Phantasiewelt zurückgezogen hatte. Und für mich als erwachsenen Mann war dort kein Platz. Sie entglitt mir gewissermaßen – und ich ihr.

Ich entfernte mit der Spitze des kleinen Fingers eine winzige Träne, und dann griff ich wieder zum Teleskop. Ich mußte trotz allem mein eigenes Leben leben, und nun brannte bei Liens in der Küche Licht.

Es war fast halb sechs. Die Küchengardinen waren vorgezogen, aber das recht unachtsam; ich konnte eine Ecke vom Tisch sehen. Der war nicht gedeckt, aber irgendwelche Aktivität fand statt – ein flackernder Schatten hinter dem Vorhang. War das Ellens lesbische Freundin, die vor Verlassen des illegitimen Liebesnestes noch eine Tasse Kaffee wollte? Ehe der lebensgefährliche Polizist und Gatte vom Nachtdienst kam? Oder war es Ragnar Lien?

Ich brauchte nicht lange zu warten. Es war Ragnar Lien. Ich sah seinen behaarten Unterarm eine dampfende Tasse auf den Tisch stellen. Sein Halbstarkenprofil erschien für den Bruchteil einer Sekunde im Vorhangspalt. Wie ein kurzer Blick auf einen Orang- Utan in der frühesten Morgenstunde in Borneos Dschungel.

Dann der Umriß einer weiteren Person. Das Orang-Utan-Weibchen hatte das Lager, auf dem die widernatürliche, die unfruchtbare Liebe zu einem anderen Weibchen sich erst vor wenigen Stunden abgespielt hatte, verlassen.

Ich griff zum Telefon. Ich stellte es wieder beiseite. Griff noch einmal danach. Entschlossenheit, Elling. Tat.

Aber am Ende war ich unfähig, den Apparat zu benutzen. Ich wußte einfach nicht, was ich in aller Herrgottsfrühe zu einem Polizisten sagen sollte. Ich wollte ihn natürlich zusammenstauchen. Aber welche Wörter sollte ich dafür verwenden? Außerdem ahnte ich, daß es nicht die richtige Zeit war, ganz einfach. Ich konnte mich auch an die beiden Male erinnern, da ich selbst von der Arbeit gekommen war. Noch der harmloseste Tadel von Mutter hatte mich gefährlich nahe an die Hysterie gebracht. Und es wäre auch nicht viel besser gewesen, wenn sich herausgestellt hätte, daß er gerade zur Arbeit *gehen* wollte. Ganz im Gegenteil, nahm ich an. Halb sechs ist ein unmenschlicher Zeitpunkt, egal, wie man es dreht und wendet. Was mir in dieser frühen Morgenstunde doch für seltsame Gedanken kamen! Nicht nur, daß ich es nicht über mich brachte, Ragnar Lien mit Vorwürfen und Ermahnungen den Tag zu verderben. Nein, ich empfand auch eine Art Sympathie für ihn. Ich hätte gern seinen Kopf auf meinen Schoß genommen und seine Haare gestreichelt. Oder ihn vielleicht sogar entlaust. Wie im Märchen. Der bloße Gedanke daran, einen erschöpften Polizisten zu entlausen, während Kaffeeduft den Raum erfüllte, wirkte ungeheuer anziehend auf mich. Es juckte mir in den Fingerspitzen. Ragnar! Weder ich mag Männer auf *diese* Weise, noch du. Ich entlause dich als Kamerad und Freund, und ich bin sicher, daß du das nicht mißverstehst. Es sind nur meine Fingerspitzen, die deine Kopfhaut berühren, Ragnar. Es sind nur die Fingerspitzen von Elling, deinem Freund. Es geht hier nicht um Sex. Es geht um maskuline Zärtlichkeit, die im Rahmen aller akzeptablen Grenzen stattfindet. Ganz ruhig liegen, Ragnar! Versuch, die Betrunkenen und die frechen, drogensüchtigen Jugendlichen unten im Kirchenpark zu vergessen. Denk jetzt nicht an den Chef. Vergiß die Überstundenlisten, kümmer dich nicht ums Prestige, sei einfach hier bei deinem allerbesten Freund. Und noch was, wo wir hier schon sitzen: Schlag sie nicht mehr. Schlag sie nicht mit der Faust ins Gesicht. Die Leute reden, nicht wahr? Hier draußen am Waldrand wird an allen Ecken und Winkeln getuschelt und geflüstert. Ein Hühnerei wird zu einem ausgewachsenen Truthahn, ehe irgendwer sich's versieht. Von dir wird es heißen: Er hat sie umgebracht, während wir ohnmächtig hinter unseren Ferngläsern saßen. Selbst, wenn das gar nicht stimmt. Ich liebe die Menschen hier draußen, aber ich weiß auch, wozu sie fähig sind, wenn Klatsch die Runde macht und außer Kontrolle gerät. Nicht einmal eine quicklebendige Ellen Lien wird ihren Glauben daran erschüttern können, daß du sie erschlagen und zerteilt und den Körper in kleinen Portionen aus dem Haus geschmuggelt hast. Ellen Liens nachweisliche Anwesenheit in der Welt der Lebenden wird als leicht irritierende Abschweifung betrachtet werden. Ja, und auch dafür wird dir die Schuld zugeschoben werden. Genauso, wie der Verbrecher der Steinzeit die Verantwortung dafür trug, daß die Seelen der Erschlagenen ruhelos am Rande des Lichtkegels vom Lagerfeuer umherwandern mußten.

Um halb sieben wurde bei Lena Olsen und bei Arne Moland Licht gemacht. Letzteres überraschte mich. Ich hatte immer gedacht, Drogenhändler stünden spät auf. Nun war Arne Moland zwar in seinem neuen Leben als Dipl.-Ing. wiederauferstanden, aber die Verblüffung darüber, um diese Tageszeit Licht in seiner Küche zu entdecken, war doch echt. Und war er denn überhaupt Dipl.-Ing.? Meine Information stammte aus dem Telefonbuch. Aber ich ging ja nicht davon aus, daß die Post die Examenspapiere sehen wollte, ehe sie die Berufsbezeichnung eines Teilnehmers ins Telefonbuch aufnahm.

Lena Olsen lief in ihrer Küche hin und her. Hin und her zwischen Küchentisch und Herd. Ab und zu konnte ich die Schädelspitze des kleinen Thomas sehen. Wie ein kleiner roter Schelm wuselte er unter dem Fenster herum. Bald war für ihn der Kindergarten angesagt und für seine Mutter die Arbeit. Ich stellte mir vor, wie Lena Olsens lange Finger irgendwo unten in der Stadt über die Tastatur eines Computers huschten. Die wollüstigen Seitenblicke der wenigen, aber machtlüsternen Männer in dieser Bürolandschaft. Sie hatten sicher allesamt Lust auf sie, aber sie rissen sich am Riemen, zumindest bis nach Feierabend. Das hoffte ich. In *VG* und *Arbeiderbladet* hatte ich oft genug über sexuelle Belästigung am Arbeitsplatz gelesen. Ein Unding, da waren Mutter und ich einer Meinung. Eine Frau mußte doch in aller Ruhe ein paar Verträge kopieren können, ohne daß irgendein

Dussel von einem Mannsbild sie von hinten zwischen den Oberschenkeln begrabschte. Was zum Teufel hatte der Verkaufsleiter Lena Olsen über den Hintern zu streichen, wenn sie an seinem Schreibtisch vorüberglitt? Ich fühlte mich stellvertretend für mein Geschlecht peinlich berührt, hoffte aber, wie gesagt, daß Lena Olsen so etwas erspart bliebe. Oder daß sie zumindest über genügend Mut und Stärke verfügte, solche Schleimaale zusammenzustauchen, am liebsten vor aller Ohren.

Um sieben Uhr schaltete Rigemor Jølsen ihre Lampen ein. Gott segne dich, dachte ich, als ich sie zum erstenmal im hellblauen Morgenrock sah. Sie schaute so friedlich aus dem Fenster hinunter auf den Gehweg. Wenn ich das Teleskop ein wenig drehte, konnte ich ihrem Blick folgen – und dort unten, auf dem Asphalt, saß tatsächlich ein Kätzchen und putzte sich. Ich konnte die zärtlichen Worte, die sie hinter der Fensterscheibe vor sich hinmurmelte, förmlich hören. Sie war eine geübte und gewiefte Ladendiebin, aber sie besaß Zärtlichkeit für alles, was lebte, von rasch sterbenden Topfblumen bis zu kleinen Miezekatzen, die an einem Novembertag draußen ihre Morgentoilette verrichteten.

Ich spürte, wie mich die Müdigkeit überkam. Meine Augenlider wurden bleischwer. Es machte mir große Freude, das Leben der Frischerwachten im Block unter mir zu verfolgen, aber mir fielen schlicht die Augen zu.

Ich stapfte ins Schlafzimmer und legte mich wieder hin. Kämpfte gegen den Schlaf an, während graues Morgenlicht durchs Fenster gekrochen kam. Der Gedanke daran, daß Gro wieder mit ihrem feuchten Mund auftauchen könnte, quälte mich. Aber es half alles nichts. Der Sandmann schmiegte sich in meinen Arm.

Ich wurde vom Telefon geweckt. Der schrille Klingelton riß mich aus tiefem Schlaf, und der Wecker auf dem Nachttisch zeigte halb eins. *Halb eins!* Ich fühlte mich durch und durch unwohl, als ich die Füße auf den Boden setzte. Naßgeschwitzt war ich auch. Mein Schlafanzug, der vor nur wenigen Stunden makellos sauber gewesen war, war feucht und eklig.

Ein feuchter Scheuerlappen füllte meinen Kopf, und meine Beine gehörten einem Greis. Ich stand auf und machte schwankend ein paar Schritte, blieb aber in der Wohnzimmertür abrupt stehen.

Das Telefon klingelte immer noch.

Moment mal, dachte ich. Ein Sekündchen, liebster Elling! Ich bin durchaus nicht dafür, immer und ewig zu fluchen, aber nun dachte ich doch: Wer zum Teufel kann das sein? Das letztemal, als das Telefon sich gemeldet hatte, war es die Frau vom Krankenhaus gewesen, die mich gebeten hatte zu kommen. Diesen Anruf hatte ich mehr oder weniger erwartet. Aber jetzt ... Mutter hatte das Telefon benutzt. Nicht oft, aber sie hatte es benutzt. Sie hatte ja hier und dort Bekannte gehabt, und da ihr Sinn für Geselligkeit nicht sehr ausgeprägt gewesen war, hatte der Kontakt mit ihnen vorwiegend durch den grauen Apparat stattgefunden. Ich selbst hatte mich für die Erfindung des alten Bell nie besonders erwärmen können. Derjenige, der hier den richtigen Zifferncode gewählt hatte, hatte sich in seinem Inneren bereits ein Bild von mir gemacht. Wenn man erst einmal den Hörer abgenommen und das einleitende »Hallo« gesagt hatte, dann hatte man sich damit bloßgestellt. Man war auf Gedeih und Verderb mit seinem Namen verbunden. Hier ist *Elling*, und Elling sitzt jetzt an Ort und Stelle im

Block. Mit anderen Worten: Elling ist da, wo er hingehört. Ich will ja nicht behaupten, daß dieses Eingeständnis nicht zutreffend gewesen wäre, aber ich konnte nicht sicher sein, inwieweit dieses Geständnis außer mir noch anderen anvertraut werden sollte. Ging es andere etwas an, ob ich zu Hause war oder vielleicht gerade einen kleinen Spaziergang ins Einkaufszentrum machte? Im Grunde nicht. Ich war auch schon zweimal falsch angerufen worden. Ein äußerst zweifelhaftes Erlebnis. Zuerst der Zweifel bei dem Anruf überhaupt. Soll ich hingehen, oder soll ich es lassen? Schweißnasse Handflächen. Runden durchs Zimmer. Dann trägt die Entschlossenheit den Sieg davon. Man nimmt den Hörer ab und sagt höflich hallo. Ob das Ole sei? Nein, hier ist nicht Ole. Hier ist Elling, und Mutter ist einkaufen gegangen. Ich weiß nicht, wer schlimmer ist. Die, die einfach in einer Geste von geballter Unhöflichkeit den Hörer auf die Gabel knallen, oder die, die kriecherisch um Entschuldigung bitten. Die Sache ist nämlich die, daß mich beide in einem Zustand der Unsicherheit zurücklassen. Denn stand es wirklich fest, daß diese fremde Stimme mit Ole hatte sprechen wollen? War es nicht eher so, daß der Anrufer sich davon hatte überzeugen wollen, daß ein gewisser Elling zu Hause war? Nach solchen Anrufen stand ich lange am Fenster und beobachtete genau, was sich unten, auf Bodenniveau, so tat.

Es schellte und schellte. Es wollte einfach kein Ende nehmen. Ich hielt mir krampfhaft die Ohren zu, hörte aber das Geklingel immer noch. Ich spürte, wie die Tränen kamen. Am Ende hielt ich es nicht mehr aus. Ich rannte durchs Zimmer und nahm den Hörer ab. Eine Stimme, die mir seltsam bekannt vorkam, wiederholte immer wieder meinen Namen. Er sprach meinen Namen ganz korrekt aus, aber ich konnte ihm einfach nicht so ohne weiteres antworten.

»Elling? Sind Sie das, Elling? Elling? Elling? Elling, sind Sie das?«

Es war Eriksen vom Sozialamt.

Plötzlich fühlte ich mich alles andere als sicher. Natürlich war mein Name Elling, das hatte ich nie verheimlicht. Und ich würde auch nicht im Traum auf die Idee kommen, Eriksen vom Sozialamt hinters Licht zu führen. Mein Name war Elling. Basta. Aber war ich identisch mit dem Elling, mit dem Eriksen vom Sozialamt unbedingt sprechen wollte? Mir kam es nicht so vor. Was, wenn ich jetzt ja sagte? Angenommen, der Elling, hinter dem Eriksen vom Sozialamt her war, hatte sich in irgendwelche Schwierigkeiten gebracht? Schwierigkeiten, die durch ein fatales Mißverständnis mit meiner Person in Verbindung gebracht wurden? Was, wenn falsche Beschuldigungen, vorgebracht in der allerbesten Absicht, sich gegen mich richteten? Natürlich konnte man behaupten, daß Schwierigkeiten da waren, um überwunden zu werden. Sicher ließ sich alles erklären, wenn man nur einen kühlen Kopf bewahrte und die Vernunft zu Hilfe nahm. Andererseits: Warum sollte ich mich dieser Möglichkeit aussetzen? Ich kannte die Welt um mich her immerhin gut genug, um mir darüber im klaren zu sein, daß im Laufe der Geschichte immer wieder Mißverständnisse aufgetreten waren, die für immer und ewig einer ganz unschuldigen Person anhafteten. In gewissen Fällen wurde das Opfer einfach sich selbst überlassen. Die Person, die aus purem Zufall und ohne jeglichen Grund in den Dreck gezogen worden war, mußte selbst ihre

Unschuld beweisen. Was für eine entsetzliche Vorstellung! Sagen wir nun, daß irgendein Trottel, der zufällig denselben Vornamen hatte wie ich, sich Scherereien eingebrockt hatte, indem er sich zum Beispiel als wenig würdig erwiesen hatte, Fürsorgegelder zu erhalten. Im Moment ging mich das nichts an. Aber was war, wenn ich Eriksens Anfrage einfach mit »ja« beantwortete? Ich konnte nicht anders, als ein solches »Ja« als ein (für Eriksen) mögliches Geständnis zu betrachten.

Also legte ich auf. Ich mußte mich um meine Angelegenheiten kümmern und Eriksen sich um seine. Der Gedanke daran, sich mit anderen zusammenzutun, mit ihnen gemeinsam Probleme zu lösen, war mir durchaus nicht fremd. Er gehörte sozusagen zu einem politischen Programm, das ich übernommen, zu meinem gemacht hatte. Ich habe viel Sinn für Gruppen. Andererseits besteht jede Gruppe aus Individuen, und jedes Individuum hat ein Recht auf Privatleben. Ich bedauerte es, Eriksen in dieser Angelegenheit nicht helfen zu können, aber ich war durchaus bereit, mich in einem anderen Zusammenhang um ihn zu kümmern. Wenn Eriksen zum Beispiel im nächsten Frühling Nachbarschaftshilfe brauchte, um die Veranda an seinem Reihenhaus zu reparieren, dann wollte ich gern mitmachen. Ich würde mit Nägeln im Mund dastehen und über scherzhafte Bemerkungen von Eriksen und den anderen Jungs lachen, während wir Wörter wie »zweizöllig«, »vierzöllig« und »Kantholz« austauschten. Danach würden wir, verschwitzt und zufrieden, unsere Jacken ablegen und starken Kaffee trinken und Apfelkuchen mit Sahne essen, beides von Eriksens Frau hergestellt. Die ganze Zeit, während wir bei der Arbeit waren, hatte sie sich im Hintergrund gehalten. Nicht, weil Eriksen vom Sozialamt oder einer von uns Jungs das verlangt hätte. So waren wir nicht. Aber Eriksens Frau hatte ein gewisses Verständnis dafür, daß wir Männer ein Bedürfnis nach maskuliner Gemeinschaft hatten. Wir führten keine Zoten im Munde, das nicht. Ich würde den Ton zwischen uns eher als rauh, aber herzlich charakterisieren. Und Eriksens Frau gestattete uns diesen rauhen, aber herzlichen Tonfall, indem sie sich als einzige Frau etwas im Hintergrund hielt. Reine und pure Intuition.

Ich duschte noch einmal. War ja schon wieder klitschnaß und eklig. Zwei Schlafanzüge innerhalb weniger Stunden in die Wäsche. Du meine Güte. Normalerweise hielt einer die ganze Woche. Heute abend würde ich den pflaumengelben auspacken müssen, den Mutter mir zum neunundzwanzigsten Geburtstag geschenkt hatte. Und das ärgerte mich ein bißchen. Den hatte ich nämlich für eine besondere Gelegenheit aufbewahren wollen. Es ließ sich nicht leugnen, daß ich ab und zu ein wenig davon träumte, eine Frau kennenzulernen. Aber egal. Die Situation war ohnehin schon etwas Besonderes. Ich wusch mich gründlich. Vorne und hinten, oben und unten. Wieder tauchte das Bild einer vergewaltigten Frau auf.

Als ich fertig war und mich ganz und gar in frischgewaschene Kleider geworfen hatte, überkam mich erneut die Unruhe. Etwas schien in der Luft zu liegen. Hatte ich mich gründlich genug gewaschen? Hatten Seife und Waschlappen jeden Millimeter meines Körpers berührt, oder gab es Stellen, die ich »vergessen« hatte?

Ich zog mich wieder aus. Stellte das heiße Wasser an. Nahm jetzt Mutters Bürste. Schrubbte mich hellrot.

Drehte das heiße Wasser bis an die Grenze des Erträglichen auf. Über die Grenze des Erträglichen hinaus, ich schrie. Dann kaltes Wasser. Eiskalt, wieder schrie ich. Dann die Bürste und ein ganz neues Stück Seife. Es war gute Seife, das merkte ich sofort. Sie schäumte ordentlich und duftete ganz wunderbar. Heiß. Kalt. Heiß. Kalt. Ich stieg aus der Badewanne und rieb mich lange mit einem hundertprozentig sauberen Handtuch ab.

Reichte das? War ich jetzt sauber?

Ich stieg wieder in die Wanne. Drehte das heiße Wasser auf.

Nein, es reichte. Ich war sauber genug. So sauber, wie ich überhaupt nur sein konnte. Das Wasser abgedreht. Raus aus der Wanne. Neues Handtuch aus der Schublade.

Reichte das? Ich beschnüffelte mich in der linken Achselhöhle. Stach da nicht ein Hauch von Schweißgeruch in meine Nase? Schwer zu sagen. Um ganz sicher zu sein, duschte ich noch einmal ausgiebig.

Danach war ich wie erschlagen. Vollständig fertig. Gelee in den Knien und Pudding im Rückgrat. Ich schleppte mich durch die Küche, um ein fast schändlich spätes Frühstück einzunehmen.

Jaja, Elling, dachte ich, als ich die Kühlschranktür öffnete und den Fischpudding anstarrte. Ist es mal wieder soweit. Ich mußte ein wenig kichern, das Ganze war ja verhältnismäßig harmlos. Trotzdem war ich nicht dumm genug, um nicht zu wissen, daß ich im Badezimmer soeben die pure Zwangshandlung vollzogen hatte. Das ist lange nicht mehr vorgekommen, Elling. Weißt du noch, wie du fast eine ganze Woche lang immer auf der untersten Treppenstufe kehrtmachen und wieder nach oben gehen mußtest, weil du nicht sicher warst, ob deine Füße, *beide* Füße, jede Treppenstufe zwischen den Stockwerken berührt hatten? Gut, daß du über Selbstironie verfügst, Elling. Sonst könntest du dich selbst leicht zum Wahnsinn treiben.

Krabbenkäse oder Fischpudding, Elling? Ich zögerte. Nach der Behandlung, die ich mir soeben im Badezimmer verpaßt hatte, fühlte ich mich dieser Art von Wahl im Moment einfach nicht gewachsen. Deshalb griff ich, ohne es eigentlich zu wollen, zum Fischpudding und lief damit zum Tisch. Aber nein! Ehe ich mich's versah, stand ich schon wieder vor dem Kühlschrank, obwohl ich fast sicher war, daß mir der Krabbenkäse zuwider sein würde, sowie ich nur auf die Tube drückte. Ich öffnete und schloß die Kühlschranktür. Immer wieder. Jedesmal stach mir die Tube kurz ins Auge, die widerliche gelbe Tube. Den sorgfältig in fettabstoßendes Papier eingewickelten Fischpudding hielt ich in festem Griff in der Linken. Tube. Schmack. Tube. Schmack. Tube. Schmack! Tubeschmacktubeschmacktubeschmacktubeschmack. Jetzt steigerte ich nämlich das Tempo. Mühte mich dermaßen ab, daß mir schwindlig wurde. Der Kühlschrank selbst zitterte und bebte. Der blanke Wahnsinn, natürlich, aber so ist es eben. Mein rechter Arm war völlig erschöpft. Gleichzeitig verspürte ich im linken eine Art Reflex. War es wohl möglich, *war es wohl möglich,* im Laufe der armseligen Zehntelsekunden, in denen die Kühlschranktür angelehnt war, den Fischpudding zurückzulegen? Ohne die linke Hand oder den Unterarm zu brechen? Jetzt hör aber auf, Elling, dachte ich, während mein rechter Arm wie ein Kolben hin und her schnellte. Tube. Schmack! Tube. Schmack! Tubeschmacktubeschmacktubeschmack. Jetzt ist es wirklich nicht mehr komisch. Jetzt überschreitest du die Grenze dessen, was als harmlos bezeichnet werden kann. Aber mein linker Arm war weiterhin mit im Spiel, bereit, sich zwischen Kühlschranktür und Rahmen einzuklemmen, um den Fischpudding zurückzulegen.

Plötzlich schien etwas in mir zu bersten. Zum Glück, sollte ich wohl sagen. Ich fiel gegen den Kühlschrank und sank zu Boden. Der Fischpudding entglitt meinem Griff, ich blieb liegen und betrachtete ihn durch einen Tränenschleier. Nun hatte ich ihn auch noch kaputtgemacht. Zerquetscht, so daß er sich fast zweigeteilt hatte. Ich fühlte mich ekelhaft und gar nicht wenig verantwortungslos. Und nun kamen natürlich auch die ekelhaften Gedanken. Ich dachte daran, was der verflixte Astor Alfredsen aus Sunnmøre mir einmal in der neunten Klasse erzählt hatte, nachdem er herausgefunden hatte, daß mein Pausenbrot mit Fischpudding belegt war. Man könnte ja annehmen, daß jemand aus Sunnmøre darüber erhaben wäre, einen Mitschüler zu verspotten, bloß weil der gern Fischpudding auf dem Brot hat, aber nein! Was Astor Alfredsen zu erzählen hatte – und was er vor der ganzen Klasse laut verkündete, während ich mein Pausenbrot verzehrte – war folgendes: Da, wo er herkam, fuhren die Jungen nämlich mit zum Fischen. Ja, er selbst war auch zweimal mit seinem Onkel rausgefahren. Und es sei ganz üblich, fuhr er fort, daß der Pudding noch auf hoher See gekocht werde. Der Pudding sollte nämlich noch dampfend frisch sein, wenn das Boot im Hafen anlegte. Die Leute aus Sunnmøre sind ja bekanntlich äußerst begabt darin, ihre Zeit im Dienste des Profits wohl auszunutzen. Und nun sei es eben so, sagte Astor Alfredsen, daß den jungen Burschen, die unter Deck lauwarmen Pudding stapelten, die Zeit oft recht lang würde. Ihre Gedanken flögen zu ihrer Liebsten daheim. Und mit den Gedanken erwache die Sehnsucht. Und was liege dann näher, als sich ein wenig mit dem zu trösten, was man zur Hand hatte? Wir spitzten unsere Ohren und wollten ihnen dennoch nicht trauen. Doch, doch, meinte Astor – so sehe in dem Landesteil, aus dem er stammte, die Wirklichkeit nun mal aus. Für die Jungen auf See war es ganz üblich, im Halbdunkel unter Deck Verkehr mit dem lauwarmen Pudding zu haben. Ja, sie wetteiferten sogar darin, wer im Laufe einer Schicht die meisten Puddinge aufs Kreuz legen konnte.

Ich war völlig fertig, als ich das hörte. Versuchte, einen Mundvoll gekauten Fischpudding mit Brot mit den Fingern herauszuschmuggeln. Aber nein, das sollte mir natürlich nicht gelingen. Denn jetzt starrten mich plötzlich alle an. Ein Mädchen sagte, »du verdammtes Schwein«, das weiß ich noch. Ich empfand diese Ungerechtigkeit wie einen Fausthieb. War *ich* ein Schwein, weil diese Leute aus Sunnmøre die Gewohnheit hatten, ihre Puddinge zu vergewaltigen? Das war doch völlig absurd! Wo lag da die Moral? Empört versuchte ich wieder, mit den Fingern die gekaute Speise aus meinem Mund zu klauben, diesmal in aller Öffentlichkeit, aber ich muß sagen, daß da meine Klassenkameraden aktiv wurden. Sie stürzten sich auf mich und drehten mir die Arme auf den Rücken. Einige kamen auch von hinten und hielten mir den Mund zu, damit ich den Pudding nicht ausspucken konnte, wir kippten um, ich verschluckte mich, dachte, ich müßte ersticken.

Ich kam wieder auf die Beine. Damals wie heute. Den Fischpudding ließ ich liegen, wohin er gefallen war. Na ja, ich versetzte ihm vielleicht einen kleinen Tritt. Ich spürte zu meinem Ärger, daß ich nach meinem Kampf mit der Kühlschranktür schon wieder verschwitzt war und ekelhaft roch. Beschloß, einfach das Frühstück ausfallen zu lassen und erst mal heiß zu duschen. Ich hatte gerade die beiden obersten Hemdknöpfe geöffnet, als die Türklingel ging.

Das Telefonklingeln ist schon schlimm. Aber das Geräusch der Türklingel ist tausendmal schlimmer. »Ein freundliches Dingdong« hatte Mutter dieses Geräusch genannt. Ja danke! Ich wüßte wirklich gern, was an diesem Dingdong so freundlich sein sollte. Bedrohlich war es. Wie das Geräusch der Glocken in einer Friedhofskapelle.

Ich stand ganz still, all meine Sinne hellwach. Jemand mußte sich verirrt haben. Oder vielleicht trieben da ein paar kleine Rangen ihren Schabernack.

Wieder schellte es. Diesmal hitziger. Ich schrie lautlos auf und preßte mir die Handflächen auf die Ohren. Ein gewaltiger Druck entstand, einen Moment lang fürchtete ich, mein Trommelfell könnte von innen her gesprengt werden oder meine Augen aus dem Kopf quellen. Voller Galgenhumor, wie ich schließlich bin, sah ich vor mir, wie meine Augäpfel durchs Zimmer schossen und mit unisonem Klatschen den Spiegel über dem Waschbecken trafen. Keine Panik, Elling! Tief Luft holen und Muskeln entspannen. Das machte ich und schlich mich auf Zehenspitzen in die Diele. Das war ungeheuer schwer, wie sich herausstellte. Die Muskeln zu entspannen, während man hyperventiliert und auf

Zehenspitzen schleicht, ist sozusagen unmöglich. Aber irgendwie erreichte ich die Haustür doch.

Wer ist da, Elling? Und steht der Betreffende unten oder vor dieser Tür? Die Hausregeln besagten, daß die Haustür immer verschlossen sein sollte, aber ich wußte, daß einzelne Mitbewohner gerade damit sehr nachlässig waren. Ich beugte mich vor und schaute durch den kleinen Spion, den Mutter auf mein Drängen hin angebracht hatte.

Das Gesicht von Eriksen vom Sozialamt sah grotesk aus. Rund und ausgebeult, Nase und Augen schienen auf einen fleischfarbenen Ballon aufgemalt zu sein. Gab es überhaupt fleischfarbene Ballons? Der Gedanke daran, einen fleischfarbenen Ballon zu kaufen, lenkte mich für einen Moment ab, ich verlor das Gleichgewicht und schlug mit der Stirn gegen den Türrahmen.

Eriksen vom Sozialamt begann mich mit seiner Stimme zu nerven. Lieber Elling, hieß es, mach endlich auf, ich bin's doch bloß, Eriksen vom Sozialamt.

Wenn Leute von sich selbst als »nur« reden, werde ich sofort skeptisch. Dann stimmt oft etwas, und zumeist sehr viel, nicht. Außerdem hatte seine Stimme etwas Kriecherisches, das mit Eriksens Gemüt nicht übereinzustimmen schien. Eriksen war kein harter Mann, schon gar kein brutaler, aber kriecherisch war er einwandfrei nicht. Und jetzt kroch er. Er schaffte es sogar, meinen Namen auszusprechen wie ein Mittelding zwischen einer Anklage und einer Bitte um Hilfe. Was ging eigentlich in diesem Mann vor? Erst ruft er an, dann steht er vor der Tür. Ich kam zu dem Ergebnis, daß er etwas auf dem Herzen haben mußte, das mich aus irgendwelchen Gründen anging. Oder von dem er glaubte, daß es mich anging.

Ich hielt es nicht für sehr wahrscheinlich, daß er sich im Laufe von zwei Stunden verwählt *und* verirrt haben konnte. Deshalb zählte ich schnell bis 24 und öffnete die Tür. Mein Lächeln lag im linken Mundwinkel auf der Lauer, ich wollte ihn ein wenig nach unten ziehen, wenn ich ihm von Angesicht zu Angesicht gegenüber stand, ein solches Lächeln machte sich gut, das wußte ich. Diesen Tip verdankte ich einem französischen Schauspieler, an dessen Namen ich mich nie erinnern konnte. Es *war* ein Lächeln, das stand außer Frage. Aber gleichzeitig signalisierte es eine gewisse Härte. Es war ein freundlicher Wink an die Umgebung, daß der Besitzer dieses Lächelns sich nichts bieten lassen würde. Und dazu: meilenweit entfernt von Zynismus und Arroganz. Ein gutes Lächeln, fast perfekt gegenüber einem Mann wie Eriksen vom Sozialamt, einem Mann, der es gewohnt war, seine Würde zu behalten, während die anderer zerfiel.

Er war nicht allein. Das traf mich wie eine schallende Ohrfeige. Mir war klar, daß das von einem Besucher ausgesprochene Wort »nur« in verschiedener Weise gedeutet werden konnte. Aufgrund seines demütigen Tonfalls hatte ich mich dafür entschieden, daß er den durchaus falschen Eindruck erwecken wollte, daß er sich selbst ein wenig verachtete. »Hier ist nur Eriksen vom Sozialamt.« Nichts Besonderes also. Aber die Verwendung dieses Wortes ließ sich auch so deuten, daß er allein war – was ich aus irgendeinem Grunde für selbstverständlich gehalten hatte. Hier ist *nur* Eriksen vom Sozialamt. Er und kein anderer als Eriksen vom Sozialamt.

Nun gut. Er hatte gelogen, egal, wie man sein Wort deuten wollte. Eriksen vom Sozialamt hatte mich auf meiner eigenen Türmatte belogen. Der Mann, den er bei sich hatte, war mir vom Ansehen her durchaus bekannt. Ich wußte auch, daß er Larsen hieß und in Aufgang A im Erdgeschoß wohnte, aber ich hatte noch nie ein Wort mit ihm gewechselt. Mutter hatte ihn immer »Larsen aus dem Erdgeschoß« genannt, und ich wußte, daß er in Verbindung mit unserem Block irgendeine Funktion ausübte, ohne mir über ihr Wesen jemals Gedanken gemacht zu haben. Wie gesagt, ich habe meine eigenen Angelegenheiten zu erledigen. Jetzt aber stand er vor meiner Tür und betrachtete mich, zusammen mit Eriksen vom Sozialamt.

Es kam zu einem kleinen Wortwechsel. Nichts Ernstes, aber es entstanden gewisse Meinungsverschiedenheiten. Sie wollten unbedingt wissen, ob es mir recht sei, wenn sie einen Moment hereinkämen. Ich antwortete wahrheitsgemäß, daß mir das durchaus nicht recht sei. Ich halte mich für einen verhältnismäßig beschäftigten Mann, und nun wollte ich mir außerdem den Schweiß vom Körper spülen. Das erzählte ich ihnen. Aber auf diesem Ohr waren sie taub. Eriksen schlug sogar vor, die Dusche um eine halbe Stunde zu verschieben, was ich natürlich als unangemessene Einmischung in mein Privatleben auffaßte und rundweg ablehnte. Alles mögliche aufzuschieben war ohnehin nie mein Stil gewesen, und ich hatte nicht vor, jetzt damit anzufangen. Ich wies auf Mutter hin, die gerade diese Schwäche verachtet hatte. Dabei kam nur heraus, daß alles mögliche einfach ungetan blieb. Ich hatte ihnen das kaum richtig erklärt, als Larsen aus dem Erdgeschoß mir vorwarf, ich übertriebe. Darauf antwortete ich, daß es nun wirklich Grenzen dafür gebe, was sich ein Mann in einem freien Land von einem Außenstehenden auf seiner eigenen Türschwelle anhören müsse. Und dann griff Eriksen vom Sozialamt nach mir. Er streckte die Hand aus; es konnte so aussehen, als wollte er sie mir auf die Schulter legen. Das gefiel mir nicht. Ich wich zurück, aber sie folgten mir. Und so geschah es, daß sie sich plötzlich und ganz und gar ungebeten in meiner Diele befanden.

Jetzt gab es zwei Möglichkeiten. Ich konnte mich physisch zur Wehr setzen, oder ich konnte die Gastgeberrolle spielen. Sie hatten mich beleidigt, das schon. Sie waren in meinen Hoheitsbereich eingedrungen. Andererseits hatte ich Eriksen vom Sozialamt und Larsen aus dem Erdgeschoß vor mir, hier war durchaus nicht die Rede von zwei brutalen Einbrechern von Arne Molands Kaliber. Wenn ich sie mit bloßen Fäusten angriffe, würde ich außerdem ziemlich sicher verlieren. Zudem hatte ich Angst, daß eine solche Handlung meinerseits dahingehend mißverstanden werden könnte, daß ich ihnen Schaden zufügen wollte; daß sie einfach übersehen würden, daß es mir nur um meine Verteidigung ging.

Also Gastgeber.

Aber nicht irgendein Gastgeber. Ich wollte nicht der geschundene Wirt sein, der sich zu Gastfreundschaft und warmem Lächeln gezwungen fühlt. Nicht der kriechende Barmann, der voller Angst vor Arizona-Kids Jähzorn ihm fast schon die Stiefel leckt und ihm Gratiswhisky vom feinsten einschenkt. Ich wollte der Wirt sein, der unerwartet zwei ganz und gar harmlose Gäste empfängt. Sie kamen mir ungelegen, gerade heute hatte ich sehr viel zu erledigen, aber ich mußte das Beste daraus machen. Deshalb änderte ich abrupt meine Technik, ich erklärte ihnen, daß ich in letzter Zeit sehr viel zu tun gehabt hatte und daß ich außerdem an Schlafproblemen litt. Ich bat nicht um Entschuldigung für die verbale Salve, die ich an der Tür auf sie abgefeuert hatte, ich wechselte einfach auf eine andere Schiene über, was offenbar einen positiven Eindruck auf sie machte, das entnahm ich den raschen Seitenblicken, die sie tauschten, als ich sie auf schlichte Weise herzlich willkommen hieß.

Ich ging davon aus, daß nun von mir erwartet wurde, sie ins Wohnzimmer zu bitten. Also machte ich das. Ich sorgte jedoch dafür, daß ich als erster hineinging. Die Lage hatte nämlich durchaus ihre Komplikationen. Zum Beispiel war die Tür zu Rigemors Zimmer angelehnt, sie mußte um jeden Preis geschlossen werden, und zwar so diskret wie möglich. So, wie wir jetzt standen, war die Brücke zwar nicht zu sehen. Aber ich ging davon aus, daß sie gern auf dem Sofa sitzen würden, und von dort aus mußte ihnen mein Bauwerk einfach auffallen. Jetzt, im nachhinein, erkenne ich, daß mir das mit fast unfaßbarer List gelang. Mit einer Kühnheit, die mir sonst recht fremd ist. Aber die Lage war ja auch extrem. Jede Sekunde konnten mich die beiden Männer, wenn sie wollten, als Voyeur entlarven. Mir standen nur zwei Sekunden zur Verfügung, und diese Sekunden mußten sorgfältig genutzt werden. Ich bat sie deshalb, auf dem Sofa Platz zu nehmen, und wich rücklings zur Wand zurück. Und als sie sich in Bewegung setzten, glitt ich seitwärts an der Wand entlang, bis ich die Tür zu Rigemors Zimmer erreicht hatte. So natürlich, wie ich diese Operation durchgeführt hatte, war ich davon überzeugt, daß sie nicht einmal registrierten, wie ich die Tür hart hinter mir zuzog. Die beiden hatten Sofa und Tisch erreicht und blieben ratlos stehen. Denn auf dem Tisch lagen zwei Sammelalben, und das Sofa war von Stapeln von Zeitungen bedeckt, die ich noch nicht nach Bildern von Gro Harlem Brundtland durchgesehen hatte. Ich hatte die Wahl zwischen zwei Lösungen. Ich konnte, gern gefolgt von einem kurzen, aber harmonischen Lächeln, »zugeben«, daß ich restlos sportverrückt war und deshalb alle Zeitungen nach Artikeln über zum Beispiel Lyn oder Vålerenga durchsah. Möglichkeit Nummer zwei war, gar nichts zu erklären. Und nachdem ich einige Sekunden nachgedacht hatte, entschied ich mich für die letztere Alternative. Von Sport hatte ich nämlich keine Ahnung, während durchaus die Möglichkeit bestand, daß es bei den beiden Herren anders aussah. Ich sah schon, wie ich mich in ein Netz aus Punkttabellen und Toren verstrickte. Außerdem stand um diese Jahreszeit wohl nicht so viel über Fußball in den Zeitungen. Obwohl der Zeitungsstapel immerhin bis in den August zurückreichte.

Ich beschloß außerdem, der Lüge auszuweichen. Mit drei langen Schritten war ich beim Tisch und riß die beiden Sammelalben an mich, worauf ich sie lässig durchs Zimmer und in mein Kinderzimmer warf. Gleichzeitig bedauerte ich die Unordnung, wobei ich jedoch darauf achtete, mich nicht allzu sehr bedauernd anzuhören. Herrgott, wir waren schließlich drei ganz normale Mannsbilder, die ein wenig plaudern wollten, es gab wirklich keinen Grund zur Übertreibung.

Ich sagte ihnen, sie sollten die Zeitungen einfach auf den Boden werfen. Das wollten sie nicht, sagten sie; statt dessen fingen sie an, die Zeitungen in die Ecke hinter dem Fernseher zu tragen. Ich half ihnen natürlich und merkte, daß mir die Situation fast gefiel. Es war fast wie die Nachbarschaftshilfe bei Eriksen. Wir trugen eine Ladung Zeitungen nach der anderen, und ich versuchte, etwas von dem Ton zurückzugewinnen, der unten auf der Reihenhausveranda geherrscht hatte. Dicke Kumpels waren wir wohl eigentlich nicht, aber was nicht war, konnte ja noch werden. Scherzhaft kommentierte ich einen Soßenfleck auf dem Hosenbein von Larsen aus dem Erdgeschoß. Ich fand im Grunde, daß mir etwas von der freundlichen Rauhbeinigkeit gelang, die die Situation erforderte, wie ich mir vorstellte. Darauf biß er jedoch nicht an. Wirkte eher leicht sauer darüber, daß ich den Flecken erwähnte. Kaffee, dachte ich. Kaffee ist immer richtig. Starker, guter Kaffee. Ich selbst trank nicht so viel Kaffee, mir war Tee lieber, aber ich hatte auch Kaffee im Schrank.

Doch, sie wollten Kaffee. Ich bat sie, »sich hinzuhauen«, während ich in die Küche schlenderte und Wasser in den Kessel laufen ließ. Ich spürte ihre Blicke im Rücken. Das gefiel mir nicht. Sie saßen im Wohnzimmer und wechselten kein einziges Wort, während sie meinen Rücken anstarrten. Ich ließ mir jedoch nichts anmerken, setzte den Kessel auf die Platte und schaltete den Herd ein. Und da entdeckte ich den Fischpudding vor dem Kühlschrank. Verzerrt, als hätte ich versucht, ihn zu erwürgen. Soviel ich sehen konnte, lag er außerhalb ihres Blickfeldes. Aber es reichte aus, wenn einer sich ein wenig vorbeugte, um die Katastrophe wahr werden zu lassen. Denn was würden sie davon halten? Die Wahrheit war ja, daß ich in der Aufregung den ganzen Fischpudding vergessen hatte, aber wie sollten sie das erraten? Für sie wäre der Fall klar. Elling war ein Sonderling, der seine Puddinge an die Wand warf. Und das würden sie ihren

Frauen erzählen. Und würden die Frauen, wenn sie das nächstemal ihre Freundinnen trafen, eine so pikante Wahrheit für sich behalten können? Nein. Nie im Leben. Die Burschen, oder »die Jungs«, wie ich sie in Gedanken gern nannte, hätten wohl dichtgehalten, wenn ich ein alter Freund gewesen wäre. Aber so stand ich ja trotz allem nicht mit ihnen – noch nicht. Ich bezweifelte nicht, daß wir noch gute Kumpels werden würden, aber es wäre einfach nicht richtig gewesen, eine Freundschaft mit einem auf dem Küchenboden herumliegenden Fischpudding zu eröffnen. Sich zu bücken und ihn aufzuheben kam jedoch nicht in Frage. Dann würden sie sich garantiert vorbeugen, um zu sehen, was ich da aufhob. Ganz natürlich. Der Mensch ist ein neugieriges Tier. Wieder war eine List angebracht. Ich lehnte mich an den Küchentisch, so, daß sie meinen Kopf, meinen Oberkörper und mein rechtes Bein sehen konnten, und erzählte ihnen was, während das Kaffeewasser langsam heiß wurde. Es war nicht leicht für mich, ein Gesprächsthema zu finden, ich hatte darin nicht viel Erfahrung, aber ich ging davon aus, daß das bevorstehende Weihnachtsfest bei ihnen ein wenig Interesse erwecken konnte. Ob sie schon überlegt hätten, was sie ihren Lieben schenken wollten. Und was sie sich selber wünschten. Sie antworteten zunächst etwas ausweichend, aber dann taute Larsen aus dem Erdgeschoß auf und sagte mit leisem Lachen, daß er seiner Frau Reizwäsche schenken wolle. Aus der Art, wie er das sagte, ging zugleich hervor, daß es das war, was er sich selbst wünschte.

Ich war so dankbar. Eriksen lachte herzlich, und es kam Schwung ins Gespräch. Ein richtig flotter Schwung, wie unter Kumpels. Ich wieherte gutmütig, während ich vorsichtig das linke Bein rückwärts nach Fischpudding und Kühlschrank ausstreckte. Ganz unten am Boden befand sich unter der Kühlschranktür ein querlaufendes Gitter. Als Kind hatte ich mit der Taschenlampe in den engen Raum hinter dem Gitter hineingeleuchtet, er war voller Krümel und Wollmäuse gewesen. Einmal im Jahr oder so hatte Mutter den Kühlschrank vorgezogen und darunter geputzt. Das wollte ich auch tun, sowie diese beiden Burschen fort waren. Zu meinem Glück hatte sich der Pudding durch meinen erbitterten Tritt aus dem fettabstoßenden Papier befreit. Es war ärgerlich, daß ich weder Schuhe noch Pantoffeln trug, aber das half ja nichts. Ich fing an, den Pudding gegen das Gitter zu pressen. Die Fischbrühe durchtränkte sofort meine Socke, aber ich preßte weiter, spürte, daß es mir gelang, der Pudding glitt durch das Gitter. Das geschah nicht im Handumdrehen, das ist klar. Aber daß ich hier an den Tisch gelehnt stand, war im Grunde vollkommen natürlich, wartete ich doch auf das Kaffeewasser. Es brauste leicht aus dem Kessel, gleich würde es soweit sein, aber ich war auch fast fertig mit meiner Arbeit. Meine linke Socke war jetzt zwar triefnaß, aber ich hatte es geschafft. Wenn sich einer von beiden vorbeugte, dann würde er nur zerknülltes fettabstoßendes Papier auf dem Boden sehen, und das erregt in der Wohnung eines Junggesellen doch kein besonderes Aufsehen.

Erst nachdem ich den Kaffee in die guten Tassen eingeschenkt hatte, die Mutter zum fünfundsechzigsten Geburtstag von mir bekommen hatte, ließen sie die Bombe platzen. Ja, ich möchte das so stark ausdrücken. Und was sich mir wie Glasscherben ins Herz bohrte, war die Tatsache, daß sie das gewußt hatten, sie hatten es die ganze Zeit im Kopf gehabt, während ich Kaffee für sie kochte und mir überhaupt alle Mühe gab, damit sie sich bei mir wohl fühlten. Ich hatte sie wie zwei alte Freunde empfangen. Sie hatten meine Gastfreundschaft angenommen, obgleich sie doch wußten, daß sie hergekommen waren, um mein Leben zu zermalmen. Zuerst begriff ich gar nicht so richtig, worauf sie hinauswollten. Sie sprachen nämlich sehr schnell, und dazu noch etwas undeutlich. Ich bekam Wörter mit wie »Geld«, »Schulden« und »Raten«, aber vieles vom Zusammenhang blieb mir schleierhaft. Ich beobachtete ihre Mundbewegungen. Die Lippen von Eriksen vom Sozialamt bewegten sich auf und ab, und hin und wieder konnte ich seine Zunge oder seine Zähne erkennen. Genauso war es mit Larsen aus dem Erdgeschoß. Bei ihm bebte auch der Kehlkopf, und mir fiel auf, daß er sich nachlässig rasiert hatte. Ich begriff, daß sie im Grunde mit mir sprechen wollten, aber trotzdem schienen sie eher miteinander zu reden. Widerwillig folgte ich ihrem stummen Dialog, ungefähr so wie ein Zuschauer bei einem Tennisspiel.

Plötzlich hielten sie inne.

Eriksen vom Sozialamt sah mich an und fragte: »Verstehen Sie das, Elling?«

»Nein«, sagte ich.

Larsen aus dem Erdgeschoß räusperte sich. »Diese Wohnung ist noch längst nicht abbezahlt, Elling. Und mit Ihrer Rente schaffen Sie die monatlichen Raten nicht.«

»Wir helfen Ihnen, Elling«, versicherte Eriksen vom Sozialamt. »Verlassen Sie sich darauf. Wir finden etwas anderes für Sie.«

»Nein«, sagte ich.

Sie ließen nicht locker. Jetzt tat ich ihnen plötzlich leid. So toll könnte es doch auch nicht sein, allein hier zu wohnen. Doch, stellt euch vor, genau das war es. Ganz toll! Ich erhob mich. Ob die Herren freundlicherweise austrinken und verschwinden könnten? Ich hatte noch nie … ich fand keine Worte. Nur einen ekelhaften feuchten Kloß, der in meinem Hals feststeckte. Er wollte weder hoch noch runter, er preßte die Tränen aus mir heraus. Ich sah Eriksen vom Sozialamt an, der noch keinerlei Miene machte, sich zu erheben. Schulden oder was? *Abbezahlt?* Um so was hatte Mutter sich gekümmert, und sie war jetzt tot. Ich war in Trauer, aber sie waren sich nicht zu schade, herzukommen und sich aufzuführen, als ob sie noch lebte. Mutter hatte sich um alles gekümmert, was mit der Wohnung zusammenhing. War das so schwer zu begreifen? Lachhaft geradezu. Was dachten sie denn wohl? Ich hatte wirklich genug zu tun, auch wenn ich mich nicht in Mutters Angelegenheiten mischte.

Aber Eriksen vom Sozialamt redete einfach weiter. Als sei nichts passiert. Gefühllos wie eine Kröte aus Beton. Der Trottel brachte es über sich, mir zu erzählen, Mutter habe seit Jahren Geld bekommen, um mich zu Hause behalten zu können, daß das aber leider nun nicht mehr möglich sei. Ich brauchte jemanden, der ein wenig nach mir sehe, sagte er. Außerdem könne das Sozialamt nicht für mich allein so eine große Wohnung finanzieren.

Was sagte der Mann, Elling? Was sagte Eriksen vom Sozialamt? Er sagte, daß Mutter seit Jahren vom Sozialamt Geld bekommen habe, um »mich zu Hause zu behalten«! Ich hätte eigentlich fragen müssen: Wo sollte ich denn sonst sein? Wo sollte ich sein, wenn nicht in meinem eigenen Heim? Wo sollte Mutter mich »haben«, wenn nicht hier? Mit keinem Wort hatte sie je erwähnt, daß es mit der Wohnung hier, »unserer Burg«, wie sie sie oft nannte, Probleme geben könnte. Mit keinem Wort! Und dann war der Fall doch klar, meinte ich. Wenn ich die Wahl hatte, diesem Eriksen vom Sozialamt zu glauben oder Mutter, dann wußte ich genau, für wen ich mich entscheiden würde. Und was um Himmels willen hatte Larsen aus dem Erdgeschoß hier zu suchen? Machte sich wie ein König auf meinem Sofa breit, ja, jetzt gehörte das Sofa wirklich mir, ich hatte es von Mutter geerbt. Die Tassen hatte ich ihr auch geschenkt. Er saß da, *auf* dem Sofa, *mit* der Tasse, und tat so, als mache er sich Sorgen um mich. Ich erteilte ihm den scharfen Befehl, sofort die Tasse wegzustellen und aufzustehen, einen Befehl, dem er zögernd nachkam. Eriksen vom Sozialamt stand ebenfalls auf. »Jaja, Elling. Lassen Sie das erst einmal sacken. Ich rufe Sie nächste Woche an.« Er streckte die Hand aus.

*Er streckte die Hand aus!* Eriksens Frechheit schien keine Grenzen zu kennen. Ich blickte höhnisch auf seine weiße Hand. Übersät mit winzigen Sommersprossen. Rote Haare bis zum obersten Fingergelenk. Um deutlich zu machen, was ich von diesem Benehmen hielt, hob ich meine eigenen Hände. Klatschte laut hinein und wich dabei leicht zurück. Ihre Schlußfolgerungen sollten sie selber ziehen.

Als sie weg waren, legte sich mein Zorn. Es war ein gerechter Zorn gewesen, aber nun verwandelte er sich in Angst und Verzweiflung. Ich fiel vor dem Sofa auf die Knie und begrub mein Gesicht im Teppich. Hier hatten sie gesessen. Hier hatten diese beiden Hintern gesessen und mir erzählt, daß ich in meinem eigenen Heim nichts mehr zu suchen hätte. Hatte das Ganze ein Witz sein sollen? Trieben gute Freunde solche Scherze miteinander? Ich wußte es nicht. Ich wagte nicht, es zu glauben. Ich weinte und rief nach Mutter. Wenn die beiden die Wahrheit gesagt hatten – warum hatte Mutter mich dann in diese Schwierigkeiten nie eingeweiht? Warum war sie Jahr für Jahr zu Eriksen vom Sozialamt gegangen, ohne mir etwas zu sagen?

Ich glitt nach unten und drehte mich auf den Rücken. Als ich die Augen öffnete, sah ich hinauf ins Gewölbe einer riesigen Kathedrale. War ich tot? Es roch so seltsam. Zu beiden Seiten ahnte ich Säulen, die strebten zur Decke hinauf und verflochten sich unter dem Gewölbe zu einem komplizierten Muster. Von weit her vernahm ich Orgelmusik. »Mutter?« fragte ich vorsichtig. »Mutter?«

Dann war ich wieder da. Ich hatte mich bepißt, und meine linke Socke roch nach Fischpudding. Ich duschte zweimal und knallte ein wenig mit der Kühlschranktür. Dann legte ich einen Waschgang mit der Maschine ein und beschloß, daß ich nicht mehr Elling sein wollte. Ich wollte das einfach nicht. Von jetzt ab wollte ich Bjørn Grettun sein.

Bjørn Grettun hatte ich mit dreizehn Jahren kennengelernt. Als ich fünfzehn war, war er aus meinem Leben verschwunden. Sommer für Sommer hatte er meinem Leben für einige Wochen seinen Stempel aufgedrückt. Und als sich unsere Wege trennten, wußte ich, daß wir uns nie wiedersehen würden. Ich werde ihn nie vergessen.

Ich weiß nicht, wie ich in diese christlichen Sommerlager unten in Vestfold geraten war. Vielleicht, weil Strand nicht so weit weg von Sandefjord lag, unserem sommerlichen Hauptquartier. Die Sommerferien waren ja lang, und vielleicht hatte Mutter Lust auf zwei Wochen für sich. Religiös war sie nicht, ihre Absichten waren also höchst irdisch gewesen. Mir egal. Mir gefielen diese Lager. Man mußte natürlich zu Hause vor den Grobianen aus der Klasse dichthalten, was solche Eskapaden anging, aber das war kein Problem. Ich war daran gewöhnt, mit dem meisten dichtzuhalten.

Bjørn Grettun war einer der Leiter während meiner beiden Sommer unten in Strand. Er war wohl so Mitte Zwanzig, stelle ich mir vor, aber uns Jungen erschien er natürlich uralt. Er hatte kurze blonde Haare und trug immer Jeans, ein hellblaues Hemd und einen weißen Pullover, den er manchmal normal trug und sich manchmal über die Schultern warf. Ich fand ihn fesch, die anderen fanden ihn streng. Er war auch streng. Fast ein wenig alttestamentarisch, was die Bibelauslegung betraf. Aber er war auch sehr gerecht. Er konnte auf hundert verschiedene Weisen den Namen Jesus sagen. Konnte ihn so weich wie Lamm oder Gelee klingen lassen – oder so hart wie Satan. Wenn Bjørn Grettun die Morgenandacht leitete, die Vormittagsandacht, die Nachmittagsandacht oder die Abendandacht, ganz zu schweigen von den eher lockeren Zusammenkünften am Lagerfeuer, dann hatte er die Fähigkeit, Jesu Leben und Lehre ins Jetzt zu bringen. Er verfügte über eine tadellose Fähigkeit, Parallelen zwischen Ereignissen in Galiläa und Ereignissen in Vestfold zu ziehen, Ähnlichkeiten zwischen dem Jahr 14 und dem Beginn der 70er Jahre. Er ließ den Erlöser zwischen Bootsschuppen und Fertighütten so mitreißend erscheinen, daß ich zumindest mehr als einmal glaubte, am Rande des Lagerfeuerscheines eine weißgekleidete Gestalt zu erblicken. Ich kam aus einem Haus, in dem der Name Jesu nur ein seltenes Mal fiel, und während des Schuljahres interessierte mich der Religionsunterricht ebensowenig wie meine Klassenkameraden. Trotzdem weiß ich noch, daß ich in den zweimal zwei Wochen, die ich in Strand verbrachte, intensiv über Jesu Leben und Lehre nachgrübelte. Was mich am meisten überraschte, war, daß er so lieb, ja, so gütig sein konnte – und gleichzeitig ganz und gar kompromißlos. Wenn man von einem gewissen Ausflug in die Wüste absah, wo er dem Teufel persönlich begegnete (und wahrlich, wahrlich schwankte), konnte man leicht den Eindruck totaler Kontrolle erhalten. Er besaß Gerechtigkeit, aber gleichzeitig benutzte er sie auf höchst überraschende Weise. Hatten wir nicht alle gelernt, Frauen zu verachten, die für Geld ihren Körper verkauften? Doch. Wir waren noch nicht sehr alt, aber das hatten wir immerhin mitbekommen. Aber Jesus verteidigte sie. Konsequent hielt er zu denen, die ganz unten in der Gesellschaft standen, während er auch die nicht im Stich ließ, die ganz oben mit ihren Problemen kämpften. Ich glaube, die Grundlagen meines Bildes von der Sozialdemokratie als einzig gangbarem politischem Weg wurde dort unten geschaffen. Ein Gläubiger zu werden gelang mir nie, obwohl ich natürlich in Strand das Spiel spielte, das von mir erwartet wurde. Aber später muß ich mehr oder weniger unbewußt auf diese christliche Grundlage zurückgegriffen haben, wenn ich mit den verschiedenen politischen Richtungen konfrontiert wurde. Ich will nicht blasphemisch werden und Gerhardsen oder Gro mit Jesus Christus vergleichen, und doch ist etwas dran ... Man kann jedenfalls sagen, daß die alten sozialdemokratischen Kämpfer, ja, die ganze Arbeiterbewegung, davon besessen waren, das Paradies auf die Erde zu holen. Kein Paradies des Überflusses, kein Land von Milch und Honig, sondern ein nüchternes Paradies. Ein Paradies voller VWs und Supermärkte, praktischer Blocks und Gewerkschaftsarbeit. Und das war ihnen gelungen. Das ließ sich einfach nicht leugnen. Daß einige VWs und Blocks ebenso verspotteten wie Tiefkühlpizza und Fischstäbchen, war mir egal. Genauso wie das Gefasel der politischen Weltuntergangspropheten, die behaupteten, daß das soziale Netz jetzt zerreiße, verschwinde. Ich hatte, wie gesagt, meine Rente. Und eine gewisse Portion Demut.

Bjørn Grettun gelang es wirklich tadellos, die großen Daseinsfragen mit den alleralltäglichsten Geschehnissen in Verbindung zu setzen. Er machte uns klar, daß es Aufruhr gegen Christus bedeutete, wenn wir nach zehn Uhr auf dem Zimmer kicherten. Er brachte den Kicherer dazu, aufzustehen und seine Fehltritte zu bekennen. Und dann vergab Bjørn Grettun ihm. Zu meinen stärksten Erinnerungen an diese Sommerlager gehören die an zwei Jungen, die auf frischer Tat ertappt worden waren, im wahrsten Sinne des Wortes mit heruntergelassenen Hosen, während sie sich mit einer pornographischen Zeitschrift amüsierten. Bjørn Grettun lud darauf zum außerplanmäßigen Gottesdienst im Versammlungssaal. Die beiden Sünder mußten neben Bjørn Grettun stehen bleiben, während er eine donnernde Predigt über die Fleischeslust hielt. Nach mehr als einer Stunde ließ er die beiden selbst zu Wort kommen. Stammelnd und stotternd und mit tomatenroten Gesichtern gestanden sie, daß sie es so getrieben hatten wie der alte Onan. Aber als Bjørn Grettun wissen wollte, ob sie »einander berührt« hätten, antworteten sie erleichtert »nein«. Und Bjørn Grettun vergab unter Zweifeln. Ich weiß, daß sich das seltsam anhören kann, aber ich verspürte immer den heimlichen Wunsch, von Bjørn Grettun auf ruhige Weise zurechtgewiesen zu werden. Der bloße Gedanke daran, vor allen anderen so dastehen zu müssen wie die beiden Onanierer, ließ mich vor Angst schwindlig werden – diese Situation wünschte ich mir nicht. Nein, was ich mir wünschte, war eine sanfte Zurechtweisung. Ich wünschte mir, daß Bjørn Grettun mich beim Verlassen des Speisesaals zu sich riefe. Ich wollte, daß er mir einen Arm um die Schultern legte und mich fragte, wie ich es denn mit Jesus hielte. Ich sei ihm in letzter Zeit nämlich aufgefallen. Ich sei beim gemeinsamen Gebet so ausweichend gewesen. Gingen mir etwa glaubensfeindliche Gedanken durch den Kopf? Auf diese Frage würde ich schweigen. So lange wie möglich. Ich würde spüren, wie der schmerzhafte Knoten in meiner Brust sich immer mehr straffte. Erst unten am Strand, während ein Austernfischer über den Wasserspiegel flöge, würde ich schluchzend gestehen, daß es mir an Glauben fehlte. Daß ich mir nicht vorstellen könne, daß Jesus die Sündenlast von meinen Schultern genommen habe. Und Bjørn Grettun würde den Arm von meinen Schultern nehmen, sich mir zuwenden und mich hart und sanft zugleich ansehen; ich war davon überzeugt, daß ihm das gelingen würde. »Elling!« würde er mir sagen und mir in die Augen schauen. »Daß du mir das nicht erzählt hast, ist eine große Sünde. Aber es ist möglich, um Glauben zu beten. Und jetzt werden du und ich zusammen beten. Willst du das?«

Danach stellte ich mir zwei Varianten vor. Welche ich wählte, hing damit zusammen, wie müde ich abends im Bett war. Wenn ich nach Fußball und Geländelauf erschöpft war, nahm ich die Kurzversion. Bjørn Grettun und ich allein am Strand. Seine sonnenwarmen Arme um mich gelegt, während er dem Herrn das Problem Elling vortrug. Ich stellte mir die befreiende Wirkung vor, die das auf mich haben würde, das Glücksgefühl, die *Gewißheit* von Gottes Nähe, die mir nun zuteil werden sollte. Ich würde vom Heiligen Geist erfüllt werden, ich würde in die Führerhütte einziehen, an der Gemeinschaft der Erwachsenen teilhaben. Meine Altersgenossen, deren Christentum oft kaum zu bemerken war, sollten von mir aus lachen, Süßigkeiten in sich hineinstopfen und fluchen. Wir in der Führerhütte saßen nach zehn Uhr abends bei einer Tasse glühendheißen Tees und sprachen leise über Zweifel und Glauben und Schuld und Sühne. Wir beteten gemeinsam, und wir vergaben einander.

Die zweite Version war dramatischer, und sie hatte eigentlich mehrere Enden. Hier riß ich mich los aus Bjørn Grettuns Armen, rannte weinend ins dichte Unterholz und verschwand in der Dämmerung. Bjørn Grettun hinterher, in seinem weißen Pullover. Seine Rufe waren erfüllt von Angst und Fürsorge. Er hatte mich nicht so erschüttern wollen. Aber das hatte er getan, er, Bjørn Grettun, hatte seinen Fuß dicht neben das Nachtlager der Schnepfe gesetzt, die ich tief in mir versteckte, jetzt stürzte der Vogel sich mit pochendem Herzen und dünnem Schrei in die Wildnis der Seele. Bjørn Grettun hinterher. Ich stolperte und fiel. Dornbüsche kratzten mich blutig. Weiter, weiter! Bjørn Grettun hinterher. Er begriff jetzt den Ernst der Lage. Er begriff, daß die Welt eines Knaben eingestürzt war, als er ihm unten am Strand die sanfte und doch schicksalhafte Frage gestellt hatte. Mehr denn je war es wichtig, den kleinen Elling festzuhalten, ihn in den Arm zu nehmen und um Gnade zu beten. Aber Elling war vor Angst und Verzweiflung wie geblendet. Gottlos lief er durch die Nacht, ganz ohne Sinn und Ziel. Bjørn Grettun hinterher: »Du kannst Jesus nicht davonlaufen!« rief er hinter mir her. Und diese Worte trafen mich zwischen den Schulterblättern wie eine Messerspitze. Ich sank um und blieb keuchend liegen, während mich ein unsichtbarer Kiefernzweig in die Wange stach. Und dann war Bjørn über mir. Bjørn Grettun. Manchmal, wenn ich nicht besonders müde war, kam es vor, daß ich mich in einen Abgrund oder einen reißenden Fluß fallen ließ. Bjørn Grettun suchte und fand. Unter eigener Lebensgefahr seilte er sich in stockdunkler Nacht an der Felswand ab oder tauchte hinter mir her in die Strudel. Und immer fand er mich. Jedesmal. Manchmal lag ich im Sterben. Dann lächelte ich ihn schwach an, und er zog das Neue Testament aus der Hosentasche und knipste ein Feuerzeug an, obwohl er nicht rauchte. Wir redeten leise miteinander und gewannen Klarheit über den Text, ehe ich in den Tod segelte – den Schlaf. Oder ich erholte mich wieder und wurde zum Führer der anderen Jungen erhoben, zum Führer in einer Gemeinschaft anderer Führer. Das hing alles so von meiner Form am betreffenden Abend ab.

Nach der Mißhandlung, die Elling durch Eriksen vom Sozialamt und Larsen aus dem Erdgeschoß erfahren hatte, verspürte ich ein drängendes Bedürfnis, einen

Teil des Schmerzes und des Unglücks auf eine andere Identität zu überführen. Der Bjørn Grettun meiner Gedanken erhob sich vor mir wie ein strahlender Stern. Wo der wirkliche Bjørn Grettun war, wußte ich nicht, er konnte durchaus tot sein. Der Bjørn meiner Gedanken faszinierte mich. Ich glaubte, seine starken Arme um mich zu spüren. Hörte seine Stimme, die mir erzählte, daß ich ein Bursche sei, der es verdiene, daß man sich um ihn kümmere. In Wirklichkeit hatte er in den vier Wochen, die wir zusammen im Lager verbracht hatten, nicht *einmal* direkt zu mir gesprochen. Ich war ein stiller Junge gewesen, der immer hinter den anderen stand, auf dem Fußballplatz war ich praktisch unsichtbar. Beim Orientierungslauf war ich niemals Nummer 1, 2 oder 3. Aber auch nicht der Letzte, den Bjørn Grettun immer tröstete – sondern zum Beispiel Nummer 16 oder 22. Er sah mich nicht, aber ich sah ihn.

Bjørn Grettun, dachte ich. Jetzt stürze ich wieder mit hängender Zunge in den nachtschwarzen Wald. Etwas sagt mir, daß ich mich dem Abgrund nähere. Jetzt mußt du kommen und mich in deine sonnenwarme Umarmung holen. Sonst stürzt Elling.

Während die meisten Leute sich an diesem Abend die Fernsehnachrichten ansahen, ging ich hinunter zum Grevlingstien Nr. 17 B und klebte Bjørn Grettuns Namen in das freie Feld unter der Klingel von Arne Molands Nachbarwohnung.

Blöd? Schon möglich. Aber als ich wieder zu mir nach oben kam und in Rigemors Zimmer ging, glaubte ich, dort unten hinter dem Fenster eine leichte Bewegung wahrzunehmen. Für einen kurzen Moment.

Bjørn Grettun sitzt im dunklen Zimmer. Ich glaube nicht, daß er betet. Ich glaube, er hat seinen Gott verlassen oder Gott ihn. Und noch eins: Ich glaube nicht, daß das eine Rolle spielt. Ich bin nämlich davon überzeugt, daß Bjørn Grettun, mit oder ohne Gott im Rücken, über genau dieselben Qualitäten verfügt, die damals, vor vielen Jahren, in Strand in mir eine solche Schwäche für ihn erweckt haben. Bjørn Grettuns Name war für mich immer synonym mit festem Willen und einem unermüdlichen Gerechtigkeitssinn. Und genau so einen Verbündeten brauche ich jetzt.

Erst etwas später, als ich sah, wie sich Rigemor Jølsen mit einer Gießkanne ihren kranken Topfblumen näherte, ging mir wirklich auf, was Eriksens Botschaft bedeutete. Erst jetzt traf sie mich ins Mark. Sie wollten mich aus meinem Elternhaus verjagen. Nicht mehr und nicht weniger. Habe ich gesagt: »Nicht mehr und nicht weniger«? Unfug! Denn es war mehr. Was bedeutete es denn, daß er kurz darauf gesagt hatte, daß jemand »ein bißchen nach mir sehen« müßte? Was meinte er damit eigentlich? Beim bloßen Gedanken, daß jemand »ein wenig nach mir sehen« könnte, wurde mir schon übel. Es geht nämlich nicht, »ein wenig« nach jemandem zu sehen. Entweder übt man die volle Kontrolle über einen anderen Menschen aus, oder man bleibt weg. Eriksen vom Sozialamt hatte hier gestanden – mitten in meinem Heim, in meinem Elternhaus, einem Heim, das ich mir jetzt angeblich nicht mehr leisten konnte – und mit mir gesprochen wie mit einem Zwölfjährigen, der etwas schwer von Begriff ist und gerade seine Mutter verloren hat. Warum hatte er die Tatsache übersehen, daß er vor einem gutgewachsenen Mann von zweiunddreißig Jahren stand, einem Mann, der sich sogar zweimal täglich rasieren mußte, um präsentabel auszusehen – und der das auch tat? Doch, das ist die pure Wahrheit. Zweimal täglich. Sommers wie winters. In Sonne, Regen, Schnee und Nebel. Es war dieser Mann, ein gewisser Elling, ein Meter zweiundachtzig auf Socken, von dem Eriksen vom Sozialamt glaubte, er brauche eine gewisse Aufsicht. Ein Mann, der jeden Monat seine Rente abhob und andere Menschen ansonsten in Frieden ließ. Wenn ich die Zeitungen richtig verstanden hatte, dann waren derzeit die Leute in den Sozialämtern restlos überarbeitet und mit allem im Rückstand. Eriksens Vormittagsbesuch hier in meinem Heim bestätigte den Verdacht, den ich die ganze Zeit über gehegt hatte, nämlich, daß das der pure Unfug war. Eriksen vom Sozialamt hatte Zeit genug.

Ich fing wieder an zu weinen. War einfach total verzweifelt. Sie wollten mich hinauswerfen! Was sollte dann aus mir werden? »Wir finden schon etwas für dich«, hatte Eriksen vom Sozialamt gesagt. Aber wer war »wir«, und was war »etwas«? Ich sah ein winziges Zimmerchen vor mir, ein etwas geräumigeres Kabuff, genauer gesagt, in einer wildfremden Satellitenstadt. Ich stellte mir vor, wie die Tür dieses Zimmerchens mehrere Male pro Stunde geöffnet wurde, vielleicht alle fünf Minuten, von einem Menschen, der »ein wenig nach mir sah«. (Ach, du machst ein Nickerchen auf dem Sofa, Elling? Stehst wieder ein bißchen am Fenster. Wanderst eine Runde durchs Zimmer, was? Gönnst dir ein Brot mit Krabbenkäse, oder etwa nicht? Ja, ja. Ich wollte ja nur mal reinschauen. Ein wenig nach dir sehen. Mach's erst mal gut. Wir sehen uns in viereinhalb Minuten.) Es war unerträglich!

Rigemor Jølsen hatte fertiggegossen, war aber noch einmal zu ihren Topfblumen zurückgekehrt und zupfte, getreu ihrer Gewohnheit, die verwelkten Blätter ab. Was in aller Welt war bloß los mit diesen Pflanzen? Was machte sie bloß, daß sie immer wieder eingingen? Ich griff zum Teleskop und kam so dicht an ihr Gesicht heran, daß ich hochfuhr. Sie schien mir in die Augen zu blicken, aber das war natürlich eine Täuschung. Jählings riß sie sich los, und ich fand sie bald darauf in der Küche wieder, wo sie sich am Herd zu schaffen machte. Ich konnte nur ihren Rücken sehen. Sie will sich wohl ein Täßchen Kaffee machen, überlegte ich mir. Eine Tasse richtig guten Kaffees, mit dem sie es sich vor einem Fernsehquiz gemütlich machen wollte. Und ich dachte wieder: Wie Bilder doch trügen können! Was konnte unschuldiger sein als das Bild einer alternden Frau, die sich mit einer Tasse richtig guten Kaffees vor den Fernseher setzt? Fast nichts. Aber wenn ich jetzt mein Wissen dem hinzufügte, was ich da sah (oder was ich vermutlich gleich sehen würde), dann wirkte alles ganz anders. Dann sah ich nämlich eine alternde Diebin, die vor dem Fernseher saß und eine Tasse heißen Diebesguts schlürfte. Vielleicht tunkte sie auch ein gestohlenes Plätzchen in die Tasse, was wußte denn ich! Das einzige, was ich mit Sicherheit wußte, war, daß das Projekt, das ich erst kürzlich begonnen hatte, das Projekt, das durch eine sorgfältige Sammlung von Informationen mein Verständnis von Rigemor Jølsen aufbauen sollte, ruiniert werden würde. Weil Eriksen vom Sozialamt es sich zum Ziel gesetzt hatte, mich aus dieser Wohnung zu vertreiben. Zum erstenmal in meinem Leben hatte *ich* mir das Ziel gesetzt, mich einem anderen Menschen zu nähern, mit

Hilfe einer Methode von fast wissenschaftlichem Charakter an ihn heranzukommen. Und da taucht Eriksen vom Sozialamt auf und fragt, ob eine kleine Plauderei gelegen sei. Nein, sage ich. Doch, sagt er. Und mitgebracht hat er Larsen aus dem Erdgeschoß, einen Mann, den ich persönlich mehr als einmal sternhagelvoll erlebt habe. Doch, meinen sie. Und sie drängen mich fast in mein eigenes Heim, das Heim, aus dem sie mich verdrängen wollen. Aber erst wollen sie Kaffee. Und Elling kocht Kaffee und denkt sich nichts Böses. Elling lacht laut und herzlich über das dumme Gerede von Larsen aus dem Erdgeschoß, während er, um einen gewissen Standard beizubehalten (von dem er glaubt, daß die beiden ihn erwarten), den Fischpudding mit einer ganz sauberen Socke unter dem Kühlschrank zerquetscht. Ich schnappte vor Empörung nach Luft, aber gleichzeitig verlor ich den Faden, als ich in Rigemor Jølsens Wohnzimmer eine Bewegung ahnte. Und dabei sah ich Rigemor Jølsen doch gleichzeitig in der Küche!

Ich sah, wie ein Arm sich auf eine Armlehne legte. Es war dieser Arm, der sich einen Moment lang bewegt hatte. Jetzt sah ich auch, daß sich im Sessel ein Körper befand. Ich hatte das auf den ersten Blick nicht bemerkt, da der Stoff des Kleides (grau gesprenkelt) fast identisch war mit dem Sesselbezug, dem Bezug eines Sessels, den ich innerhalb weniger Abende als Rigemor Jølsens zu betrachten gelernt hatte. Das Gesicht der Frau im Sessel wurde vom Vorhang verdeckt.

Hier geschieht etwas von einem gewissen Interesse, Elling. Rigemor Jølsen hat Besuch. Und die Besucherin ist schon länger hier. Diese Besucherin hat in Rigemor Jølsens Sessel gesessen, während Rigemor Jølsen selbst sich mit ihren sterbenden Topfblumen beschäftigte. Dicht daneben. Eine enge Freundin. Man unterhält sich nämlich nicht mit seinen sterbenden Topfblumen, wenn man Besuch von einer eher entfernten Bekannten hat.

Dieser Besuch nervte mich etwas. Ich sah natürlich ein, daß Rigemor Jølsen ihr eigenes Leben leben mußte und daß sie mit Fug und Recht beschloß, für eine ihrer allerbesten Freundinnen die Gastgeberin zu spielen. Trotzdem mußte ich zugeben, daß ich eine stille Hoffnung genährt hatte, Rigemor Jølsen für mich zu haben. Ein Hauch von Eifersucht vielleicht? Vielleicht. Das wollte ich mir jedoch nicht nachsagen lassen, und deshalb beschloß ich, das Ganze in positivem Licht zu sehen. Denn die Sache würde sich natürlich anders gestalten, wenn Rigemor erst in der Küche fertig war. Dann konnte ich sie nämlich mit dieser fremden Person sehen, und ich ahnte schon, daß ich dann weitere Teile zu meinem Puzzlespiel Rigemor Jølsen bekommen würde. Zwar hatte ich erst vor wenigen Minuten beschlossen, nicht mehr Elling, sondern lieber Bjørn Grettun zu sein. Aber man mußte ja auch zu seinen Prinzipien stehen. Sich an die Entscheidungen halten, die man für sich selbst getroffen hatte. Ich hatte ja eingesehen, daß mein Projekt zum Tode verurteilt war, wenn Eriksen vom Sozialamt seinen Willen durchsetzen konnte. Aber dennoch: Ich hielt aus, ich machte weiter. Bjørn Grettun sollte so lange im Dunkeln sitzen.

Jetzt kam sie, Rigemor Jølsen, aus der Küche. Und auf ihrem Tablett standen nicht nur Kaffeetassen. Es gab darauf auch etwas, das ich für Waffeln hielt, sowie eine Marmeladenschüssel. Nun ja, dachte ich. Wer Besuch von einer lieben Freundin hat, knausert eben nicht. Da holt man das Beste hervor, das es nur zu stehlen gibt. Dieser Gedanke ließ mich kichern, und ich schockierte mich selbst mit der Erkenntnis, daß ich ihre Mausereien nicht mehr so schrecklich ernst nahm. Sie hatte das wohl noch von damals, als sie im Krieg Lebensmittel ertauscht hatte.

Aber dann passiert es. Das, was mich alle Stachel ausfahren, was mich zu meiner moralischen Basis zurückspringen und alles glasklar sehen läßt. Denn Rigemor Jølsen hat ihr Tablett noch nicht abgestellt, als sich ein äußerst bekanntes Gesicht vorschiebt. Ganz richtig. Die Rattenfrau!

Ich war so enttäuscht. Nicht von der Rattenfrau – sie war ja, wie sie war, eine verkrüppelte Persönlichkeit, ein Mensch ganz und gar ohne Substanz. Nein, meine Enttäuschung galt voll und ganz Rigemor Jølsen, einer Person, die ich durch meine genauen Beobachtungen nicht nur auf eine etwas spitzfindige Art liebte, sondern für die ich auch eine gewisse Verantwortung fühlte. Ich wußte, daß sie eine Diebin war, aber ich verriet sie nicht. Daß das für mich eine Belastung war, müßte jeder verstehen können. Ich bin ein Mann, dem die Ehrlichkeit über alles geht. Und mein Schweigen machte mich rein juristisch und moralisch immerhin zu ihrem Mitschuldigen. Aber ich hatte alles verschwiegen, weil ich damit gerechnet hatte, sie durch einige äußerst diskrete Bemerkungen wieder aufs richtige Gleis zu bringen. Noch nachdem mir aufgegangen war, daß ich dazu vielleicht keine Zeit mehr haben würde, weil Eriksen vom Sozialamt und Larsen aus dem Erdgeschoß es sich zum Ziel gesetzt hatten, mir mein Leben zu verhunzen, hatte ich geschwiegen und mich im Grunde mit ihr solidarisiert. Ich akzeptierte nicht, was sie getan hatte. Aber ich dachte an das, was die Reedersgattin gesagt hatte, daß die Einsamkeit eine schlimme Triebfeder sei.

Aber jetzt. Hier nimmt sie dieses Gewürm unter ihre Fittiche und serviert ihm Waffeln und Kaffee! Einem Menschen, dem sie noch vor wenigen Tagen die Tür weisen mußte! Daß die Rattenfrau keinen Stolz besaß und deshalb nach zwei Tagen wieder angekrochen kam, war verständlich. Sie wußte es nicht besser, sie reagierte mit dem, was sie hatte, und das war nun wirklich nicht viel. Aber daß Rigemor bereit war, sich zu erniedrigen, indem sie einfach alles überspielte, jaja sagte und zu Kaffee und Waffeln einlud, war mir ein tragisches Rätsel. Um ganz ehrlich zu sein: Ich war wütend. Ich hatte eine Stinkwut, wie man sagt. Da saßen sie und lachten und scherzten miteinander, während sie Diebesgut schlürften. Noch vor wenigen Tagen hatte ich zu der Ansicht geneigt, daß die Rattenfrau für Rigemor Jølsen eine Gefahr bedeutete. Jetzt sah ich ein, daß ich mich vielleicht geirrt hatte. Daß es möglicherweise umgekehrt war. Denn wie sollte ein grauer Schatten wie die Rattenfrau je ein siegessicheres Vollschiff wie Rigemor Jølsen beeinflussen können? Eine Person, die in den feschsten Robin-Hood-Kostümen einhersegelte und sich mit größter Gemütsruhe im Postamt korrekt betrug? War sich die Rattenfrau über die Schattenseite dieses strahlenden Wesens im klaren? Wußte sie, daß Rigemor Jølsen nur einen Teil, einen kleinen Teil der Lebensmittel bezahlte, die sie Tag für Tag aus dem Supermarkt nach Hause trug? Und lachten die beiden jetzt darüber? Wetteiferten sie darum, wer von ihnen im Laufe eines ganz normalen Werktages den größeren Wurf tun konnte?

Nein. Das glaubte ich nicht. Ich glaubte, daß die Diebereien Rigemor Jølsens bestbewahrtes Geheimnis waren. Ich ging davon aus, daß sie vor Scham vergehen würde, sollte irgend jemand davon erfahren.

Und kaum hatte ich den Gedanken gedacht, als Bjørn Grettun sich einschaltete und offen sagte, diese Schande würde ihr nur guttun. Und warum eigentlich nicht? Bjørn Grettun wußte immerhin, wovon er redete. Jahr um Jahr hatte er die Sünder dazu gebracht, vor die Versammlung zu treten und ihre Sünden zu bekennen. Beinhart für die Betreffenden natürlich, aber ich zweifelte nicht eine Sekunde daran, daß das half. Niemand würde mich von etwas anderem überzeugen können. Wenn zwei Jungen vor einen vollbesetzten Saal gestellt und gezwungen werden, in aller Ausführlichkeit über ihre lichtscheue Betätigung zu berichten, dann tut das weh. Vor allem, wenn sie wissen, daß im Saal hundertfünfzig Jungen sitzen, die *nicht* erwischt worden sind, als sie genau dasselbe taten. Was man den Leuten im Saal in einem solchen Moment klarmacht, ist, daß man ein Supertrottel ist, der sich auf frischer Tat hat ertappen lassen. Und so ein Trottel war in vieler Hinsicht auch Rigemor Jølsen. Sie war zwar durchtrieben in ihrem Handwerk, das war mir aufgefallen. Schlau wie eine Natter. Aber doch nicht durchtrieben, nicht schlau genug, um der Beobachtung durch einen Mann namens Elling zu entgehen. Und was ich gesehen hatte, konnten auch andere sehen. Dennoch war mir klar, daß Bjørn Grettuns Meinung über diese Angelegenheit oder eher seine Meinung über das, was hier zu tun sei, auf einer gewissen gewohnheitsmäßigen Machtausübung beruhte. Wir befanden uns zur Zeit nämlich nicht im Sommerlager in Strand. Es war unmöglich, einen Hocker auf den Platz vor dem Einkaufszentrum zu stellen und Rigemor Jølsen dazu zu zwingen, daß sie vor der gesamten Satellitenstadt ihre Fehltritte bekannte. Und ihr einfach mit Behauptungen über ihren Verrat an der Gemeinschaft zu kommen, wäre einfach töricht gewesen. Ebenso dumm wie die schweinischen Behauptungen, die mit Filzstift auf die Wände der Herrentoiletten in der Cafeteria geschrieben waren.

Das sah Bjørn Grettun ein. Und nicht nur das. Er wollte auch anrufen und ihr klipp und klar sagen, was hier Sache sei. Und wie die Sache seiner Ansicht nach angegangen werden müsse. Ein Mann namens Bjørn Grettun kannte ihre schlimmste Schwäche, und er war bereit, dichtzuhalten, wenn sie augenblicklich, aber wirklich *augenblicklich*, damit aufhörte. Sie brauchte sich nicht einzubilden, daß hier ein langsamer Ausstieg erlaubt sein könnte. Bjørn Grettun, ein Mann, der unter demselben Dach lebte wie sie, würde nicht hinnehmen, daß sie auch nur an jedem Heiligen Abend eine Praline zu einer Krone stahl. Bjørn Grettun wollte sie auch darauf aufmerksam machen, daß er empört sei über die Aussicht, daß sein guter Freund, ein ungewöhnlich solider Bursche, dessen Namen er nicht zu nennen wünschte, aller Wahrscheinlichkeit nach aus seinem Elternhaus geworfen würde. Während sie, eine Verbrecherin, sich offenbar so sicher fühlen konnte, daß sie mit einer Freundin von, gelinde gesagt, unvorteilhaftem Äußeren lachte und Kaffee trank. Und worüber lachten sie, wenn er bitten durfte? Doch wohl nicht über eine Geschichte, die ein gewisser Eriksen mit Verbindung zum Sozialamt erzählt hatte und die sie in unbezwinglich muntere Stimmung versetzte?

Lachten sie über *mich*? Bjørn Grettun wählte mit energischem Zeigefinger ihre Nummer.

Das war lustig, denn gleich beim allerersten Klingeln zuckte Rigemor Jølsen da unten im Wohnzimmer im Grevlingstien 17 B zusammen. In aller Eile wackelte sie in die Diele.

Gleich darauf sagte jemand am anderen Ende der Leitung: »Hallo.« Rigemor Jølsen natürlich. Aber jetzt konnte ich einfach nicht mehr Bjørn Grettun sein. Ich war mit anderen Worten voll in die Falle getappt. Denn während sie immer wieder ihr Hallo wiederholte, wuchs der Druck auf mein Gehirn, mein Schädel wurde zum aufgeblasenen Ballon. Jedes Wort, das sie aussprach, war wie ein gewaltiges Blasen, das das dünne Gummi platzen zu lassen drohte. Bitte! schrie in mir eine fremde Stimme. Auflegen!

Als sie das schließlich tat, war ich ganz erschöpft vor Erleichterung.

Auf ein neues, dachte offenbar Bjørn Grettun, als Rigemor Jølsen es sich gerade wieder gemütlich gemacht hatte. Mit wütenden Bewegungen wählte er noch einmal die betreffende Nummer.

Rigemor Jølsen war wieder beim ersten Klingeln auf den Beinen. Jagte wie ein geölter Blitz in die Diele. Wieder ein Hallo, gefolgt von einem Fragezeichen. Diesmal tat es im Unterleib weh. Ich schrie ein lautloses Nein, während meine linke Hand unter meinen Hosenbund jagte und nach meinen Hoden griff. Bjørn Grettun war schon wieder über alle Berge.

Diesmal legte sie schneller auf. Zum Glück. Meine linke Hand lockerte ihren Griff, und obwohl ich mich schon wieder beruhigt hatte, beobachtete ich Rigemor

Jølsen genau, als sie zu Rattenfrau und Kaffee zurückkehrte. Diesmal deutlich aufgebracht. Sie fuchtelte wütend mit einem Arm in Richtung Telefon.

Dicht hinter mir, leicht links, konnte ich Bjørn Grettuns klangvolles Lachen hören. Gut und vertraut.

Jetzt saß sie auf dem Sprung. Lächeln und Lachen waren verschwunden. Sie trank hastig ihren Kaffee, während sie mit der Rattenfrau redete; immer wieder wandte sie den Kopf und blickte über die Schulter zurück. Als befürchtete sie im tiefsten Herzen, Bjørn Grettun, ihr neuer Nachbar (Grettun aus dem Erdgeschoß), könne sich in der Diele aufhalten.

Langsam, aber sicher entspannte sie sich. Sie breitete sich ordentlich auf dem Sofa aus und strahlte wieder eine träge Zufriedenheit aus. Sogar ihr Lachen wurde hervorgeholt, als der letzte falsch verbundene Anruf eine halbe Stunde zurücklag.

Und nun schlug Bjørn Grettun wieder zu. Geschmeidig wie ein Panther stürzte er sich auf das Telefon und wählte die Nummer.

Diesmal erhob sich die Rattenfrau aus ihrem Sessel. Rigemor Jølsen blieb stocksteif sitzen.

Wieder hieß es: »Hallo, hallo.«

Aber diesmal ließ Bjørn Grettun mich nicht im Stich.

»Ja, guten Abend«, sagte eine wohlmodulierte Stimme. Eine Stimme, die ich nach zweimal zwei Wochen vor einem halben Leben im christlichen Sommerlager von Strand ja so gut kannte. »Hier spricht Bjørn Grettun. Ich bin gerade hier ins Haus gezogen, und ich würde gern … ich spreche doch mit Rigemor Jølsen, nicht wahr?«

Nein, durchaus nicht, konnte die Rattenfrau mitteilen. Aber einen Moment nur.

Doch Bjørn Grettun wollte keinen Moment gewähren. Bjørn Grettun legte auf, als Rigemor Jølsen vom Sofa aufstand – nachdem sie die beruhigende Mitteilung vernommen hatte, daß der Anruf kein Jux sei, sondern eine höchst seriöse Anfrage von einem gewissen B. Grettun, der vor kurzem in den Block gezogen sei. Es war nun so bei Grettun, daß er gern irgend etwas mit Rigemor Jølsen erörtern wollte und aus diesem Grunde auf der Nummernscheibe die korrekte Ziffernfolge gewählt hatte. Es handelte sich vermutlich um Fragen praktischer Art. Wie oft wurde hier im Haus der Müll abgeholt? Wie sah es mit dem Treppenputzen aus? War Grettuns siamesische Katze ein willkommenes Mitglied der Gemeinschaft, wenn er, Grettun, hoch und heilig versprach, das Tier in der Wohnung zu halten?

Aber nein. Ein neuerlicher Reinfall für Rigemor Jølsen. Jetzt war sie böse, das konnte ich sehen. Sie gestikulierte heftig, als sie wieder ins Wohnzimmer kam. Glaubte sie vielleicht, daß die Rattenfrau ihren Schabernack mit ihr trieb? Ich lachte mit Bjørn Grettun. Das wäre witzig gewesen. Aber es war klar: Wir machten das hier nicht, um witzig zu sein. Wir wollten durchaus nicht mit irgendeinem elenden Telefonterroristen in einen Topf geworfen werden. Bjørn Grettuns Anrufe waren von dem ehrlichen Wunsch beseelt gewesen, Betroffenheit in ihr zu wecken. Ein herzliches Lachen über einer Tasse Tee und ein paar Waffeln mit Butter und Marmelade waren gut und schön. Nichts dagegen zu sagen. Aber nicht, wenn das überhandnahm und man vergaß, über Recht und Unrecht in diesem Leben nachzudenken. Jetzt konnte sie, als eine Art Anfang, ein wenig grübeln, was dieser Bjørn Grettun für ein Typ war. Der Mann, der gerade eingezogen war. Jetzt wartete sie auf seinen nächsten Zug. Und kannte ich Bjørn Grettun recht – und das tat ich, auch nach nur zweimal zwei Wochen in Strand –, dann würde er sie nicht im Stich lassen. Zwar hatte er sich in erwachsenem Alter von Jesus abgewandt, aber er war deshalb noch lange nicht zum moralischen Krüppel geworden. Ganz im Gegenteil, meinten manche.

Doch fürs erste war es genug. Das sah auch Bjørn Grettun ein. Rigemor Jølsen hatte etwas, worüber sie nachdenken konnte; ja, sie hatte etwas, das sie wahrscheinlich sogar mit in den Schlaf nehmen würde. Außerdem machte eine kleine Pause sich jetzt sehr gut, denn Bjørn Grettun hatte einen Bärenhunger. Ich hatte schon längst eingesehen, daß Bjørn Grettun heute zu Abend essen würde und nicht Elling; der mißhandelte Fischpudding unter dem Kühlschrank war als Menschennahrung einfach ungeeignet. Und ein Abendbrot ohne die obligatorischen zwei Brote mit Fischpudding war für Elling unvorstellbar. Nicht, daß er so einfach zu den Abergläubischen gerechnet werden konnte. Nein. Aber dennoch ging er davon aus, daß ein so grundlegender Bruch mit einer Gewohnheit, jetzt, in einer Streßsituation, ihn weiter von sich selbst entfernen konnte, als gut für ihn war. Der Entschluß, die Freuden der Tafel Bjørn Grettun zu überlassen, beruhte deshalb auf gesunder Vernunft.

Bjørn Grettun wollte von allen Dingen (Salami, Krabbenkäse, vier verschiedene Marmeladensorten, Makrele in Tomate sowie Käse und Kaviar) ausgerechnet – ein Spiegelei. Auf beiden Seiten gebraten sollte es auch noch sein. Ungläubig sah ich zu, wie er briet und tat,

Brot abschnitt und das Messer tief in die Margarineschachtel bohrte.

Ruhig jetzt, Bjørn. Nicht zuviel Margarine. Das reicht mindestens für zwei Schnitten.

Geh ins Badezimmer, Elling. Bleib da. Das hier geht dich überhaupt nichts an.

Ich ging ins Badezimmer, behielt aber von der Türschwelle aus die Bratpfanne im Auge.

Paß auf dein Ei auf, Bjørn! Grettun! Dein Ei brennt an! Das Ei brannte an.

Ich stürzte aus dem Bad.

Pfanne vom Herd, rascher Rückzug. Wo zum Henker steckte Bjørn Grettun?

Bjørn Grettun war im Badezimmer. Ich sah ihn im Spiegel.

*Bjørn*!

*Elling*!

Lachen und Balgerei. Wir jagten einander durch die Wohnung und lachten und juxten, wie das nur alte Kumpels können. Außer Atem und schweißnaß, drückten wir mich aufs Sofa, ich umklammerte mit eisernem Griff meine Beine und gab mich geschlagen, ganz und gar geschlagen. Jetzt mochte Bjørn Grettun mit mir machen, was er wollte.

Aber seltsamerweise tat er das nicht.

Elling? Einer von uns muß in die Küche gehen und das Ei in den Mülleimer werfen.

Na gut. Nichts gegen *diese* Aufgabe einzuwenden. Ich selbst esse nur selten ein Ei; gern samstags abends, dann gönne ich mir ein geschlagenes Ei. Spiegeleier waren nie mein Fall. Spiegeleier haben mich immer an eine einsame Insel in einem Ozean aus geschmolzenem Fett erinnert. Unappetitlich! Trotzdem war ich leicht verärgert. Ein Ei ist immer noch ein Ei – kein Juxartikel. Man wirft kein Essen weg, Bjørn! Man läßt auch kein Hühnerei wissentlich anbrennen. (Was in aller Welt hatte er bloß im Badezimmer zu suchen gehabt?) Der Anblick des ruinierten Eis, verkohlt und ungenießbar, traf mich schwer. Ich wollte irgendwen um Verzeihung bitten, aber jetzt war ich ganz und gar allein; ich stellte mir vor, wie Bjørn Grettun, in tiefes Grübeln versunken, in seiner Wohnung unten im Grevlingstien 17 B saß – oder vielleicht auch irgendwo ganz anders. Wo war Bjørn Grettun in diesem Moment? Aus irgendeinem Grunde stellte ich mir vor, daß er sich im Fernen Osten aufhielt. Ich sah Bjørn Grettun, den ehemals christlichen Jugendleiter, mit einem Gin Tonic auf einer Veranda sitzen. Kurze Hosen und Tropenhelm. Das Summen der Insekten war ohrenbetäubend. Ich bildete mir ein, daß er dort unten saß – meilenweit von aller Welt entfernt – und an mich dachte, an einen kleinen Jungen, den er einst am Rande registriert hatte. Ich muß ihn mir ganz unbewußt gemerkt haben, dachte er, während sein Blick über die Reisfelder schweifte, wo leichtbekleidete Männer und Frauen im Wasser Reis setzten. Er griff träge zu seinem Fernglas und betrachtete die aufreizende Gesäßpartie einer jungen Frau aus dem Dorf. Die Gesäßpartie und ihre flinken Hände, die im Wasser auf und nieder schnellten. Wie hieß der kleine Junge noch gleich, Bjørn? Hieß er nicht Elling? Ja, Elling. Er lächelte und nahm einen großzügigen Schluck Gin Tonic, ohne den Hintern der Inderin aus den rotunterlaufenen Augen zu lassen. Doch, er hieß Elling, jetzt wußte er es wieder. Das war der kleine Elling. Der

Junge, der versucht hatte, Jesus davonzulaufen. Er erinnerte sich an sein heißes Köpfchen nach der sinnlosen Jagd durch den nachtschwarzen Wald. Die Ohren des Jungen, die unter seiner Handfläche glühten. Die unzusammenhängenden Sätze, die Worte, die versuchten, einen gewissen Glaubensmangel zu skizzieren. Und danach? Er wußte nicht mehr, wie es weitergegangen war. Waren sie aus dem Wald gekommen, aus dem wirklichen Wald? Heraus aus der Finsternis und hinein ins Licht? Er schlug sich zerstreut mit der Reitpeitsche gegen die nackte Wade und bemerkte, daß die Frau aus dem Dorf soeben ihren Rock hochhob und das Verbotene entblößte. *Elling*! dachte er und verpaßte sich einen Hieb, der ihn aufkeuchen ließ.

Ich befand mich in einer Wohnung, von der ich einst geträumt hatte. Einer ganz normalen Hochhauswohnung von der Sorte, die gern zum Schauplatz eines Durchschnittslebens in einem kleinen Land weit oben im Norden wird. Vor den Fenstern schneite es, weiße Flocken klebten an den schwarzen Glasquadraten. Die Wohnung war von einer gewissen Unordnung geprägt. Stapel alter Zeitungen türmten sich hinter dem Fernseher auf. Ein verkohltes Spiegelei lag im Spülbecken. Unter dem Kühlschrank fand ich einen zerquetschten Fischpudding. Im Korb für schmutzige Wäsche im Badezimmer stank eine Socke nach Fisch, und ein Schlafanzug duftete hold nach Sperma. Das Bett im Schlafzimmer war nicht gemacht, eine Sekunde lang hatte ich den Eindruck, daß dort ein Kampf stattgefunden hatte. Und überall: Bilder von Gro Harlem Brundtland. Im Badezimmer, auf der Toilette und im Wohnzimmer. In der Küche und im Schlafzimmer. Ordner und Sammelalben. Stapel und Haufen. In einem fast nackten Zimmer fand ich eine primitive Plattform mit einem alten Sessel und einem hervorragenden Teleskop.

Doch. Hier hatte Elling, der Junge mit den glühend heißen Ohren, gewohnt, bevor sie ihn vertrieben hatten. Alles stimmte. Sogar das, was er niemandem hatte erzählen wollen; die aufblasbare Gummipuppe mit dem aufgeklebten Foto der Ministerpräsidentin und das samische Messer, das ihm seine Mutter zum siebten Geburtstag geschenkt hatte, lagen an Ort und Stelle.

Ich blase sie mit meinem Atem auf. Dabei wird mir schwindelig, aber ich lasse nicht locker. Ich blase sie so auf, wie Gott selbst dem Menschen das Leben eingehaucht hat. Langsam formen sich Gummischenkel und Gummihintern, Gummibrüste und Gummikopf. Ihr Mund klafft wie ein rundes, böses O in dem toten Gesicht, ich sehe, daß er mit Mutters Lippenstift am Werk war.

Rigemor Jølsen spielt draußen im Garten. Sie jongliert mit Kaffeetassen und frischgebackenen Waffeln, gestohlener Salami und einer Frau mit, gelinde gesagt, wenig ansprechendem Äußeren. Hans und Mari Jespersen sind von einem kurzen Besuch in Bergen zurückgekehrt. Heini Elster sitzt sterbend in seinem Sessel und denkt an eine zahme Krähe, die er einmal als Knabe gehabt hat. Ragnar Lien sitzt vor dem Fernseher und denkt an einen entflohenen Häftling aus Ullersmo. Er wird sie nicht mehr schlagen. Lena Olsen näht ihre Finger an die Sofakissen und weint katzengleich ins Haar ihres Kleinen. Mohammed Khan beschummelt Eriksen vom Sozialamt, und Arne Moland lacht und lacht.

Alles ist, wie es ist. Alles ruht in der Verwirrung.

Mit hartem Griff ins Plastikhaar der Puppe führe ich den runden roten Mund an meinen Schritt und knöpfe den Hosenschlitz auf.

Das ist nur Bjørn, Mutter. Das ist nur Bjørn Grettun.